Frédérick d'Onaglia

Frédérick d'Onaglia vit à Lyon, sa ville natale. *Le secret des cépages* est le premier roman de ce grand lecteur de sagas familiales, amoureux de la Provence, qui a désormais décidé de se consacrer exclusivement à l'écriture.

L'INVITÉE
DE FONTENAY

FRÉDÉRICK D'ONAGLIA

L'INVITÉE DE FONTENAY

BELFOND

Le papier de cet ouvrage est composé de fibres naturelles, renouvelables, recyclables et fabriquées à partir de bois provenant de forêts plantées et cultivées durablement pour la fabrication du papier.

ISBN : 978-2-266-18930-9

Pour offrir le meilleur à ses enfants, on commet toujours des erreurs. Grandir sa vie, c'est savoir pardonner celles de nos parents.

« Plus l'amour est nu, moins il a froid. »

John Owen

Sur la route du Midi
Défile le nuptial convoi
Chargé d'or et de broderies
Du majestueux Fleuve-Roy

Passé la porte de lumière et de soie
Le Prince rejoint enfin sa belle Promise
C'est là, au cœur d'une capitale insoumise,
Qu'est sacrée leur union de plein droit.

Ensemble, ils convolent,
silencieux
Loin des mensonges, des secrets
Vers le Sud, ils descendent heureux
Sous le regard de l'invitée de Fontenay.

Prologue

À cette heure matinale, une lumière dorée caressait l'onde de la Saône. Peu à peu, Lyon s'étirait dans sa lenteur dominicale, sous un soleil qui annonçait une belle journée printanière.

Sur le quai Saint-Antoine, les derniers étals du marché s'installaient et quelques clients arpentaient déjà l'allée centrale, ponctuée de couleurs et d'odeurs alléchantes.

Gabrielle retournait vers sa voiture, heureuse de ses emplettes. Avec précaution, elle déposa le large carton d'une tarte aux pralines sur le siège arrière. Elle fêtait aujourd'hui ses trente-cinq ans et ce gâteau d'anniversaire ravirait à coup sûr Laurent et Tristan.

Elle n'eut aucun mal à circuler sur les berges encore désertes, le long du quartier Saint-Jean. Gabrielle considérait cet instant où la ville s'éveillait comme un privilège. Elle pouvait voir la colline de la Croix-Rousse, ses toitures ocre dressées dans un ciel d'azur, de l'autre côté du fleuve.

Tout en conduisant, elle sourit à l'idée de la surprise qui l'attendait. Elle connaissait suffisamment l'imagination débordante de son époux pour savoir qu'il avait dû orchestrer quelque chose dans le plus grand secret, et qu'il arriverait une fois de plus à l'étonner.

Elle se mit à fredonner un air gai. Les contes de fées existaient, le bonheur aussi. Elle avait une vie merveilleuse aux côtés de l'homme qu'elle aimait. Laurent et elle formaient un couple uni que rien ne semblait pouvoir séparer.

Alors qu'elle s'apprêtait à rentrer, elle reçut un appel de Tristan, qui lui demandait d'une voix mystérieuse de se rendre tout de suite à l'aéroport privé de Lyon-Bron. Malgré ses tentatives, elle ne parvint à soutirer aucune information à son fils. Quelques minutes plus tard, elle le retrouvait sur le parking.

— Allez, dis-moi où on va..., interrogea-t-elle d'un air mutin tout en le suivant sur le tarmac.

— C'est une surprise, tu verras bien.

— J'ai une très belle tarte pour toi, tu sais...

— Ce n'est pas très beau de soudoyer les membres d'équipage, l'interrompit Laurent, rieur et faussement indigné.

Très élégant, avec sa casquette de commandant, il se tenait en haut des marches, prêt à embarquer à bord de son petit bimoteur.

Bientôt, l'avion quitta la piste pour s'élancer dans les airs. Gabrielle retint son souffle au moment du décollage. Elle ignorait toujours la destination de cette escapade.

— Combien de temps partons-nous ? questionna-t-elle, intriguée.

— Deux jours, fit Laurent en souriant avant d'ajouter : Nous avons tout prévu ; tes affaires sont dans un sac à l'arrière.

Après avoir longé les montagnes qui surgissaient parfois entre deux nuages cotonneux, le Piper piqua droit vers la Méditerranée où il amorça sa descente.

Gabrielle piaffait d'impatience.

— Mon chéri, souffla-t-elle encore à l'oreille de Tristan, allez, dis-moi où on va… À Nice ? À Cannes ? À Monte-Carlo ?

L'enfant sourit tout en serrant les lèvres bien fort, décidé à ne pas céder.

— Mais c'est une véritable conspiration ! Pire, un enlèvement !

L'avion poursuivait sa descente dans la lumière azur de cette journée radieuse. Il venait de dépasser la principauté de Monaco et atterrit, quelques minutes plus tard, à Gênes. Là, une navette les conduisit au port où une embarcation digne d'un film de Fellini les attendait.

Tristan prit place sur un fauteuil au centre, tandis que ses parents s'installaient derrière lui, l'un contre l'autre. Gabrielle savourait chaque seconde de cette promenade en mer. Tout autour d'eux n'était que douceur et romantisme.

Une heure plus tard, la proue du Riva pointait ses vernis rutilants vers l'une des rares échancrures de la Riviera encore épargnées par les promoteurs immobiliers.

— Bienvenue à Portofino, murmura tendrement Laurent.

Portofino… ce nom magique évoquait à Gabrielle une chanson des années soixante, quelques accords délicieusement ensoleillés, l'amour et la joie de vivre dans le berceau de la Dolce Vita. Elle n'aurait pu rêver partager un tel voyage avec quelqu'un d'autre.

Face à eux, la côte bordée de pinèdes se reflétait dans les eaux limpides du petit port de pêche dont les façades rappelaient un décor de théâtre.

— C'est super chouette, p'pa ! s'écria Tristan en s'immisçant entre eux. Regarde là-haut ! On dirait un château.

— Non, cow-boy, répondit Laurent. C'est l'hôtel où nous allons séjourner. Mais autrefois c'était un paisible monastère, enfin…, reprit-il d'un air mystérieux, pas si paisible que ça…

Le regard pétillant, le garçonnet attendait avec impatience l'une des innombrables histoires que ne manquait jamais d'évoquer son père.

— Pendant près de trois cents ans, les pauvres moines furent l'objet d'attaques sanglantes et de pillages.

— Wouah ! grimaça Tristan, visiblement séduit.

— Les moines durent fuir et abandonner les lieux aux chèvres sauvages, les seules à vraiment pouvoir survivre sur ces collines escarpées. Plus tard, le baron Baratta a fait reconstruire le monastère. Et maintenant, c'est devenu un splendide hôtel.

Une fois arrivés, Gabrielle, Laurent et Tristan s'immergèrent totalement dans l'ambiance latine, lascive et caressante du Portus Delphinis. Ils furent émerveillés par les jardins florissants, les vastes terrasses couvertes de bougainvilliers, de genêts et de haies en cascades irisées que personne n'aurait songé à tailler.

En fin de matinée, ils grimpèrent vers les Cinque Terre et Gabrielle pu constater que la vigne était toujours cultivée en restanques, selon la méthode ancestrale. De là, ils purent apprécier une vue imprenable sur la merveilleuse baie. À la demande de Tristan qui s'impatientait, ils regagnèrent le village, déjeunèrent au Chuflay Bar sur la piazzetta. Puis ils rejoignirent la petite crique de Paraggi pour une joyeuse baignade jusqu'à la fin de l'après-midi.

Avant de rentrer, ils flânèrent un moment dans les ruelles bordées de maisons de pêcheurs qui affichaient leurs couleurs. Quelques palabres chantantes résonnaient d'un porche à l'autre tandis qu'au-dessus de leur tête flottait un chapelet de linge étendu aux fenêtres…

Depuis la terrasse de l'hôtel, alors que Tristan s'était endormi, Gabrielle admirait le somptueux coucher de soleil. Libérant tous leurs parfums, les jardins méditerranéens plongeaient vers la mer. Le temps semblait avoir suspendu sa course pour mieux préserver ce coin de paradis. Laurent vint la rejoindre avec un Bellini, savoureux mélange de champagne et de jus de pêche. Sans dire un mot ou le quitter des yeux, Gabrielle porta la flûte à ses lèvres. Lors de sa première gorgée, un bruit cristallin attira son attention.

— Mon Dieu ! s'écria-t-elle en découvrant un solitaire au fond de son verre. Mais tu es fou !

— Oui, de toi.

Ils s'enlacèrent tendrement.

LIVRE PREMIER

De nos jours

Il avait plu toute la nuit. Surplombant la vallée, où de verdoyants pâturages couraient à la rencontre de la Saône, le château de Fontenay semblait encore endormi.

Dans la chambre du premier étage, Gabrielle s'éveilla en sursaut.

— Quelle heure est-il ? s'inquiéta la jeune femme, les paupières encore lourdes de sommeil.

Le clocher voisin répondit par huit coups.

— Mon Dieu ! s'écria-t-elle en bondissant hors du lit. Déjà…

Cette nuit, elle avait dormi seule.

Elle secoua la tête et alla prendre une douche glacée afin de chasser ses sombres pensées. Elle devait s'efforcer d'avoir l'air d'attaque, car une journée bien chargée l'attendait. Elle tira d'un geste énergique les rideaux et entrouvrit les persiennes. Aérer la pièce tout comme son esprit devenait une nécessité.

Indiscrets, les rais d'un soleil conquérant s'engouffrèrent aussitôt dans la chambre. Puis ce fut au tour de toute la campagne environnante de révéler ses charmes bucoliques. Le parc de Fontenay, planté d'arbres séculaires, offrait au regard ses allées ourlées de buis, ses massifs ordonnés avec art et, plus loin, au-delà de la balustrade de pierre, ses doux pâturages. Sur la droite, le coteau peigné de vignes de Lancié se devinait derrière un rideau de peupliers argentés.

Tout en descendant le large escalier principal, Gabrielle élaborait mentalement les priorités de la journée. Avec la pluie des derniers jours, il était urgent de traiter la vigne.

Sur la dernière marche, elle ne put retenir un sourire amusé au souvenir de son entrée à Fontenay, quelque dix ans plus tôt. La jeune Provençale avait été saisie par ce cadre aujourd'hui familier, qui lui avait paru si imposant et impressionnant.

Le vaste hall aurait aisément contenu un hôtel entier du cours des Lys[1]. Le sol dallé déroulait ses motifs géométriques au pied d'un majestueux escalier de pierre de taille, voûté et admirablement sculpté. La rampe en fer forgé qui l'accompagnait déployait les volutes de ce chef-d'œuvre de ferronnerie témoignant d'une solidité à l'épreuve des siècles. Sur le palier de l'entresol, une immense fresque en vitraux filtrait une lumière parfois indisciplinée. De part et d'autre du hall, deux lourdes portes se faisaient face, sous une débauche de corniches chantournées qui semblaient veiller au silence des lieux. Ici, intimité et richesse demeuraient farouchement préservées.

1. *Cours des Lys :* avenue d'Arles où Gabrielle a grandi.

— Bonjour, m'man ! s'écria Tristan dès qu'elle pénétra dans la salle à manger.

Le garçonnet essuya d'un coup de serviette les traces de gelée de groseilles qui maculaient sa bouche gourmande.

— Bonjour, mon chéri, répondit-elle en souriant. As-tu bien dormi ?

— Super !

— As-tu vu papa, ce matin ?

Tristan était sur le point de répondre lorsque sa tante Stéphanie pénétra dans la pièce. La petite mine de sa belle-sœur ne lui échappa guère. Gabrielle, presque gênée que ses préoccupations se lisent aussi facilement sur son visage, bredouilla un vague bonjour tout en ajustant le col de son chemisier enfilé à la hâte. Elle s'installa à califourchon sur le banc à côté de son fils.

— Qui n'a pas connu les joies d'une panne de réveil ! lança Stéphanie avec une pointe d'ironie dans la voix. Bref ! Ne perdons plus de temps ; nous avons un programme chargé. Tout d'abord…

— Je dois faire un tour à Lancié, la coupa aussitôt Gabrielle.

— Aujourd'hui ? fit-elle avec une moue indignée.

— Désolée, mais, avec la pluie, il vaut mieux que Rodolphe pense à traiter la vigne sans plus attendre. Sinon, elle risque d'être attaquée par l'oïdium.

Pour Gabrielle, Lancié était une véritable bouffée d'air ; ce petit domaine viticole accolé à Fontenay lui permettait d'exercer son métier, et surtout constituait son seul lien avec le passé. Bien qu'elle fût désormais une Lambert-Duval, ses racines demeuraient profondément ancrées au cœur des cépages.

Là-bas, dans sa Provence natale, olivades et vendanges ponctuaient le rythme des saisons. Pour Gabrielle, née dans la vallée des Baux, c'était un monde qui lui appartenait, ainsi que la lumière, le mistral et le chant des cigales.

Dès sa plus tendre enfance, Pierre Delmas, son père, lui avait appris les rudiments du métier de vigneron. Au fil du temps, ayant constaté les aptitudes remarquables de sa fille, il lui avait livré tous les secrets du bon vin.

Sa mère étant morte en couches, il l'avait élevée seul. Il avait assumé tous les rôles, tour à tour narrateur de contes de fées, ami de jeux, oreille attentive aux premiers chagrins d'amour. La mort tragique de ce père tant aimé avait laissé Gabrielle, âgée alors de seize ans seulement, inconsolable. Heureusement, son oncle avait su veiller sur elle... Il l'avait accueillie à Lancié où, entourée de vignes, elle avait repris goût à la vie.

Stéphanie parut plus amusée que désabusée. Cette chère Gabrielle... Toujours prête à faire plaisir à tout le monde. Dans moins de deux jours, Marie, leur belle-mère, fêterait ses soixante-quinze ans avec plus de quarante personnes à leur table. Et cela se préparait dans le plus grand secret ; chacun devait donc mettre la main à la pâte. Alors, les vignes... Elles existaient depuis toujours, elles attendraient bien un jour ou deux. Bien plus préoccupée de son physique et de sa tenue, Stéphanie n'avait jamais partagé l'attrait de Gabrielle pour le travail harassant de la terre. Quand sa belle-sœur comprendrait-elle qu'elle appartenait désormais à l'une des plus prestigieuses familles lyonnaises ?

Pourtant, l'épouse de Charles ne cilla pas ; tout comme elle garda son naturel lorsque Gabrielle lui demanda si elle avait vu Laurent ce matin.

— Non, non, lâcha-t-elle hâtivement, occupée à beurrer un nouveau petit pain au lait.

Et, sous couvert d'une concession, elle poursuivit par un ordre savamment déguisé en proposition que Gabrielle ne put refuser :

— Sois tranquille, je m'occupe du petit déjeuner de Tristan puisque tu es pressée. Pendant ce temps, tu peux aller donner tes instructions à Lancié. Notre rendez-vous chez le décorateur a lieu dans un peu plus d'une heure.

Sur le chemin de Lancié, Gabrielle ne put refouler plus longtemps ses inquiétudes. Laurent était introuvable… Dans moins d'une semaine, ils fêteraient leurs dix ans de mariage. Pourtant, depuis quelque temps, la jeune femme avait l'impression qu'ils s'éloignaient l'un de l'autre…

Elle se souvint alors du jour où Laurent lui avait demandé sa main. Elle n'avait pas hésité une seconde. L'amour et une nouvelle vie l'attendaient. Plus rien ne la retenait vraiment dans sa Provence, si ce n'était le spectre de douloureux souvenirs.

Issue d'un milieu modeste, Gabrielle n'avait jamais su comment s'y prendre avec les Lambert-Duval. Son village natal était plus petit que leur salon… Bien plus qu'une famille, ils représentaient une véritable institution. L'histoire d'une région dans la grande tradition. Et elle avait épousé le fils cadet…

Le fondateur de la dynastie avait été le grand-père de Charles senior, un riche soyeux qui était tombé sous le charme d'un vallon verdoyant aux portes de Lyon. Il avait acquis à l'époque tout le coteau baigné par le soleil et la Saône coulant à ses pieds et avait fait ériger une vaste demeure au sommet de la colline. Fontenay venait de naître. Vers le début du XXe siècle, exaspéré par le trafic et le bruit de la place Bellecour, il décida de s'installer définitivement à la campagne. Dès lors, ce pionnier des monts d'Or fut suivi par une foule d'autres.

Tony Garnier apposa sa signature Art déco à une aile du château, et le petit-fils du patriarche modernisa le domaine. Mais la plus spectaculaire entreprise de Charles fut sans nul doute la conversion des soieries Lambert-Duval en laboratoires pharmaceutiques.

Quarante ans plus tard, ses fils se chargèrent de hisser leur patrimoine industriel au premier rang mondial. Laurent et son frère Charles étaient à présent à la tête d'un groupe immensément puissant, qui leur laissait peu de temps à consacrer à leurs familles…

— Que nous arrive-t-il ? souffla Gabrielle, mélancolique.

Depuis la veille, où avait débuté l'absence de Laurent, elle était en proie à un sombre pressentiment. La vue des vignes de Lancié et la pensée du travail qui l'attendait lui permirent cependant de chasser ses idées noires.

Porter le nom de Lambert-Duval était une chose assez simple. Incarner l'esprit de cette famille de la grande bourgeoisie l'était beaucoup moins. Néanmoins, Stéphanie s'accommodait de cette tâche à la perfection. Mieux, l'habit paraissait confectionné sur mesure pour ses épaules délicates.

Fille d'un notaire lyonnais, elle avait grandi dans un hôtel particulier à Montchat. Avec sa petite voisine, Marthe Garnier, elles étaient rapidement devenues inséparables et, en jeunes filles de bonne famille, avaient fréquenté les jeannettes puis, plus tard, les rallyes mondains. C'est lors d'une de ces soirées que Stéphanie avait séduit le jeune homme le plus convoité de Lyon à cette époque, Charles Lambert-Duval. Celui-ci remplissait toutes les conditions nécessaires pour devenir le gendre idéal aux yeux de son père : bien né, promis à un bel avenir, Charles semblait en outre très épris de sa fille. Leurs fiançailles furent donc annoncées sans tarder.

Marthe partit quelque temps pour les États-Unis tandis que, dans la capitale des Gaules, Stéphanie s'apprêtait à devenir une Lambert-Duval. À chaque soirée officielle, elle apparaissait plus élégante que jamais au bras de son fiancé. Son esprit, ses manières délicieuses tout comme son naturel distingué charmaient ses interlocuteurs. La ville ne parlait plus que de ce couple, si parfaitement assorti.

Mais, très vite, la rumeur assombrit cet avenir éclatant. Le père de la belle, pris à la gorge à la suite de mauvais placements, se trouva impliqué dans une affaire de détournement d'héritage. Bien que les médisances aient été étouffées dans un premier temps, la fumée persistante qu'elles dégagèrent devint suffocante pour le père de Stéphanie. Un beau matin, son clerc le découvrit mort dans son bureau, la tempe percée d'une balle. Par bienséance, le médecin de famille constata un décès par crise cardiaque, et l'affaire fut close.

Stéphanie en retira une profonde amertume, ainsi qu'une volonté accrue d'être reconnue…

Lorsque Marthe revint de New York, ce fut pour annoncer son mariage prochain avec Paul Cassan, le bras droit des Lambert-Duval, un autre des plus beaux partis de la région.

Cet été-là, il y eut deux mariages très attendus à quelques semaines d'intervalle pour une seule et même liste d'invités.

Aujourd'hui, Stéphanie abordait la quarantaine avec la sérénité des femmes épanouies de son âge. Mère et femme active, elle partageait son temps entre sa galerie de peinture sur la Presqu'île, des galas de charité et sa vie de famille. Stéphanie ne se retournait jamais sur le passé. Elle laissait la nostalgie à sa belle-sœur. Seuls l'avenir et ses promesses l'intéressaient. Il était loin, le temps où elle devait montrer patte blanche pour entrer à Fontenay. À présent, sa griffe suffisait à signer l'art de vivre des Lambert-Duval. Il ne se passait pas une semaine sans qu'un échotier reprenne une de ses reparties dans sa chronique mondaine.

Le secret d'un tel engouement était très simple. Stéphanie maîtrisait le système, tout comme ses émotions, avec discrétion et bon goût. Jamais d'esclandre, jamais un mot plus haut que l'autre. Elle savait écouter et donner l'impression de s'intéresser aux problèmes de chacun. Une véritable main de fer dans un gant de velours.

Stéphanie sortit son agenda. Elle irait sûrement seule chez le décorateur. Décidément, on ne pouvait jamais compter sur cette petite Provençale…

— Tu m'as l'air bien songeuse, chère mère, ironisa Anne-Sophie en la rejoignant, des fleurs plein les bras. Un souci pour caser une de tes innombrables obligations mondaines, je présume ?

— De grâce, chérie. Épargne-moi tes railleries. Je suis très ennuyée, crois-moi !

— Laisse-moi deviner… Ah, oui, j'y suis : tante Gabrielle aurait-elle encore frappé ?

Stéphanie acquiesça d'un haussement de sourcils.

— De quoi s'agit-il, cette fois ?

Anne-Sophie disposa une composition florale dans un vase sur le marbre de la cheminée tout en écoutant les récriminations de sa mère.

— Rien de bien nouveau, maman, conclut-elle. Je constate que tu n'as toujours pas compris : Gabrielle ne suit pas le même rythme que nous. C'est pourtant ainsi depuis dix ans.

— Je ne m'y ferai jamais, que veux-tu…

Tout en contemplant son œuvre, Anne-Sophie se proposa d'accompagner sa mère chez le décorateur, au cas où sa tante lui ferait faux bond.

— Merci de ta proposition et félicitations pour ton bouquet. Tu pourrais presque en faire ton métier.

— Moi ! Fleuriste ? Non, maman. J'ai d'autres aspirations.

— Je l'espère pour toi.

Anne-Sophie – qui était encore étudiante – profita de la brèche pour tester la réaction de sa mère.

— Je voudrais travailler.

— Travailler ? Comment cela ?

— Dans le groupe.

— Je vois, laissa tomber Stéphanie, le visage sombre. En as-tu parlé à ton père ?

— Pas vraiment… Nous avons parfois abordé le sujet sans l'approfondir.

— Et alors ?

— Disons qu'il n'est pas contre…

— Mais ?

— Mais que je crois que nous ne visons pas les mêmes postes. Papa ne voit en moi qu'une assistante ou une attachée de presse.

— Il faut bien commencer par quelque chose, non ?

— Je sais, poursuivit Anne-Sophie, ennuyée, avant de reprendre, le regard étincelant : Tu comprends, moi, je rêve de gérer un dossier de bout en bout. Je voudrais tant qu'il me fasse confiance…

— Mais il te fait confiance ! Tu dois savoir que si les femmes peuvent régner sur Fontenay, les laboratoires sont le domaine exclusif des mâles de cette famille, ma chérie.

Stéphanie se radoucit, consciente d'avoir peut-être blessé sa fille. Elle lança, avec une œillade complice :

— Enfin… pour l'instant.

Anne-Sophie sourit.

— Je sais, admit-elle. Je dois d'abord terminer mes études. Ensuite, épouser un beau parti et lui donner de beaux petits enfants. Seulement… ce n'est pas du tout l'objectif que je me fixe. Je vais achever mes études, c'est vrai, et finir major de promotion. Alors, tu verras, il ne pourra rien me refuser.

À vingt et un ans, la cadette des Lambert-Duval affichait clairement sa volonté d'ajouter un prénom à son nom. Habitée par l'ambition, la jeune femme ne reculerait devant rien. Une fois sa mère partie, elle s'attela au travail qu'elle devrait défendre quelques jours plus tard devant un jury. Il portait sur une campagne de communication faisant suite à la restructuration d'une enseigne commerciale. Comme elle avait eu l'occasion de le faire brillamment au cours de l'année écoulée, elle devait soumettre un plan marketing complet, un budget, ainsi qu'un calendrier d'action. Mais ce qu'elle souhaitait, c'était du concret, du solide, de quoi appliquer ses théories d'école encore toutes fraîches et prouver sa valeur à son père. Elle avait du flair, un cerveau. Anne-Sophie était une Lambert-Duval, elle avait donc de qui tenir. Elle profita de l'absence de Charles pour s'installer dans le bureau du « grand homme ».

Depuis la construction de Fontenay, cette pièce cossue du rez-de-chaussée, véritable annexe du siège social, avait abrité toutes les générations de dirigeants des entreprises Lambert-Duval. C'était ici, entre ces quatre murs lambrissés de bois précieux et tapissés de livres rares, qu'avaient été entérinées les décisions les plus importantes du groupe.

Toute petite déjà, Anne-Sophie aimait se glisser en douce dans la pièce interdite aux enfants. Dans cette ambiance au charme suranné, résolument masculine et confortable, elle restait de merveilleux instants à contempler les reflets dorés des reliures de cuir. Tant de livres, de gros volumes que son père avait lus ! Parfois, quand les pas du maître des lieux approchaient dangereusement, la fillette se dissimulait derrière un fauteuil club. Là, tapie dans l'ombre, elle ne pouvait détacher son regard de la silhouette altière. Crainte ? Sans doute. Admiration, assurément. Quand Charles finissait par la découvrir, l'intruse ouvrait grands ses yeux bleus, d'un air étonné. Anne-Sophie avait très vite compris l'impact physique qu'elle avait sur les hommes. Devant tant de candeur, l'autorité paternelle fondait comme neige au soleil et, bien souvent, la fillette se retrouvait assise sur ses genoux. Elle seule parvenait à détourner l'homme d'affaires de ses accaparants dossiers.

Anne-Sophie adulait son père comme un dieu vivant. Charles, lui, aurait tout consenti pour satisfaire les exigences de sa fille chérie.

La jeune femme ne put concentrer son esprit bien longtemps. Dans cette pièce imprégnée par l'aura du chef de famille, elle laissa courir son regard sur le large bureau, certaine de trouver là une idée, une piste afin de ficeler son projet. Machinalement, sa main toucha le côté droit de la lampe, et ses doigts remontèrent le long du socle en laiton. Dissimulé sous l'abat-jour émeraude, l'arc d'une feuille d'acanthe servait à accrocher la clef du tiroir. Un secret de Polichinelle pour Anne-Sophie.

— Tiens, tiens, fit-elle, intriguée à la vue du dossier en cours qu'elle y découvrit.

Sur la couverture rouge, la mention au marqueur donnait le ton : *Cession des actifs non stratégiques.*

Immédiatement, la jeune fille sut qu'elle tenait une très bonne piste.

Non loin de là, sur l'autre versant, le paysage changeait complètement. Les vignes s'étendaient à perte de vue. Du moutonnement des collines émergeaient çà et là une toiture ocre, quelques murs aux pierres dorées ou la pointe ciselée d'un clocher.

Lancié ne pouvait renier ses origines agricoles, pour le plus grand bonheur de Gabrielle qui se sentait bien mieux ici qu'à Fontenay. D'une certaine manière, cette bâtisse lui rappelait Lou Triadou, le mas de son enfance qu'elle avait dû quitter à la mort de son père. Bien que leur conception fût différente, leur architecture respectait les mêmes exigences fonctionnelles et dégageait le charme incomparable des vieilles maisons qui respirent le bien-être.

Au rez-de-chaussée, une ouverture haute et large donnait accès à la remise. Une autre, plus petite, menait à la sombre fraîcheur de la cave. Sur la gauche, un vigoureux pied de clématite s'appropriait la main courante de l'escalier. Ses fleurs azur s'épanouissaient avec gourmandise sur le balcon couvert.

C'est à l'étage, dans l'ancien salon, que Gabrielle avait choisi d'aménager le bureau de l'exploitation. Une salle assez vaste, pavée de larges pierres irrégulières à l'envi et percée de deux fenêtres d'où filtrait une douce lumière.

Debout près du gros secrétaire à cylindre, Gabrielle ouvrit machinalement le courrier, mais rien dans sa lecture n'absorba vraiment ses pensées. Son esprit était ailleurs. Elle traversa la pièce, en quête d'un verre d'eau fraîche.

Là, le regard perdu dans les vignes, elle se souvint de la première fois où elle avait posé le pied chez son oncle, ici même. Cette exploitation lui était vite devenue familière. Son tuteur, le père Antoine, comme on le surnommait affectueusement dans le village, exploitait le vignoble, ainsi que les quelques arpents de Fontenay, pour le compte des Lambert-Duval. Mais, à cette époque, les habitants des deux propriétés voisines ne se fréquentaient pas.

Bien qu'il eût toujours vécu en solitaire et fût réputé pour son caractère ombrageux, Antoine accueillit Gabrielle comme sa propre fille et se montra très attentionné. Il lui laissa vite la liberté de s'occuper des vignes, s'étant rendu compte de la passion de sa nièce. Pour se faire un peu d'argent de poche, Gabrielle vendangeait dans les exploitations de la région. C'est là qu'elle avait vu Laurent pour la première fois. Elle avait tout de suite été attirée par les manières un peu gauches de ce grand blond.

— C'est le fils des voisins, lui avait confié son équipière qui avait surpris le regard de Gabrielle entre deux rangées. Ça se voit qu'il n'a pas l'habitude d'abîmer ses mains blanches.

— Je trouve qu'il n'en a que plus de mérite, avait rétorqué Gabrielle.

À la pause-déjeuner, Laurent était venu demander à Gabrielle la permission de partager son banc de pierre. Elle avait bredouillé quelques mots incompréhensibles, sans oser lever le regard sur lui.

— Je ne suis vraiment pas doué pour ce genre d'exercice, avait-il lancé en jetant un œil critique sur les ampoules qui parsemaient la paume de ses mains.

— Vous devriez appuyer davantage sur l'extrémité de votre serpe et non sur le manche, s'était-elle surprise à répondre.

— Merci pour le tuyau.

Laurent s'était révélé un garçon très simple, plein d'humour et de bonne volonté. Il ne semblait pas insensible au naturel de Gabrielle. Sa spontanéité toute d'une pièce, parfois sonore, comme ses éclats de rire, ne cessait de le séduire.

Au fil des semaines, ils avaient appris à s'apprécier et à se découvrir des goûts communs. Mais cette idylle naissante avait dû s'arrêter là. Laurent devait reprendre ses études et décrocher un master en commerce international à Boston. Ils s'étaient écrit pendant trois ans, forgeant une véritable amitié. Quand Laurent était revenu à Fontenay, Gabrielle venait de trouver un stage de sommelier au restaurant Lou Marquès, à Arles. Un beau jour, Laurent, son frère Charles junior et son père Charles senior s'était rendus à un repas d'affaires dans cette région. Laurent avait passé trois jours dans la Rome des Gaules, bien décidé à n'en repartir qu'avec la belle Provençale à son bras…

Au fil du temps, Gabrielle s'était acclimatée à Fontenay autant que peut le faire une personne qui se sent intruse, avec retenue et circonspection. Pour la première fois, elle partageait l'existence d'une famille, d'un clan. Ce mode de vie, toutes générations confondues dans une vaste demeure, ressemblait à celui qu'elle avait vu au château de Montauban, chez les redoutables employeurs de son père, en Provence.

Bien sûr, ici, il en allait tout autrement : Gabrielle était une Lambert-Duval à part entière et fut accueillie en tant que telle, malgré quelques premiers regards en biais, clairement désapprobateurs. Néanmoins, la petite Provençale ne parvenait pas toujours à prendre ses marques dans un univers totalement régi par l'étiquette familiale. Par amour pour Laurent, elle surveillait ses gestes, chacun de ses mots et adaptait sa respiration à ce nouveau rythme. Mais, bien souvent, le naturel reprenait le dessus et la reléguait, confuse, dans le rôle de l'invitée de Fontenay.

C'est sans doute pour cette raison qu'elle aimait tant Lancié, sa retraite privilégiée, son espace de liberté, son héritage aussi. Là, elle se savait utile, dans son élément, et reconnue des siens pour son professionnalisme. Gabrielle était une fille de la terre et très fière de l'être.

Laurent le comprenait. Laurent comprenait tout, du reste. Sans jamais aborder le sujet, il avait été le premier à encourager sa femme dans cette voie. Leur couple fonctionnait sur une réelle complicité qui pouvait se manifester spontanément. Une simple remarque suivie d'une œillade, et leur regard s'enflammait du même rire. Depuis toujours, Laurent le benjamin passait pour l'enfant terrible de la famille Lambert-Duval. La spontanéité de Gabrielle ne pouvait que s'accorder à merveille avec son tempérament.

L'horloge sonnant la demie ramena Gabrielle à la réalité et à ses devoirs envers les vignes.

Une demi-heure plus tard, Gabrielle revenait des chais et se dirigeait vers l'ancienne serre. Lovée au fond du parc de Fontenay, la dépendance se dissimulait derrière de généreuses boules d'hortensias. C'est là que Marie Lambert-Duval passait le plus clair de ses journées à peindre.

Au fil du temps, l'atelier était devenu en quelque sorte une retraite volontaire. Un lieu bien à elle, discret, loin du tourbillon des affaires qui n'étaient plus de son âge, selon ses dires. Et, bien que la peinture fût son violon d'Ingres, la volonté de laisser à ses fils et à leurs familles respectives suffisamment d'intimité était en fait la vraie raison de ce retrait.

Chacun à Fontenay savait où la trouver. Sa porte restait ouverte en permanence ; Maminou, comme tous l'appelaient ici, était toujours présente et attentive. Chacun connaissait le motif de ces fréquents isolements, et nul ne s'y opposait. Ainsi, grâce à ce tacite respect mutuel, les générations cohabitaient en bonne harmonie.

Près de la porte, Mozart accompagnait le bourdonnement des abeilles. Gabrielle frappa.

— Entre, ma belle ! s'écria la vieille femme, sans même lever le nez de sa toile.

Et, devançant l'étonnement de Gabrielle, la septuagénaire poursuivit, amusée :

— Avoue que ce serait le comble si j'étais incapable de différencier l'entrée de mes enfants de celle d'un inconnu !

Gabrielle fut touchée par ses mots. À Fontenay, univers où pudeur pouvait souvent rimer avec froideur pour toute personne non avertie, le « mes enfants » en disait long.

— Toi, tu es comme Mozart, ma chère enfant. Tout en douceur, précisa-t-elle en caressant d'un mouvement délicat une partition imaginaire.

— Bonjour, Marie. Et merci pour le compliment.

— Oh, oh… ça n'a pas l'air d'aller ?

— Si, si… je vous assure ! bredouilla Gabrielle, mal à l'aise.

Marie posa son pinceau, puis, d'un geste élégant, tapota l'assise d'un siège tout près d'elle.

— Voyons, voyons… Ce n'est pas à mon âge que l'on peut me duper. Tu ne crois pas ?

Le sourire triste de Gabrielle invita Mme Lambert-Duval à reprendre avec tendresse :

— Sache que si tu éprouves le besoin de te confier, je suis là. Je peux éventuellement essayer de te conseiller. Mais en aucun cas je ne me permettrai de te juger…

Face à elle, sa belle-fille se tortillait sur son siège.

— … Le cœur d'une mère saigne toujours à la vue d'un seul de ses enfants malheureux.

Partagée entre une nature impulsive et les préceptes de discrétion en vigueur à Fontenay, Gabrielle hésitait. Par pudeur autant que par respect. Mais Marie était la seule personne de cette famille à qui elle pouvait parler en toute franchise.

Après une profonde inspiration, elle dit que Laurent n'était pas rentré depuis la veille. Le regard de Marie était empli de compréhension.

— Je vois, fit-elle à la fin du récit. Toi et Laurent avez dix ans de mariage. Et un adorable enfant. Cela ne signifie pas pour autant que vous n'avez plus rien à découvrir l'un de l'autre. Un couple doit apprendre à se comprendre, à chaque étape de la vie. À s'étonner. Parfois même à se surprendre. Tant que les ponts de la communication résistent, on peut toujours se retrouver…

Mme Lambert-Duval ouvrit grands les bras et Gabrielle vint s'y blottir.

— Ma toute-petite…, sourit Marie en lissant les cheveux de sa belle-fille.

Ces quelques mots résumaient assez bien leur relation singulière. Leurs sentiments réciproques comblaient le manque affectif d'un rapport mère-fille que ni l'une ni l'autre n'avait jamais eu la chance de connaître.

— Ne doute jamais de l'amour de Laurent. Je connais mon fils. Il ne cherche que ton bonheur. Et celui de Tristan, bien sûr. Je suis certaine qu'il t'aime comme au premier jour. Vous êtes du même bois, tous les deux. Et sur ce point, rien n'a changé. Crois-moi !

Gabrielle se redressa. Une lueur de confiance animait à présent ses yeux rougis. Elle dodelina de la tête, en signe d'assentiment.

— Je pense que tu devrais lui parler, poursuivit Marie. Sans tarder. Les hommes de cette famille ne sont pas vraiment doués pour la communication…

Cette vérité força le sourire de Gabrielle.

— … Nous avons toutes épousé des Lambert-Duval ! Leur monde est masculin. Les femmes en sont discrètement éconduites. Moi-même, j'en ai souffert. Mais, à mon époque, on ne voyait pas les choses de la même manière. De mon temps, la rivalité existait avec les concurrents. Alors qu'aujourd'hui c'est au sein même d'une famille qu'elle peut se trouver. Oui. Même entre deux frères comme Charles et Laurent. Le contexte économique actuel doit certainement attiser les tensions. À la réflexion, c'est sans doute pour cela que je préfère la peinture. Au moins, je peux refaire le monde dans des tons plus roses.

Les dernières mesures du *Concerto pour hautbois* vinrent s'éteindre sur cette dernière remarque.

Mentalement, Gabrielle mesurait tout le bien-fondé du conseil de sa belle-mère. Son couple vivait depuis dix ans à son propre rythme, non à celui de Fontenay. Leur histoire s'épanouissait en plein soleil loin des cachotteries. Se voiler la face et refuser de voir la distance qui se creusait entre eux depuis quelque temps aurait été hypocrite. Elle abhorrait par-dessus tout ce genre d'attitude, qui ne lui ressemblait pas.

— Vous avez raison. Je vais lui parler dès ce soir.

— Pourquoi ce soir ? Pourquoi toujours remettre à plus tard une chance d'être heureuse ?

— J'ai promis à Stéphanie de l'accompagner en ville.

— Même les impératifs ont des priorités. Et tu sais, le bonheur n'attend pas.

— Vous avez raison.

Marie poursuivit, le regard soudain triste. Une pointe de regret semblait percer la douceur de sa voix.

— Le bonheur est un chemin à suivre, pas une destination. Il doit se vivre au quotidien. Il n'y a qu'une seule façon d'être heureux mais des dizaines de manières pour ne jamais l'être. Stéphanie attendra. Elle aussi prendra le temps de mourir !

Gabrielle l'embrassa avec fougue.

— Je vous adore, Maminou.

— Je l'espère bien, fit-elle en chargeant un autre CD sur sa platine. Si tu as une minute, je voudrais te faire écouter quelque chose…

Les premières mesures de *Casta Diva* vinrent emplir l'espace comme une suite naturelle au silence. Puis, lentement, très lentement, l'émouvante prière de Norma s'éleva vers la déesse lune. Le chœur des Prêtresses y unit sa complainte, crescendo. La voix, d'une pureté céleste, se plaçait avec harmonie. Peu à peu, elle emplit la serre d'une ferveur ardente avant d'atteindre l'émoi suprême sur les ultimes vers de Felice Romani :

Spargi in terra quella pace
Che regnar tu fai nel cielo[1]...

Gabrielle avait reconnu la voix de Constance Beruti, la célèbre cousine soprano de Marie. Qui ne connaissait pas cette grande dame ? Sa renommée internationale brillait encore, vingt ans après sa mort, bien au-delà du seul milieu lyrique. La Beruti avait incarné la diva au destin tragique, l'héroïne puccinienne aux passions aussi violentes que celles des personnages qu'elle interprétait.

— Je pense souvent à elle, concéda Maminou, en proie à la mélancolie. Cet enregistrement date de 1965. C'est avec Norma, son rôle fétiche, qu'elle fit ses adieux à la scène. C'était à Covent Garden, à Londres. L'image que je garde de cette ultime représentation est celle d'une femme que l'amour avait totalement abandonnée. Son regard n'avait plus cet éclat si particulier. Elle avait renoncé. Et ce renoncement a eu raison d'elle.

Marie leva les yeux au ciel en signe d'impuissance.

— Tu dois te demander pourquoi je te parle de tout ça ? Simplement pour te dire que le silence est le poison de toute relation. Combats-le sans jamais baisser les bras. Tu vois, ne pas le faire fut la plus grande méprise de Constance.

— Comment cela a-t-il pu se produire ?

— C'est très simple. Louis, mon cousin, était amoureux de Victoire de Montauban. Celle-ci, comme tu le sais, a fini par rompre leurs fiançailles pour épouser Eugène Lescure. Par dépit, Louis s'est lancé à corps

1. Répands sur la terre cette paix que tu fais régner au ciel.

perdu dans le travail. Fort de beaux succès professionnels, il a rencontré un soir l'étoile montante de l'opéra et est tombé sous le charme de sa performance scénique à la Scala. Jeune, Constance avait déjà une beauté racée et un maintien de princesse qui ne laissaient personne indifférent. Dès lors, il lui fit une cour effrénée qui alimenta la une des journaux. Je pense qu'à cette époque Louis l'aimait sincèrement. Leur bonheur dura tant que Victoire resta à l'écart…

Gabrielle ne put réfréner une mimique entendue. Elle connaissait bien la redoutable marquise de Montauban, dont son père était le maître de chais.

Alors que Constance prêtait à présent sa voix à Violetta, l'héroïne de *La Traviata* de Verdi, Marie eut cette réflexion, comme pour elle-même :

— Nous avons toutes aimé et en avons toutes souffert à un moment ou à un autre, car l'amour est un mélange de miel et de fiel. Tout le secret consiste à savoir déguster le premier avec délices pour que le second soit moins amer.

Elles échangèrent un regard plein de tendresse, puis Gabrielle remercia Marie, encore émue par l'envoûtante musique.

Marthe Cassan écoutait les dernières recommandations de son médecin. L'homme en blouse blanche lui disait qu'elle pouvait regagner sa maison et reprendre sa vie.

Mais quelle vie ? Celle d'avant le drame ? Quand Élodie, sa fille unique, riait encore ?

Marthe se trouvait peut-être dans une clinique spécialisée, devant un psy, mais elle savait parfaitement que plus jamais rien ne serait comme avant.

À quoi bon, du reste ? Le souhaitait-elle simplement ? D'une certaine façon, la dépression qui l'avait maintenue plusieurs mois dans cet établissement était la seule marque vivante du passage d'Élodie sur cette terre. Et, à sa manière, la douleur qu'elle éprouvait à présent gardait ardent son souvenir.

— N'ayez crainte, conclut le Dr Frémont, je viendrai vous rendre visite tous les jours.

Sans un mot, Marthe écouta le médecin lui expliquer que, dans le cadre de leur nouveau programme, elle devenait une patiente externe, ce qui constituait une avancée conséquente sur la voie de la guérison.

— Voulez-vous que je demande à votre mari de venir vous chercher ?

— Non ! s'écria-t-elle dans un bref sursaut de panique.

Puis elle reprit, plus calme :

— Comme vous le disiez à l'instant, il est grand temps pour moi de reprendre une vie normale. Je pense qu'il vaut mieux m'y mettre tout de suite.

— Bien. Très bien, acquiesça le médecin.

— Je voudrais faire la surprise de mon retour à Paul, poursuivit-elle, un sourire nerveux aux lèvres. Je compte sur votre discrétion.

— Vous avez ma parole.

Moins de deux heures plus tard, Marthe Cassan se trouvait à bord d'un taxi. Une fois qu'elle eut passé la grille de l'établissement, écrasée sous le poids de son erreur, elle se sentit encore plus désemparée. La ville l'agressait. Tant de bruits, de circulation, de gens. Tant de vie aussi, alors qu'elle… elle était déjà morte.

En Presqu'île, plus aucun centimètre carré ne restait disponible pour stationner. À l'heure du déjeuner, les pratiques automobiles débordaient d'ingéniosité machiavélique. Trottoirs, passage piétons, plates-bandes de gazon, une joyeuse anarchie régnait autour de la place des Célestins. Gabrielle se faufila entre les véhicules abandonnés. Leurs propriétaires, sans doute quelques estomacs affamés, suivant la loi de la jungle citadine, avaient bafoué sans complexe celles du respect et du civisme les plus élémentaires. Gabrielle se félicita d'avoir choisi un véhicule de taille modeste. Juste derrière un 4 × 4 juché en équilibre sur la première marche du théâtre, sa Mini Cooper put se loger dans une place de la taille d'un mouchoir de poche.

La jeune femme se dirigea prestement vers le restaurant. La satisfaction que lui avait procuré cette victoire urbaine s'effaça rapidement. Laurent demeurait introuvable.

— Enfin ! s'exclama Stéphanie, arborant un sourire mondain. Mais où étais-tu ? Voilà près d'une heure que nous t'attendons !

— Je sais… et je vous prie de bien vouloir m'excuser.

L'Épilogue attirait autant par ses appétissantes tartes et autres salades composées que par la clientèle célèbre qui les picorait. Stéphanie et Anne-Sophie y avaient leurs habitudes lors de leurs « épuisantes » journées de shopping.

— Toi aussi, tu as eu du mal à te garer ? enchaîna Stéphanie pour justifier le retard de sa belle-sœur.

— Pas du tout !

— Ah bon ? Eh bien, je ne sais pas comment tu fais. Moi, j'ai tourné pendant près de dix minutes.

— Une Mini se gare plus facilement que ta Jaguar !

— C'est vrai ! Mais c'est tellement inconfortable.

Seul un sourcil en accent circonflexe trahissait l'agacement de Stéphanie.

— Installe-toi vite, reprit-elle, doucereuse. Je te recommande la tarte forestière… Leurs morilles sont un vrai régal !

— C'est gentil, mais je suis juste passée vous dire que je vous retrouverai un peu plus tard.

— Ah bon ! siffla Stéphanie avec un rictus crispé.

— Laurent est introuvable depuis hier. Je veux aller voir au bureau s'il n'y est pas. Charles sait peut-être quelque chose… Tout ça ne ressemble pas à Laurent et je suis morte d'inquiétude !

L'émotion enflamma les dernières phrases de Gabrielle. Sa belle-sœur se voulut rassurante après avoir vérifié, au préalable, qu'elles ne devenaient pas le centre d'intérêt de tout le restaurant.

— Rentre à Fontenay. Il ne va pas tarder. Nous nous occupons du cadeau de Maminou.

— Merci.

Dès que la porte se fut refermée sur elle, Anne-Sophie demanda tout haut ce que tous pensaient tout bas à Fontenay :

— Maman, tu crois Laurent capable d'avoir une liaison ?

— Tu sais… pour ce genre de choses, nul n'est prophète en son pays…

La jeune fille piqua une feuille de salade de la pointe de sa fourchette.

— C'est curieux. Je ne l'imaginais pas comme ça.

— Comme quoi ?

— Coureur, lui, oncle Laurent. Si… amouraché de sa belle Provençale, ajouta Anne-Sophie, avec une pointe de cynisme dans la voix.

— Je sais, ma chérie. De toute façon, un mariage, c'est souvent la roulette russe. Les couples apparemment les plus unis sont ceux qui peuvent réserver le plus de surprises.

— L'ambiance risque d'être agitée à Fontenay !

— Et particulièrement tendue, j'ai l'impression. Enfin, tant que ça ne sort pas de la famille…

— Sur ce point, je ne compterais pas trop sur notre chère Gabrielle, maman… Tu sais bien comme elle est.

Les deux femmes échangèrent un regard entendu puis terminèrent leur repas en silence. De son côté, Gabrielle roulait en direction du Rhône, de plus en plus anxieuse.

Tels des maréchaux ornés de leurs plus riches décorations, les immeubles du quai Augagneur se tenaient au garde-à-vous devant leur souverain, le Rhône. Leur prestance renvoyait l'image imposante d'un alignement de façades d'apparat. Cossu tout en restant sobre, riche sans ostentation, le siège du groupe Lambert-Duval se fondait dans cet ensemble. Seule une plaque de laiton le distinguait. Pourtant, passé la porte cochère, la créativité s'emparait des lieux. Sur cinq niveaux, elle régnait sans partage sur l'honorable édifice de la rive gauche. L'architecte, Jean Nouvel, avait opté pour un concept proche de celui dont il avait usé pour rénover l'opéra : un high-tech aux lignes épurées. À la différence près que, ici, le blanc clinique remplaçait le noir théâtral.

Au centre du rez-de-chaussée, une microforêt tropicale étirait ses palmes verdoyantes vers le toit de verre qui chapeautait désormais la bâtisse. À chaque étage, un large corridor cerclait l'écrin de verdure, dont du bois clair soulignait les courbes. Un ascenseur transparent reliait les cinq anneaux obéissant à l'ordre hiérarchique.

Un peu nerveuse, Gabrielle gagna machinalement l'étage de la direction. Dans ses pensées, elle se trouvait déjà face à Laurent. Elle cherchait les mots justes, ceux qui amèneraient l'homme de sa vie à se confier. Et plus elle avançait, plus elle sentait son cœur battre. À ce rythme, il allait jaillir hors de sa poitrine. « Du calme, Delmas ! se dit-elle. C'est ton mari que tu vas voir, pas un juge aux assises ! Que crains-tu ?… »

Quoique fébrile, Gabrielle répondit au bonjour d'une employée, un sourire poli figé sur les lèvres. En dix ans, elle aussi avait changé. Sa spontanéité s'étiolait. Sa franchise se métamorphosait de plus en plus sous l'influence de sa belle-famille si « comme il faut ». À son contact, elle s'était forgé un stoïcisme. À présent, elle parvenait un peu mieux à masquer ses troubles, à dissimuler ses sentiments derrière un visage impassible. Gabrielle se rendait parfaitement compte de cette nouvelle identité, tout en sachant que ce n'était qu'un reflet anamorphosé…

À quelques pas du bureau de Laurent, Gabrielle prit une profonde inspiration pour se donner du courage avant d'entrer. Mais, avant même qu'elle puisse aller plus loin, la porte s'ouvrit sur Charles Lambert-Duval, son beau-frère.

— Ah ! s'exclama-t-il, apparemment soulagé de la voir. Tu ne sais pas où se trouve Laurent ? Personne ne l'a vu, ce matin… Et nous avons une importante réunion avec des investisseurs dans moins d'une heure !

Puis il poursuivit, sans plus de formalités :

— Si tu as la chance de le croiser avant moi, dis-lui que j'espère une explication en béton ! Il vaudrait mieux pour lui !

— Oui, oui, bredouilla Gabrielle, plus dépitée de voir ses illusions s'envoler que de subir l'humeur irascible de son beau-frère.

Avant de s'éloigner, Charles conclut, avec son tact habituel :

— Ça n'a pas l'air d'aller ? Tu as une tête épouvantable !

L'aîné des Lambert-Duval dans toute sa splendeur ! Direct, exigeant et souvent dur avec son entourage. Un homme de tête, habitué à ce que le monde marche à sa cadence frénétique… Une fois qu'il eut disparu, Gabrielle resta seule au milieu du couloir, immobile, interdite. La déception venait de faire place à l'inquiétude. Quelque chose d'anormal se passait. Tout cela ne ressemblait en rien au Laurent qu'elle connaissait…

Derrière son bureau présidentiel, Charles martelait nerveusement de l'index le plateau de verre placé devant lui. Il était d'ordinaire d'un naturel stoïque, mais la situation critique dans laquelle se trouvait le groupe aujourd'hui mettait son flegme de P-DG à rude épreuve.

Cependant, il ne s'agissait pas de la première crise que rencontrait la société familiale. Ç'avait été le cas après le conflit de 1870, ainsi qu'après les deux guerres mondiales. Chaque fois, elle en était sortie plus forte grâce aux découvertes des chercheurs. Quand le ministère de la Santé donnait son feu vert, la recette des nouvelles molécules quittait les éprouvettes du laboratoire pour une fabrication industrielle dans l'usine Lambert-Duval, aujourd'hui transférée en plaine de l'Ain. Au début des années quatre-vingt, la succession entre Charles senior et ses fils avait entraîné une ouverture du capital. Cette bouffée d'oxygène avait pour but de lui donner, grâce à une organisation nouvelle, les moyens de sa future dimension internationale. C'est ainsi que Paul Cassan était devenu actionnaire.

— Je pense qu'ils ne vont plus tarder, voulut le rassurer son bras droit, sans trop y croire lui-même.

— Je les y invite…

Depuis plus de dix ans, Frank Clavers suivait l'aîné des Lambert-Duval comme son ombre. Fidèle, dévoué, compatissant, serviable à l'extrême, ce fils spirituel de Charles semblait réunir toutes les qualités nécessaires afin de s'asseoir un jour dans un fauteuil de direction.

Ce n'était pourtant ni les diplômes ni même l'expérience passée qui avait attiré l'attention de Lambert-Duval sur la candidature de ce jeune demandeur d'emploi. Clavers avait su trouver les mots… Ensuite, il avait appris très vite. Là où ses compétences péchaient, il suivait son instinct. Jusqu'alors, il ne lui avait jamais fait faux bond.

— Et Cassan ? Tu as pu le joindre ?

— Son portable ne répond pas. J'ai laissé plusieurs messages. Voulez-vous que j'essaie de nouveau ?

— Non, c'est bon. Peut-on reprendre les grandes lignes de l'entretien, s'il te plaît ?

— Bien sûr.

Dans l'univers très concurrentiel de la pétrochimie, les dirigeants du groupe lyonnais souhaitaient trouver un arrangement avec Sterz Chemical, en vue d'une fusion. La petite société genevoise demeurait l'une des rares entreprises indépendantes sur le marché. Ses activités, complémentaires de celles du groupe Lambert-Duval, permettraient à la nouvelle entité de devenir un acteur majeur au niveau mondial. Mais faire son marché sur les grandes places boursières pouvait se révéler aussi indigeste que bénéfique, pour qui ne maîtrisait pas l'art de la grande cuisine.

« Nous n'avons pas le choix, avait lancé Charles deux jours plus tôt à sa mère, qui ne comprenait pas l'appétit expansionniste de ses fils. Si nous ne nous rapprochons pas des morceaux de choix, nous devenons vulnérables et proies nous-mêmes. »

« Marche ou crève. » Cette devise implacable convenait assez bien à Charles. N'avait-il pas lui-même été élevé en ce sens ? Très jeune, l'aîné des Lambert-Duval avait appris ce qu'étaient la compétition, ses dures lois, l'ingratitude des résultats, les sacrifices qu'elle exigeait. En récompense, il avait parfois remporté quelques victoires. En tant qu'aîné, il avait endossé très jeune de lourdes responsabilités. À l'heure où ses camarades de classe pensaient à jouer, lui étudiait et marchait déjà sur les traces de son père, qui, selon l'adage lyonnais, avait vécu en travaillant.

Clavers, un sourire aux lèvres, le tira brusquement de sa rêverie.

— Je viens d'avoir Paul. Son avion a atterri. Il sera là dans une demi-heure. Nous pouvons démarrer sans lui si c'est nécessaire.

— Mais pour qui se prend-il à la fin ! pesta Charles. Il croit que j'ai besoin de sa permission ! Si cela ne tenait qu'à moi, je me passerais de ces deux idiots. Je suis certain que nous arriverions au même résultat en bien moins de temps. Mais, par respect pour nos interlocuteurs et leur susceptibilité, j'estime qu'il est de notre devoir de les attendre.

Son visage s'assombrit à cette idée. Que son frère Laurent ne soit pas là en ce moment le préoccupait beaucoup plus que l'absence de Cassan.

— En revanche, je ne parviens pas à joindre votre frère, reprit Clavers, qui, au fond de lui, était ravi de la tournure des choses.

Clavers avait toujours tenu Laurent pour son rival, quoique celui-ci fût moins facile à amadouer que lui-même. D'ailleurs, malgré le zèle qu'il savait déployer, il n'était pas parvenu à gagner sa confiance. De plus, le cadet des Lambert-Duval chapeautait la division export que briguait Frank. Et les intentions du protégé de Charles n'étaient un secret pour personne. Chaque faux pas pouvait le mettre en péril. Mais il savait qu'au final ce serait au conseil d'administration de trancher, et l'absence de Laurent aujourd'hui allait certainement servir ses intérêts…

— Qu'est-ce qu'il fout donc ! s'écria Charles hors de lui. Il ne voit pas que c'est sa dernière chance de sauver sa tête !

En dépit de la jubilation qui le gagnait, Frank affichait un visage impassible. Il valait mieux garder le silence pour l'instant. Avec les résultats catastrophiques de la division export, son heure de gloire viendrait bien assez tôt…

De toute part dans la ville flamboyante, de larges allées ourlées de délicats massifs à la française s'échappaient en perspective. Çà et là, de solides arbres ponctuaient les parterres, offrant leur ombre accueillante aux petites guinguettes venues se lover à leur pied. Sur les eaux paisibles du lac de la Tête-d'Or, où voguaient quelques canots, cygnes et canards se disputaient les grâces des promeneurs. Ici, le temps semblait suspendu, les lieux offraient une parenthèse bucolique à la vie urbaine. C'est là aussi que les plus sportifs se donnaient rendez-vous, sur le parcours de jogging qui longeait l'enceinte du parc. En fin de journée, parfois, l'affluence était telle qu'on aurait pu penser que la ville tout entière s'y retrouvait.

À cette heure matinale, Alexandre Lambert-Duval effectuait ses exercices quotidiens dans la salle de sport toute proche du parc. Depuis son retour du service militaire une semaine plus tôt, le jeune héritier, artiste dans l'âme, éprouvait un étrange embarras face au luxe de Fontenay et aux exigences de sa famille. Ici, au Body Center, il était Alex, un client parmi d'autres. Pour l'heure, nul ne semblait connaître sa véritable identité, et les sympathies qu'il était parvenu à tisser assez rapidement restaient totalement désintéressées.

Après s'être dégourdi les épaules, il empoigna les haltères et les souleva de toutes ses forces. Peu à peu, son esprit vagabonda vers les sombres pensées qui le hantaient depuis plusieurs semaines. Après bien des efforts pour s'adapter au milieu militaire, Alex avait fini par ressentir une forme de liberté. Dans la caserne, il n'existait que par lui-même. À l'heure où ses camarades échangeaient leurs coordonnées, trop heureux de rentrer chez eux, lui était horriblement angoissé à l'idée de regagner Fontenay et de remettre son costume bien trop serré de fils de famille. Plus l'échéance approchait, plus il redoutait ces retrouvailles.

Il n'avait toujours pas trouvé le courage de traverser la Saône. Depuis huit jours, Alex se morfondait, indécis, dans une chambre d'hôtel de Lyon. Bien sûr, l'anniversaire de Maminou arrivait à grands pas et il était hors de question qu'il en soit absent. Sa grand-mère était le pilier de sa vie. Mais à quoi bon rentrer maintenant ? La haute grille du parc de Fontenay se refermerait bien assez tôt sur lui, il avait encore besoin de réfléchir un peu…

Après une dernière série d'haltères qui l'épuisa complètement, Alexandre partit se changer. Là, dans le vestiaire, une discussion entre deux amis animait les douches.

— Comment veux-tu que je fasse ? Je suis à sec ce mois-ci, disait le premier, une serviette à la main.

— Déjà ! Pourtant, tu as été augmenté…, répondait le second.

— Ouais, mais avec la pension de mon ex et les factures, j'm'en sors à peine.

Dans son coin, Alexandre s'efforçait d'être discret.

— Qu'est-ce que tu crois, j'suis pas un Lambert-Duval, moi ! répliqua le premier.

Alex leva le nez. À l'autre bout du vestiaire, l'homme le dévisageait avec haine. Il préféra se taire et s'habilla à la hâte pour quitter les lieux au plus vite. Une fois de plus, finalement, l'étiquette « fils à papa » lui restait collée à la peau. Alexandre savait qu'il ne le supporterait pas longtemps ; il devait agir et tout mettre en œuvre pour exister par lui-même. Il ne pouvait plus accepter d'être manipulé par son père et ses ambitions ; il ne voulait pas du destin tout tracé que celui-ci lui imposerait dès son retour à Fontenay. Musicien dans l'âme, il voulait jouer et consacrer sa vie à la chanson. Mais ce qu'il redoutait par-dessus tout, c'était l'affrontement…

Quelques minutes plus tard, bloqué dans un embouteillage sur le pont Morand, le jeune Lambert-Duval laissa courir son regard sur le Rhône. En contrebas, les eaux soyeuses glissaient entre deux rubans de verdure. Un bruissement furtif, une ondulation régulière et harmonieuse prodiguaient au Fleuve-Roy toute la noblesse de sa puissance. Rien ne semblait pouvoir obstruer son cours conquérant.

Un klaxon intempestif ramena Alex à la réalité. Le feu vert venait de libérer le flux automobile impatient et sa voiture gênait l'accès à la Presqu'île.

Véritable cœur de la ville, au confluent du Rhône et de la Saône, cette petite péninsule avait été le théâtre des plus tragiques heures de la cité. Une légende aussi tenace que macabre voulait même qu'après la Terreur la municipalité avait décidé d'ériger une fontaine devant l'hôtel de ville afin de laver la place des Terreaux du sang des victimes de Collot d'Herbois et de son complice Fouché. Par tombereaux, la guillotine trancha des têtes et le sang souilla le sol jusqu'aux marches du palais républicain. En six mois, aucun Lyonnais à particule n'avait survécu au couperet.

À présent, les voitures devenaient le fléau de ces quelques rues, asphyxiées aux heures de pointe. De toute part, ce n'étaient que files d'attente et bouchons.

— À cette allure, je ne suis pas près de manger ! soupira Alex, dont l'estomac commençait à crier famine.

Il ne se sentait pas prêt à regagner Fontenay. Sur sa droite, il aperçut une place libre devant la terrasse du Café des Négociants et s'y gara sans attendre, ravi de sa bonne fortune. Moins d'un quart d'heure plus tard, le jeune homme *mangeait son assiette*, selon l'expression des gourmands Lyonnais, tandis que sous ses yeux le spectacle de la foule offrait son manège de contrastes, de bruits et de couleurs. Pour lui, Lyon restait la promesse d'un avenir bien à lui. Il se rendit soudain compte que cette ville lui avait manqué.

Alors qu'il dégustait un côte-de-brouilly, Alexandre s'entendit interpeller. Il se retourna pour se retrouver face à Olivier Duthier, un vieux copain de collège. Très heureux de cette rencontre inopinée, les deux amis partagèrent leur déjeuner.

— Que deviens-tu ? s'enquit Olivier. Ça fait un bail que je n'ai plus de tes nouvelles…

— J'étais en Afrique.

— Sous les drapeaux ?

— Oui. Et je dois dire que la vie là-bas est bien différente de ce que je connaissais ici… Et toi, mon vieux… que fais-tu ?

Son interlocuteur prit un air solennel pour répondre :

— De la musique !

— Ah oui ? fit le jeune Lambert-Duval, avec un regard aussi admiratif qu'intrigué.

— Oh, on ne roule pas sur l'or, mais on peut déjà en vivre. Et ça, c'est le pied !

— Je veux bien le croire…, fit Alex en détournant les yeux, songeur.

Les deux amis bavardèrent pendant plus de deux heures. Les souvenirs revenaient au galop. Et, bien qu'ils se soient perdus de vue durant quatre années, leur relation paraissait aussi naturelle qu'auparavant. Bien sûr, la musique était l'élément principal de leur complicité.

Plus de dix fois, Alexandre eut envie de demander à Olivier des nouvelles de sa sœur Julie. La belle

Julie… La seule qui avait su retenir le cœur d'Alex. Pourtant, leur histoire était curieuse ; malgré des sentiments réciproques et profonds, ils ne s'étaient jamais avoué leur amour. La timidité et les longues hésitations de la jeunesse les en avaient finalement empêchés, et ils étaient restés de simples amis, sans le vouloir vraiment.

Comme s'il avait deviné ses pensées, Olivier annonça dans un demi-sourire :

— Julie vient nous rejoindre de temps en temps.

— Ah bon, bredouilla Alexandre, mal à l'aise.

— Tu sais qu'elle est dans la même classe qu'Anne-Sophie ?

— Non.

— Au fait, pourquoi ne viendrais-tu pas avec moi ? suggéra Olivier. J'ai rendez-vous avec le groupe. À partir de ce soir, on joue au Dizzy Club. Si ça te branche, on pourrait se faire un bœuf ? Je suis certain que ma sœur sera heureuse de te revoir.

Alex accepta de bon cœur cette proposition, qui lui permettait en même temps de retarder son retour à Fontenay.

À sa descente d'avion, Paul Cassan grimpa dans la limousine qui l'attendait pour rejoindre le centre-ville. À la demande expresse de Charles, le banquier avait écourté son séjour d'affaires dans les pays de l'Est afin d'honorer de sa présence la réunion des principaux dirigeants du groupe Lambert-Duval. En fait, il s'agissait plus d'un ordre que d'une requête. Le grand P-DG exigeait que son staff se montre solidaire et s'exprime d'une seule et même voix, la sienne bien sûr…

Mais, cette fois, Paul l'entendait tout autrement. Le banquier, l'actionnaire et l'ami qu'il était n'approuvait pas le choix de Charles. Le manque d'ambition du projet de rapprochement avec Sterz Chemical risquait de mettre en péril les futures stratégies de développement. En outre, cette coûteuse fusion ne garantissait au groupe qu'un bien maigre retour sur investissement. Malgré les tentatives de persuasion et les menaces de Charles, Cassan avait décidé qu'il ne se porterait en aucun cas caution d'une telle opération. Confiant, il se cala sur la banquette de cuir et appela son bureau. Il annula tous ses rendez-vous de la journée ; dès la fin de la réunion, il voulait aller voir sa femme, qui rentrait chez eux ce jour-là. Comment les retrouvailles avec Marthe se passeraient-elles ? Juste avant son départ, un mois plus tôt, Paul avait vécu l'une des scènes les plus éprouvantes de sa vie. Le Dr Frémond, satisfait des progrès de Marthe, avait estimé qu'elle pouvait sortir de l'établissement, juste pour une journée en famille, et à condition de ne jamais rester seule. Ce dimanche-là, tout s'était bien passé jusqu'au milieu de l'après-midi où, tandis que Paul somnolait sur un sofa, Marthe en avait profité pour gagner l'étage et s'entailler les veines… Anéanti, le pauvre homme s'était senti complètement impuissant et avait dû se résoudre à enfermer sa femme. Le médecin lui avait fait comprendre qu'il serait mieux pour elle qu'il s'abstienne de la voir pendant un certain temps. Paul s'était donc envolé pour la Lituanie ; il avait prolongé son séjour et l'avait étendu à tous les pays de l'Est. Mais, aujourd'hui, sans aucun contact avec son épouse depuis un long mois, il souhaitait la retrouver et savoir si elle pourrait un jour supporter de vivre avec la perte de leur fille unique. La demande de Charles n'avait été qu'un prétexte pour rentrer plus vite.

Plus que toute autre ville en France, Lyon cultive l'art du secret. De tout temps, cette porte sur le Midi a fondé sa réputation sur la discrétion, une sacro-sainte règle d'or. Impasses, ruelles, traboules s'imbriquent, se frôlent, se croisent en un dédale aussi complexe qu'une histoire de famille. La métropole de lumière et d'eau entend bien maintenir son rang de capitale des Trois Gaules. Et sa gastronomie a toujours su séduire les nombreux touristes qui viennent chaque année arpenter les rues de sa vieille ville aux murs en trompe l'œil.

La Mercedes de Cassan s'immobilisa au pied d'un immeuble de la place de la Comédie. Là, au premier étage, se tenait le Cercle de l'Union, club très fermé, à un jet de pierre de l'hôtel de ville, qui comptait parmi ses membres tous les notables de la cité. Véritable institution depuis le XIXe siècle, ce cercle réunissait dans l'ambiance feutrée de ses salons toutes les influences politiques ou économiques de la région. Dès son entrée, Paul fut conduit vers la chambre Jacquard, une pièce privée où les Lambert-Duval avaient leurs habitudes depuis des générations. Comme son nom l'indiquait, ce salon rendait hommage à l'inventeur du métier à bras qui permit au célèbre quartier de la Croix-Rousse de prospérer. Les murs tendus de soie sauvage rehaussaient de leurs ors les volutes des boiseries, contribuant ainsi à créer une atmosphère de confort bourgeois propre à susciter un climat de confiance.

— Enfin ! s'écria Charles sans plus de formalités à la vue de son associé.

— Oui. Et je suis au regret de t'annoncer que je ne pourrai rester très longtemps.

Avant même que Charles n'ait le temps de répliquer, il ajouta, le plus naturellement du monde :

— Je veux aller voir Marthe au plus tôt.

— Je comprends…

Là-dessus, Paul ouvrit son attaché-case et en sortit un épais dossier.

— Vous savez que je ne suis pas favorable à cette fusion, lança-t-il tout de go en fixant tour à tour Charles et Frank. Je vous ai préparé une autre proposition complète. Lisez-la, cela n'engage à rien.

Après une hésitation, Charles prit la chemise en carton. Son visage demeurait impassible, mais son regard s'était durci, plus froid et plus menaçant que jamais.

— Zender… Nous en avons déjà parlé, dit-il d'un ton glacial.

— En effet, mais là je t'apporte des chiffres et des faits. Examine-les, au moins !

— Tu sais très bien ce que je pense de cet homme et de ses procédés. Il est hors de question que je fasse affaire avec lui, tu entends ?

— Parfaitement. Je crains cependant que tu ne doives te soumettre aux exigences de ton conseil d'administration. Dois-je te rappeler que Zender Organix est numéro un en Europe ? De plus, c'est un interlocuteur incontournable dans les pays de l'Est.

— Et pour cause ! Personne n'ignore ses affinités avec la mafia russe…

— Ne me dis pas que tu prêtes foi à ce genre de rumeurs ! Rien n'a jamais été prouvé.

Charles se contenta de hausser les épaules.

— Quitte à fusionner, poursuivit Cassan, autant le faire avec le plus important. Lambert-Duval et Zender Organix peuvent se hisser sur la première marche du podium mondial.

— Tu sembles oublier deux petits détails, Paul…

— Ah oui, lesquels ?

— Tout d'abord, les conditions de fusion. Avec Sterz Chemical, nous restons totalement indépendants ; plus petits, certes, mais indépendants, car les activités de nos deux entreprises sont complémentaires. Zender, au cas où tu l'aurais oublié, est quatre fois plus gros que nous, produit un principe actif très proche du nôtre… et qui ne se vend absolument pas ! Crois-tu que j'ignore les intentions de ses dirigeants ? Dans ces conditions, qu'avons-nous à gagner à nous associer à lui ?

— Une chose est certaine, nous devons examiner toutes les propositions. Ensuite, seulement, nous trancherons.

Charles contenait difficilement sa colère. Le groupe Lambert-Duval, aujourd'hui, c'était lui, et il ne laisserait à personne la barre de son vaisseau. Si seulement Laurent pouvait arriver…

À son côté, Frank Clavers s'était contenté d'écouter, un demi-sourire aux lèvres. Pour l'heure, il se gardait bien d'intervenir.

Le soleil disparaissait derrière la colline de Fourvière. Seuls d'ultimes rayons caressaient encore les tuiles romaines de quelques toitures altières. Dans les rues aux façades ocre, la chaleur des dernières heures ponctuait la journée d'un air estival. Un peu plus loin, près du Caillou[1], des joueurs dc boules bien peu motivés à rentrer chez eux avaient investi la Grand'Place. Ils resteraient là, sous la couronne de fraîcheur des vénérables platanes jusque tard dans la nuit avant d'être remplacés le lendemain matin par les étals colorés d'un marché aux senteurs provençales. Tout autour, les terrasses des cafés ne désemplissaient pas et les commentaires allaient bon train d'une table à l'autre.

Au cœur de Lyon, sur ce plateau recouvert de vignes et de céréales jusqu'à la fin du XIXe siècle, les immeubles avaient été construits de manière à préserver certaines enclaves comme la petite rue Joséphin-Soulary qui surplombait le Rhône.

1. Morceau de la moraine glacière sur lequel repose la colline de la Croix-Rousse.

Le Dr Frémond habitait au bout de ce cul-de-sac. Une porte cochère simple et discrète débouchait sur un minuscule jardin en terrasses d'inspiration japonaise. En son centre, deux solides piliers de métal soutenaient un débordement de la maison, tandis que l'autre partie s'agrippait à flanc de colline. Un escalier en colimaçon conduisait à un appartement au caractère et aux dimensions remarquables. Peu de meubles, peu de couleurs, seules des teintes minérales et des formes douces unissaient leurs fluides dans cet environnement qui se voulait apaisant.

Après une longue journée à l'hôpital où sa réputation l'amenait à traiter des cas les plus extrêmes, le psychiatre aimait ce moment de la journée où il pouvait enfin décompresser, s'installer avec un bon cognac dans son canapé et profiter du panorama sur Lyon que lui offrait une immense baie vitrée. Peu à peu, la nuit prenait possession de la ville. Au loin, la masse sombre de la chaîne du Mont-Blanc se confondait déjà avec le ciel. Sur les quais du Rhône, le trafic diminuait. Les bruits changeaient…

Alors que Frémond avalait la dernière gorgée de son verre, son portable vibra. Il voulut tout d'abord ignorer l'appel mais, devant l'insistance de la sonnerie, il finit par décrocher.

— J'arrive tout de suite, répliqua-t-il en bondissant après avoir écouté son interlocuteur.

L'hôpital l'alertait : une urgence. Une de ses patientes, en pleine crise, venait d'échapper à la vigilance du personnel de garde, était parvenue à monter sur le toit et menaçait de se jeter dans le vide si on ne la laissait pas sortir immédiatement.

« C'est pas vrai ! ragea-t-il intérieurement, une main sur le bouton de la porte. Je me demande qui sont les plus fous, les patients ou bien les médecins ! Il faut être barge pour faire un métier pareil ! »

Il pressa le pas, bien conscient que, dans ce genre de situation, chaque minute comptait. Il dévalait l'escalier métallique quand, soudain, il perdit l'équilibre et bascula. Malgré ses tentatives pour se rattraper à la rampe, il s'affala jusqu'en bas où sa tête heurta une bordure en teck. Le malheureux venait de perdre connaissance, ainsi que l'occasion d'exercer dans les prochains mois…

Près de lui, le buisson remua et un homme en sortit. Il s'approcha de Frémond, prit son pouls, tout en tendant le bras pour dénouer l'invisible fil de nylon qu'il avait attaché sur la troisième marche quelques minutes plus tôt. Puis il alerta les secours, après s'être une dernière fois assuré que sa mise en scène ressemblait bien à un accident.

— Un peu de repos te fera le plus grand bien, murmura-t-il d'un ton cynique, dévoilant dans un sourire une fine cicatrice sur sa lèvre supérieure. Je suis certain que tes patients seront entre de bonnes mains.

Dans son bureau de Fontenay, Charles laissa éclater sa colère. Il fulminait. Les propos tenus par Cassan étaient inacceptables. Dans son coin, Frank écoutait sans un mot. Après un rapide examen du dossier Zender, Lambert-Duval ne voyait guère comment s'en sortir sans l'aval de son frère. En effet, lors du vote, la voix de Laurent serait décisive. Quelle serait sa position sur la question ? Charles l'ignorait. Son cadet avait parfois des idées tellement saugrenues qu'il lui arrivait de se demander s'ils étaient vraiment issus du même lignage…

— J'espère qu'il ne lui est rien arrivé, pesta Charles, je veux le pulvériser moi-même !

Ce soir-là, Alexandre se décida enfin. Persuadé que nul ne l'attendait, il pensait pouvoir rentrer le plus discrètement possible. Sa voiture longea la Saône en direction de Saint-Cyr-au-Mont-d'Or, avant de s'engager sur l'allée sinueuse du domaine de Fontenay. Alexandre la connaissait par cœur. Au détour de chaque virage, derrière chaque platane séculaire se cachait une image, une anecdote, un souvenir de joie, de rire, mais aussi de déception ou de larmes. Il parcourut encore quelques mètres avant de voir apparaître la majestueuse demeure. Souveraine au sommet du coteau, la vénérable bâtisse au fronton noble et à la blancheur immaculée veillait sur ses verts pâturages et la Saône en contrebas.

Malgré lui, Alexandre fut impressionné par son charme classique. Pourtant, combien de fois l'avait-il haïe. Combien de fois avait-il voulu la fuir à tout jamais ! Elle, ses habitants et tout ce qu'elle représentait. Mais peut-on fuir ses origines, ses racines ?

À vingt-quatre ans, l'aîné des enfants Lambert-Duval désirait tirer un trait sur son passé, sur ses années dorées. Il voulait s'assumer, se prouver qu'il était capable de se réaliser seul, sans l'appui ni l'argent de sa famille.

Jeune, on lui avait bien sûr enseigné le sens des valeurs et des responsabilités. Il avait un rang à tenir, donc un exemple à donner. Mais il demeurait enfermé dans une cage dorée. L'année qu'il venait de passer sous les drapeaux avait forgé son caractère. Il y avait aussi appris l'humilité.

Alexandre poussa la lourde grille en fer forgé qui séparait la cour du reste de la propriété. Au grincement des gonds répondirent immédiatement des aboiements rauques.

— Méphisto ! s'écria le jeune homme.

Un vieux labrador accourait vers lui, l'air pataud, remuant la queue de façon frénétique.

— Comme tu m'as manqué, vieux frère !

Alexandre avait découvert cette petite boule noire et frétillante chez les métayers du domaine lorsqu'il avait tout juste dix ans et avait insisté pour le garder. Il avait cependant dû se heurter à l'opposition paternelle pour l'adopter, d'autant qu'Anne-Sophie, sa jeune sœur, avait une peur bleue des chiens. Or, c'était elle qui recevait toutes les grâces de leur père. Sans l'intervention de Maminou, nul, même pas sa mère, n'aurait pu le faire fléchir. Au fil du temps, le labrador avait pris une place primordiale dans la vie du jeune homme, qui comptait très peu d'amis. Confident des mauvais jours, le chien n'ignorait rien des rêves et projets de son petit maître.

Sur le pas de la porte, Alexandre marqua un temps, prit une profonde inspiration et entra, Méphisto sur ses talons, comme au bon vieux temps… Ce dernier connaissait toutefois les limites de son domaine et s'allongea sur les dalles, au pied du grand escalier. La tête sur les pattes avant, il regarda du coin de l'œil son maître se diriger vers le grand salon.

À son entrée, tous se levèrent pour l'accueillir avec joie, une fois la première surprise passée. Tous, sauf

Charles, qui terminait sa conversation avec Clavers. Lorsque Alexandre arriva devant son père pour le saluer, une boule d'angoisse se forma aussitôt au creux de son ventre. D'instinct, il tendit la main.

— Sois le bienvenu chez toi, fiston ! lança dignement son père sans lui accorder davantage d'attention.

Après avoir répondu à toutes les questions, Alexandre trouva le prétexte de monter se changer avant le repas pour aller respirer à pleins poumons. Il prit une douche, troqua son polo contre une chemise au col plus rigide et passa un blazer. Dieu, qu'il pouvait détester cette coutume ! Que tout ça lui semblait désormais ringard ! Mais Maminou y tenait. Enfin, c'était du moins ce que Charles leur avait toujours fait croire. Alors qu'il livrait bataille à deux boucles de cheveux rebelles, on frappa à sa porte.

— Entrez, c'est ouvert !

— Coucou, c'est moi ! lança Gabrielle en passant à peine la tête dans l'embrasure de la porte. Es-tu visible ?

Un large sourire illumina le visage de son neveu. Il lâcha la brosse et accourut vers Gabrielle, qu'il souleva et embrassa sur les deux joues.

— Salut, chère tantine ! Comme je suis heureux que tu sois là ! Enfin un visage amical…

— Tu nous as beaucoup manqué. Comment vas-tu, mon grand ?

— Ça va. Je ne sautais pas de joie à l'idée de revenir à Fontenay, mais bon… Heureusement, il y a les femmes de Fontenay !

Il se reprit, moqueur :

— Enfin, sauf Anne-Sophie. Remarque, parfois je me demande si elle a le cœur d'une femme, celle-là…

— Tu es dur avec elle.

— Peut-être. As-tu vu comme elle me regardait tout à l'heure ? Elle avait presque l'air paniquée à l'idée que papa s'intéresse à moi. Je le lui laisse volontiers, son cher père. Qu'il me foute la paix, je ne demande pas mieux !

— Allons, fit Gabrielle, qui se voulait conciliante. Laisse-lui une chance. Les choses vont peut-être changer, maintenant.

— L'espoir fait vivre.

Elle le saisit par le bras et l'entraîna vers le couloir.

— Viens, nous passons à table. Ne soyons pas en retard, d'acc ?

Alex acquiesça. Une grande complicité les avait toujours liés. Tous deux avaient la même sensibilité et les mêmes difficultés à affronter le regard de Charles Lambert-Duval. Pour Alexandre, Gabrielle était une sorte de grande sœur idéale et il leur fallut très peu de temps pour retrouver leurs sourires de connivence.

— Et Laurent ? Je ne l'ai pas encore vu. Où est mon oncle préféré ? demanda le jeune homme. J'espère qu'il se souvient de m'avoir promis une revanche au paint-ball !

— En fait, répondit Gabrielle, ennuyée, nous n'avons plus de ses nouvelles depuis trois jours...

— Ah bon ? Où est-il encore passé, ce vieux casse-cou ?

— Tu penses bien que j'aimerais le savoir...

Lisant le chagrin et l'inquiétude sur le visage de sa tante, Alexandre n'insista pas.

Dès qu'ils entrèrent dans le grand salon, Stéphanie accapara son fils.

— Tu es très élégant. J'ai même l'impression que tu as grandi ! En tout cas, je suis heureuse que tu sois à nouveau à la maison.

Stéphanie l'embrassa tendrement avant d'inviter le reste de la famille à venir dîner. Sans lâcher le bras d'Alex, elle précéda tout le monde dans la pièce voisine, où les Lambert-Duval prirent place à table suivant un rituel établi depuis la nuit des temps.

Charles et Marie présidaient à la française, alors que Stéphanie et Gabrielle se tenaient l'une en face de l'autre, à l'anglaise. Alexandre s'installa à la gauche de son père, Clavers à sa droite… Le chef de famille déplia sa serviette d'un geste ample tout en prêtant une oreille attentive aux derniers conseils que lui murmurait Frank. Leur conversation mourut rapidement afin de ne pas importuner les dames pendant le repas. Charles restait pensif, un sourcil en accent circonflexe. D'un doigt agile, il dessinait des formes géométriques sur la nappe blanche, ajustait le parallélisme de ses couverts et l'alignement de ses verres.

Devant la réserve de son fils, Maminou essaya de dissiper le malaise en engageant une conversation légère avec Alex, Stéphanie et Gabrielle sur les innombrables avantages du retour du jeune homme. Au bout de quelques minutes, Anne-Sophie se tourna vers son frère en souriant.

— À propos, que comptes-tu faire, maintenant ?

Un long silence tomba autour de la table. Tous les regards allèrent furtivement d'Alex à son père. Alex, dont la gêne était visible, préféra ne pas répondre tandis qu'Anne-Sophie semblait savourer l'effet de son intervention. Une nouvelle fois, c'est Maminou qui sauva la situation en demandant à Alex de lui passer le vin qui se trouvait à l'autre bout de la table, à côté de

Charles. Quand ce dernier tendit la carafe à son fils, il leva sur lui un regard d'airain, semblable à celui d'une statue.

— Je t'attends dans mon bureau après le dîner. Nous avons à discuter.

Instantanément, l'appétit du jeune homme se limita au minimum exigé par la politesse.

Après un dîner particulièrement tendu, Alex suivit son père dans la pièce lambrissée. Il y retrouva immédiatement cette odeur si caractéristique des meubles régulièrement encaustiqués, le parfum de musc subtil du maître des lieux, ainsi qu'un léger effluve de havane, le cigare du dimanche soir. Ici, chaque objet précieux trouvait une place en parfaite symbiose de couleur ou de forme avec l'ensemble. Rien ne déparait la rigueur géométrique des lignes de la bibliothèque Empire. Les surfaces demeuraient lisses, les couleurs un peu vives étaient bannies. Plus qu'ailleurs, le poids de l'histoire et de la tradition familiales se faisait sentir dans ce bureau.

Charles se tenait devant une desserte chargée de carafes en cristal aux reflets dorés.

— Veux-tu boire quelque chose ? lança-t-il sans même se retourner.

— Non. Je te remercie.

Alex hésita à prendre un siège, mal à l'aise dans cette pièce où de nombreux souvenirs de réprimandes lui revenaient en mémoire par rafales. C'était ici que, enfant, il venait faire signer ses carnets de notes – jamais assez bons pour le P-DG – et, plus tard, quémander une autorisation de sortie. Chaque fois, ce face-à-face était une véritable épreuve pour Alexandre, lequel, inquiet, ne bénéficiant pas comme Anne-Sophie des bonnes grâces de son père, devait toujours répéter mentalement son texte…

Aujourd'hui, l'affaire était différente, les larges rides creusées sur le front de Charles révélaient l'importance de cette convocation.

— Bien, je n'irai pas par quatre chemins, Alexandre. Après tes études, tu as pris une année sabbatique aux États-Unis ainsi qu'une autre en service de coopération ; maintenant, le jeu est terminé. Il est grand temps pour toi d'entrer dans la vie active.

— Finalement, je vais prendre un verre, répliqua le jeune homme, vivant la scène qu'il avait tant redoutée depuis des mois.

— Si l'on est tout à fait objectif, reprit Charles, qui fixait le fond de son verre, ton diplôme ne te permet pas vraiment de briguer une place d'ingénieur ou de cadre supérieur où que ce soit. Quant à ton expérience, elle est inexistante. Je te propose donc de nous rejoindre, décréta-t-il avec une pointe d'orgueil dans la voix. Il est temps que tu sois initié aux affaires familiales.

— Et quel poste me proposes-tu ?

— Frank te prendra personnellement en main. Il va te former au métier.

Le « métier »… Cet ordre sacré dans lequel baignait les Lambert-Duval mâles depuis des générations. Ils naissaient avec le destin tout tracé de s'asseoir un jour dans le fauteuil présidentiel. Charles n'avait jamais considéré Alexandre comme un fils, mais comme un héritier. Le jeune homme avala en grimaçant les deux dernières gorgées d'un scotch bien trop fort à son goût.

— J'étais bien plus jeune que toi lorsque mon père a commencé à m'enseigner le métier. Alors, qu'en dis-tu ?

L'alcool enflammait les sens d'Alex, lui donnant un nouveau courage. Il s'aperçut brusquement qu'il ne ressentait plus cette crainte paralysante face à l'homme si froid qu'il avait tant de mal à appeler papa.

— Je ne tiens pas à suivre ce genre de carrière, laissa-t-il tomber, s'étonnant lui-même d'être capable de dire une telle chose à son père.

— Je te demande pardon ? manqua de s'étrangler Charles. Puis-je savoir ce que tu entends par « ce genre de carrière » ?

— Je ne veux pas entrer dans le monde de la finance et des affaires. Je ne veux pas devenir complice des quelques personnes qui, pour amasser davantage de bénéfices, sont capables de briser la vie de milliers d'autres.

— Ah oui ?

Le scotch enhardissait Alex, qui poursuivit sur sa lancée, évacuant ainsi ce qu'il réfrénait depuis si longtemps.

— Comment peux-tu accepter de vendre une fortune une molécule déjà amortie ? Toi et les autres laboratoires contribuez à creuser l'écart entre les peuples. Une médecine pour les riches et rien pour les autres. Enfin, si, les stocks défectueux…

— En voilà assez ! fulmina Charles, incapable d'en supporter davantage. Comment oses-tu me parler ainsi ? Tout le monde s'accorde à reconnaître notre innocence dans cette malheureuse affaire. Nos laboratoires n'ont jamais vendu de produits avariés. C'est tout de même bien triste de constater que les diverses commissions d'enquête européennes me croient et que mon propre fils vient m'incriminer sous mon toit ! Tu me critiques alors que tu es le premier à profiter pleinement des largesses de ton affreux capitaliste de père. Mais regarde-toi donc, mon pauvre…

Il saisit avec violence le bras d'Alex, le retourna, dévoilant d'anciennes cicatrices d'injection, et le serra fortement.

— Regarde-moi ça… tu es un vrai drogué !

Une chape de silence s'abattit sur eux. Charles regrettait déjà les mots que la fureur venait de lui faire prononcer. La séparation de ces deux dernières années n'avait visiblement eu aucun effet bénéfique sur leur relation. Charles n'avait toujours pas digéré les problèmes qu'avait rencontrés son fils, et la rupture entre eux semblait inévitable.

— C'est de l'histoire ancienne et tu le sais bien. Je n'y ai jamais plus retouché depuis.

Pour la première fois, Charles leva les yeux sur Alexandre. Il l'examina comme un étranger, mais parut se radoucir un peu.

— Nous reparlerons de tout ça plus tard.

Puis, se retournant vers la desserte, il ajouta d'une voix sans appel :

— Il est tard. Monte te coucher.

Arrivé bien après l'heure réglementaire des visites, Paul Cassan dut se montrer persuasif pour accéder au service psychiatrique. Dans les couloirs déserts, son pas décidé le conduisit tout droit vers l'accueil.

— Je viens voir ma femme, Marthe Cassan.

— Mais elle est sortie, monsieur, aujourd'hui même, lui répondit une infirmière.

Elle pointa un doigt en direction du bureau du chef de service.

— Allez voir là-bas, vous en saurez plus.

— Merci, mademoiselle.

Très contrarié de ce qu'il venait d'apprendre, Paul pressa le pas.

— Je suis M. Cassan, lança-t-il tout de go en pénétrant dans le bureau.

— Dans ce cas, monsieur Cassan, répondit un médecin, de dos, je crois que vous n'avez rien à faire ici. Tout du moins à cette heure.

— Je vous demande pardon ?

— L'heure des visites…

— Écoutez, je rentre de voyage à l'instant et je suis sans nouvelles de ma femme. Par ailleurs, je pense qu'avec les généreuses contributions que je verse à cet hôpital je peux venir quand bon me semble. Surtout si ma femme y suit des soins !

Sans se détourner des dossiers qu'elle terminait de signer, la blouse blanche poursuivit :

— Je vois. Et que peut-on faire pour vous être agréable… monsieur Cassan ?

Paul n'appréciait guère le ton ironique de ce médecin qui ne prenait même pas la peine de le regarder en face.

— Puis-je voir le Dr Frémond, je vous prie ?

— Je le remplace.

— Vous voulez rire ?

— Non, mon confrère a eu un regrettable accident. C'est moi qui prends en charge ses patients. Je suis le Dr Philippe Moraud.

En prononçant ces mots, le nouveau chef de service s'était retourné, affichant un sourire qui dévoilait une fine cicatrice sur sa lèvre supérieure.

Une gracieuse houle de vignes ondulait d'une colline à l'autre, sous un soleil de plomb. Les vagues de ceps s'étendaient à perte de vue jusqu'à la lointaine forêt. Parfois, le ruban d'une départementale surgissait entre les flots verdoyants, traçant une ligne entre les différents coteaux. Çà et là pointaient les flèches aiguës des clochers. Il semblait difficile de croire que la vice-reine de France[1] trônait seulement à quelques encablures… Ce terroir, riche en cultures et en traditions, se suffisait à lui-même, fier, indépendant, rebelle. Était-ce un héritage de la feue baronnie[2] ? Ce passé, comme surgi d'un vieux grimoire, se révélait au quotidien sans que le temps ait de prise sur lui.

1. Il s'agit de Lyon et de son agglomération située à quelques kilomètres des vignes du Beaujolais. Le terme de « vice-reine » est un clin d'œil à Dumas.

2. Les barons de Beaujeu, fondateurs du Beaujolais, fidèles du comte de Mâcon et adversaires de l'abbé de Cluny. Au début du XIIe siècle, leur territoire s'étendra, avec Guichard III, des plaines de la Loire et du Forez, aux confins de la Bresse et de la Dombes jusqu'aux portes de Lyon.

À la sortie du village de Lancié, une petite maison dissimulait son crépi craquelé derrière une vigne rampante. C'était la retraite du père Antoine depuis qu'une attaque l'avait contraint à quitter l'exploitation.

Fidèle à un rituel bien établi, l'octogénaire se versa une bonne rasade de café au lait dans un grand bol à carreaux jaunes. Ensuite, il découpa deux larges tranches de pain de campagne et en recouvrit la mie généreuse d'une alléchante confiture d'abricots aux reflets ambrés. Et, une fois son petit déjeuner englouti, il se servit solennellement un verre de Lancié. Depuis près de soixante-dix ans, le père Antoine buvait trois verres de vin par jour. Le secret de sa forme, disait-il.

— C'est ma production, avait-il un jour répondu au médecin, inquiet pour le cholestérol de son patient. Au moins, je sais ce qu'il y a dedans. Pas comme toutes vos saloperies de médicaments.

Malgré ses pirouettes pour ne pas entendre les avertissements médicaux, les résultats d'analyses étaient là, guère brillants. Cependant, le vieux vigneron n'était pas du tout prêt à changer ses habitudes. Au crépuscule d'une vie de labeur bien remplie, Antoine Mazenet partirait sans regret, ce qu'il considérait comme une victoire dans l'existence d'un homme. Il avait largement contribué à la prospérité de l'exploitation familiale, en qualité tout comme en quantité. Célibataire endurci, il avait recueilli sa jeune nièce orpheline. À sa grande surprise, il avait même su lui donner tout l'amour paternel qui sommeillait dans un coin de son grand cœur. Avec le temps, le père Antoine avait vu non sans fierté naître la vocation de la jeune fille pour la vigne.

Plus tard, les affres de l'âge avaient poussé le vieil homme hors de chez lui. Gabrielle lui avait trouvé une maison de plain-pied située à deux pas de ses terres, qui offrait l'avantage d'un plus grand confort. Le vigneron avait accepté, sachant que sa nièce était capable de conduire l'exploitation.

— Lancié peut être tranquille, avait-il révélé le soir de son emménagement, jamais le propriétaire de ces terres n'a été plus joli. Ta maman serait fière de toi.

Le père Antoine sourit à cette pensée. Gabrielle ressemblait trait pour trait à Anne. Elle avait cette même douceur, la même franchise et surtout la même détermination à retrousser ses manches devant l'adversité ; elle avait aussi hérité de ce regard si intense. Très jeune, Anne avait quitté son Beaujolais natal pour suivre Pierre Delmas en Provence. À l'époque, le père de la jeune femme avait voulu la répudier. Mais son fils, Antoine, avait su trouver les mots pour apaiser le courroux paternel et, peu à peu, les choses étaient rentrées dans l'ordre. Les choix de sa sœur, pleins de bonté et de courage, forçaient toujours le respect et l'admiration de son entourage. Aujourd'hui, Anne revivait à travers Gabrielle. Sans le savoir, la jeune femme portait en elle les mêmes valeurs que cette mère qu'elle n'avait jamais connue. La voir prendre les rênes de Lancié avait été un grand réconfort pour son vieil oncle.

Toutefois, le père Antoine n'avait pas complètement quitté le monde de la vigne. Toujours présent pour suivre les opérations à Lancié, il passait le plus clair de son temps à œuvrer pour la culture et la promotion du beaujolais au cours des soirées des confréries, de grandes fêtes folkloriques et bachiques. Il était hors de question pour lui de demeurer inactif et d'abandonner ses vignes !

Il fut soudain tiré de ses réflexions par Léon, le facteur, qui était sur le pas de la porte.

— Père Antoine ! PÈ-RE AN-TOINE !

— Holà, holà ! clama le vigneron, bougon. Pas la peine de hurler comme ça ! Je suis vieux, d'accord, mais pas sourd comme un pot !

— Votre courrier ! poursuivit l'homme, en prenant soin de bien articuler.

— MER-CI, le singea le père Antoine, le regard malicieux.

Un rapide coup d'œil sur la poignée de lettres ne lui laissa rien présager de bon. Il les déposa sur un coin de table, prit sa canne et partit faire quelques pas, histoire de chasser ses idées noires.

Seul au milieu des vignes, le père Antoine les contemplait avec tristesse. D'ici peu, ces minuscules grains verts formeraient une belle grappe qui tiendrait dans la paume de sa main. Avec la chaleur de ce début de saison, le taux de sucre serait élevé. Cette année encore, le nectar qui en sortirait aurait la robe rubis des grandes dames, un parfum de fruits rouges, gouleyant à souhait. Et quel bouquet !

Le père Antoine savait pertinemment qu'il ne goûterait pas à ce nouveau cru… Avec nostalgie, respect et surtout beaucoup d'amour, il fit l'effort de s'agenouiller sur cette terre qui, souvent, s'était montrée si généreuse avec lui et se mit à réciter :

— *Versons ces roses près de ce vin*
Près de ce vin versons ces roses,
Et buvons l'un à l'autre, afin…

Il s'interrompit.

« C'est toujours la mémoire qui faiblit en premier chez les vieux… », pensa-t-il, mélancolique.

— *Afin...*

Une voix s'était élevée derrière lui, pour lui indiquer la suite. Sans se retourner, le père Antoine entonna :

— *... qu'au cœur nos tristesses encloses*
Prennent en buvant quelque fin.

Le vieil homme se retourna. Gabrielle venait de lui souffler les derniers vers des *Chansons épicuriennes* de Ronsard. Il toussota, un peu gêné d'être surpris dans cette situation. La jeune femme lui souriait tendrement.

— Tu dois me prendre pour un vieux fou…, articula-t-il, en baissant les yeux.

— Parce que tu as le courage de rendre grâce à celle que tu as toujours aimée ? répliqua Gabrielle. Dans ce cas, nous sommes deux !

— Tu es une brave petite, répondit le vieux vigneron avec gratitude.

— Et si nous marchions un peu ?

— Avec grand plaisir.

Le père Antoine redressa fièrement son corps noueux comme un vieux cep et lui tendit galamment le bras. Bien que sa nièce estimât que c'était à elle de le soutenir, elle ne put le refuser et ils s'éloignèrent sur le chemin bordé d'herbes folles qui longeait les vignes, accompagnés de Montaigne et de La Boétie. Près d'une cadole, ces abris de pierre qui ponctuent le vignoble beaujolais, Gabrielle invita son oncle à reprendre haleine.

— Où ai-je la tête ! plaisanta le père Antoine, le souffle court. Tu dois être fatiguée !

La jeune femme caressa du regard le vieil homme. Malgré les années, ses traits restaient étonnamment jeunes. Quelques larges sillons creusaient le tour des yeux et parcouraient son front buriné par le soleil avec une noble régularité. Tout doucement, elle sortit une enveloppe de la poche de son jean. Gabrielle l'avait trouvée sur un coin de table, ce matin même. C'étaient les résultats médicaux qu'ils attendaient.

— Pourquoi ne l'ouvres-tu pas avec moi ?…

Sans quitter des yeux la ligne d'horizon, le père Antoine lui répondit qu'il préférait ne pas lire ce qu'il savait déjà.

— Mais il s'agit de ta santé ! s'écria Gabrielle. Tu ne peux pas te laisser aller comme ça !

— Pour qui ? fit-il en braquant son regard dans le sien. Pour toi ou pour moi ?

Avec tendresse, le père Antoine demanda à sa nièce de s'asseoir près de lui. Il enlaça son épaule d'un geste d'une infinie douceur et expliqua :

— Ma petite chérie, sache que j'ai eu la plus merveilleuse des vies. Chaque jour, j'ai aimé travailler dans ces vignes. Oh, bien sûr, ce n'était pas simple tout le temps. Mais, tu vois, c'est parfois dans l'adversité que l'on constate à quel point on tient aux choses et aux êtres. Pour ma part, j'ai connu plus de quatre-vingts vendanges, soit plus de quatre-vingts grossesses ! Toutes ne sont pas arrivées à terme, hélas ! Certaines ont donné de très beaux fruits, d'autres moins. Malgré les années, je revis chacune d'elles. Je me souviens de chaque nouveau cru comme d'un instant unique, magique. Le destin t'a confiée à moi et tu es devenue une belle jeune femme qui s'occupe à merveille du domaine. Alors, très franchement, je suis un homme comblé et si c'était à refaire… eh bien, je suivrais la même route… Et il est peut-être mieux qu'elle s'achève maintenant, il est temps.

Gabrielle acquiesça avec un sourire triste. Ensemble, ils déchirèrent l'enveloppe.

Sur le chemin du retour, la jeune femme confia ses inquiétudes concernant la disparition de son mari.

— Laurent est un chic type, fit le père Antoine. S'il te laisse sans nouvelles, c'est qu'il ne peut pas te joindre. Ses fonctions le retiennent certainement ailleurs. Mais je suis sûr qu'il ne va pas tarder.

— Dans ce cas, pourquoi Charles lui-même n'est-il pas au courant de l'endroit où se trouve son frère ?

— Ah, Charles..., soupira le père Antoine avec un haussement d'épaules. Il a ses raisons que la raison ignore. Laurent va pointer le bout de son nez d'ici peu. J'en suis persuadé.

Gabrielle posa sa tête sur l'épaule du vieil homme et ferma les yeux, confiante.

La haute grille s'ouvrit sur le passage de la limousine de Paul. Le véhicule décrivit un arc de cercle parfait avant de s'arrêter sous le porche de l'hôtel particulier des Cassan. Située en bordure du parc de la Tête-d'Or, sur le boulevard des Belges, la bâtisse affichait le raffinement bourgeois d'un style néoclassique revu et corrigé à grand renfort de technologie.

Le banquier entra prestement, sans prendre la peine de refermer la porte derrière lui. Il traversa à grands pas le vaste hall blanc, monta quelques marches et lança :

— Marthe ? Tu es là ?

— Oui, oui ! Ici ! lui répondit une voix presque enjouée.

La porte entrebâillée de sa chambre laissait échapper un filet de lumière. Paul s'approcha et découvrit sa femme à genoux, affairée à ranger ses sous-vêtements dans la commode.

— Chérie… Comment se fait-il que tu sois là ? Je suis passé à la clinique ; je ne savais pas qu'ils t'avaient autorisée à partir…

Suspendant son interrogatoire, il vint tout près d'elle et l'enlaça avec tendresse. Marthe fit un pâle sourire sans pour autant parvenir à répondre à l'enthousiasme de son mari. Paul relâcha son étreinte pour mieux la contempler. Sa femme baissa les yeux et, pleine d'appréhension, chercha quelque chose à faire afin de ne pas trop trahir sa fébrilité. Elle tortillait la fine dentelle d'une bretelle de soutien-gorge, lançait de furtives œillades aux quatre coins de la pièce ; elle semblait particulièrement angoissée d'être rentrée, et plus encore que son mari s'aperçoive de son mal-être.

— Laisse donc ça, fit Paul, se voulant rassurant. Térésa va s'en occuper.

Marthe le remercia d'un sourire crispé. À ce moment-là, elle fixa le visage de Paul et parut seulement se rendre compte de sa présence.

— Chérie, murmura-t-il, pourquoi le médecin t'a-t-il laissée sortir toute seule ?

Marthe tenait nerveusement entre ses doigts un pli de sa jupe.

— Qu'est-ce que tu crois ? s'écria-t-elle. Que je me suis enfuie ? Hein ? C'est ça ? Ma folle de femme s'est échappée de l'asile ?

— Chut, essaya de la calmer Paul en l'enlaçant à nouveau. Non, ce n'est pas ce que je crois. Je suis passé à la clinique…

Indifférente à cette marque d'affection, elle l'interrompit d'une voix blanche :

— Le Dr Frémond pense que je dois réapprendre à vivre à l'extérieur. Je suis assez forte pour ça.

— Oui. Et je suis sûr que cette fois tu vas y arriver, ma chérie. Je serai là pour t'aider. Tu verras, tout ira bien. Si tu veux, demain soir, nous pourrons même aller à Fontenay, voir nos amis. Tu sais que Marie fête ses soixante-quinze ans ?

— Non, Paul. Pas ça. Je ne suis pas prête à voir autant de monde. Je ne sais même pas si je peux encore vivre ici, avec toi.

— Mais si. Crois-moi, tu vas y arriver.

Marthe fixa son mari. Un voile de mélancolie passa dans son regard.

— Parce que tu penses vraiment que tout peut redevenir comme avant ? Élodie est morte…

Paul eut un mouvement de retrait.

— Assez ! siffla-t-il durement.

Puis il se retira sans un mot. Seule sur son lit, Marthe tortilla de plus belle le revers de sa jupe. Elle aurait tant aimé pouvoir parler de leur fille, partager sa tristesse avec son mari. Mais depuis le jour de l'accident, Paul agissait comme si ce terrible drame n'avait pas eu lieu.

Ce matin-là, le soleil s'étirait sur un ciel blanc. Aujourd'hui encore, il risquait de faire étonnamment chaud pour un mois de mai.

À Fontenay, cette journée était placée sous le signe de la fête. Pourtant, elle s'engagea sous de mauvais auspices. Un silence étouffant régnait à la table du petit déjeuner. Chacun semblait absorbé par ses pensées. Charles n'avait pas décoléré depuis sa conversation avec son fils. Gabrielle n'avait toujours pas eu de nouvelles de Laurent et l'angoisse lui nouait la gorge. Alexandre faisait tout pour éviter de croiser le regard de son père.

— Je compte signaler sa disparition à la police, lâcha enfin Gabrielle, à bout de forces.

— C'est hors de question ! rétorqua Charles.

Puis il poursuivit, plus calme :

— Attendons ce soir avant d'ameuter tout le monde. Je vais passer quelques coups de fil.

Lambert-Duval se retira dans son bureau, suivi de près par sa fille.

— Qu'est-ce que tu veux ? souffla-t-il, ennuyé de la voir collée à ses talons.

Fidèle à ses mauvaises manières, Anne-Sophie s'assit sur un angle de la table de travail et fixa son père.

— Rien. Simplement savoir si je pouvais t'être d'une aide quelconque.

Anne-Sophie ouvrait ses grands yeux innocents dans lesquels Charles adorait plonger. Il parut brusquement se radoucir.

— Tu es gentille, chérie. Mais tu ne peux rien pour moi.

— Là, tu te trompes…

Après avoir éveillé la curiosité de son père, Anne-Sophie révéla ce qu'elle attendait de lui :

— Sais-tu quelle enseigne j'ai choisie pour le plan marketing que je compte présenter devant le jury aujourd'hui ?

— Non.

— Les Melchior.

— Notre chaîne d'hôtels ?

— Oui. Celle que tu t'apprêtes à céder.

Le visage de Charles se ferma et ses yeux lancèrent des éclairs de réprobation en direction de sa fille.

— Comment sais-tu une chose pareille, toi ? Non. Ne dis rien ! J'ai une vague idée de l'endroit où tu as pu glaner de tels renseignements. Combien de fois faudra-t-il répéter que je ne veux personne dans *mon* bureau ?

— Je vois, fit-elle, affichant un air contrit. Je pensais que tu serais ravi, au contraire, de mon intérêt pour tes affaires.

— Tu plaisantes ! Cette information est ultraconfidentielle. Je ne tiens pas à ce que tu mentionnes le nom des Melchior au cours de ton examen. Me fais-je bien comprendre ?

Charles regarda sa fille, désormais complètement dépitée. Il reprit, plus conciliant :

— Enfin, chérie, qu'est-ce que tu croyais ? Que j'allais trouver ton idée géniale et te donner les clefs des hôtels pour que tu mènes ta petite expérience ?

— Ce serait séduisant, en effet.

— Ne rêve pas et commence par me décrocher une bonne note à ton examen… Sans faire allusion aux Melchior. Ensuite, on verra.

— Je vois. Une première place pour un bon point, hein ?

— La première place est plus dure à obtenir, mais toujours plus enviable…

— … que la deuxième qui n'est rien d'autre que la première place des perdants, je sais, poursuivit Anne-Sophie, répétant ce que son père disait toujours.

— C'est vrai, reconnut Charles.

— Bien. Je te prie de m'excuser, mais je dois aller courir, lança-t-elle avant de claquer la porte derrière elle.

Sur la dernière marche de l'escalier, Alexandre s'arrêta net. Témoin de la sortie de sa sœur, il préféra remettre à plus tard le discours qu'il avait élaboré pendant une bonne partie de la nuit. Il avait décidé d'annoncer à son père sa volonté de se lancer dans une carrière musicale.

Un quart d'heure plus tard, Anne-Sophie, vêtue de sa tenue de jogging, traversait la terrasse à petites foulées. Dès qu'elle eut contourné le jardin à la française, ses enjambées s'allongèrent. La jeune fille ne parvenait pas à apaiser sa colère.

« Quel macho ! pesta-t-elle. J'en ai vraiment marre qu'on décide toujours à ma place de ce que je dois faire ! »

La cadette de Charles aurait voulu être née dans une autre famille. Et garçon, de préférence ! Sans doute ainsi aurait-elle pu choisir librement le cours de sa vie.

« Je hais ces principes à la noix ! Une fille doit réussir un bon mariage et un mec doit reprendre les rênes de la société ! Je suis beaucoup plus capable qu'Alex. »

Indifférente aux subtils parfums qui s'échappaient de la roseraie, Anne-Sophie repensait à la réponse de son père. Elle qui se voyait déjà en train de négocier des contrats, de déjouer les subtilités des pièges boursiers ou de prendre le pas sur la concurrence s'était entendu répondre :

— Finis tes études et, si tes engagements personnels ne t'en empêchent pas, peut-être pourras-tu entrer au service relations publiques...

Pour qui la prenait-il ? En somme, il lui proposait de se marier ou d'être un pot de fleurs... Deux perspectives que rejetait absolument l'ambitieuse Anne-Sophie !

Après avoir contourné le potager, elle devina la maison du métayer de Lancié, dissimulée en partie derrière une haie de thuyas. Elle ne put retenir un sourire malicieux et, délaissant ses rancunes pour un moment, coupa à travers prés. Non sans avoir jeté un rapide coup d'œil alentour pour vérifier que personne ne l'avait vue, elle approcha de la ferme. Comme prévu, elle trouva un double des clefs sous la poterie ébréchée, à droite de la porte.

À l'intérieur, seul le tic-tac de l'horloge brisait le silence des lieux encore endormis. Avec précaution, Anne-Sophie se dirigea sur la pointe des pieds vers la chambre. Là, ses vêtements glissèrent sur sa peau de soie et elle se coula doucement entre les draps du lit.

À son côté, Rodolphe dormait comme un bébé. Elle s'avança tout près de son visage, caressa sa bouche et leurs lèvres se joignirent en un baiser langoureux.

— Salut ! murmura le jeune homme avec un large sourire.

Et, sans plus de formalités, il l'étreignit avec fougue.

Lors des vacances de Pâques précédentes, Anne-Sophie, sous prétexte de réviser pour ses ultimes examens, n'avait pas voulu suivre les Lambert-Duval dans leur villa de Cap Amiral, dans la baie de Saint-Tropez. L'étudiante était décidée à déployer une force de travail incroyable, certaine que sa persévérance amènerait son père à la considérer comme son égale… Par un après-midi étouffant, où Fontenay était trop grand et beaucoup trop silencieux à son goût, elle s'était rendue chez Rodolphe, poussée par un besoin de compagnie mais aussi par la curiosité. Le nouveau métayer n'était au service des Lambert-Duval que depuis quelques semaines. La seule chose qu'elle avait remarquée était qu'il était jeune, contrairement à ses prédécesseurs. Sa stature, sa mâchoire carrée et son allure féline avaient largement contribué à le rendre attirant aux yeux de la jeune fille. Sa gestuelle un peu primaire ne faisait qu'ajouter de la force à cette virilité naturelle qui caractérise bien souvent les beaux étalons. Sûre d'elle, elle avait revêtu sa tenue de tennis légère et très courte.

À la ferme, elle avait trouvé Rodolphe accroupi, occupé à la réfection des chenaux. Il n'avait pas entendu la jeune femme arriver. Anne-Sophie en avait profité pour examiner l'objet de sa convoitise…

— Cette fois, Gabrielle et Maminou ont engagé un canon, avait-elle lancé abruptement.

Il ne portait qu'un short de sport et des baskets, laissant à la jeune femme tout le loisir d'admirer les muscles de ses larges épaules. Quelques gouttes de transpiration perlaient au creux de l'échine, sur sa peau bronzée.

— Voulez-vous jouer avec moi ? avait-elle minaudé, arborant un air empreint de naïveté.

— Avec une chaleur pareille, c'est pas vraiment le bon moment pour une partie de tennis !

Effrontée, Anne-Sophie avait souri, s'était approchée de lui et avait entrepris de caresser l'avant-bras puissant de Rodolphe.

— Qui vous parle de tennis ?…, avait-elle rétorqué, mutine.

Depuis ce jour, tous deux entretenaient une relation cachée.

— Waouh ! s'extasia Rodolphe au milieu des draps défaits. Tu es décidément parfaite…

Anne-Sophie contempla son amant sans répondre.

— Quand est-ce qu'on se revoit ? hasarda-t-il entre deux bouffées de sa cigarette.

Le minois angélique de sa maîtresse se durcit.

— Voyons, Rodolphe ! Tu sais bien qu'entre nous c'est purement sexuel… Ne te fais surtout pas des idées.

— Ouais. Je vois… Je suis juste bon pour le pieu !

— Tu n'avais pas l'air de t'en plaindre jusqu'à maintenant.

— Toi non plus.

— C'est vrai, reconnut Anne-Sophie, qui avait déjà bondi hors du lit et enfilait son short. Tu m'as donné ce que je voulais et réciproquement. Nous sommes quittes ! Je crois que nous devons en rester là.

Le soleil déclinait déjà derrière la balustrade lorsque les premiers convives traversèrent la terrasse de Fontenay. La nuit s'annonçait belle et tiède. À cette saison, le ciel se patinait de longues traînées mauves mêlant quelques voiles vaporeux au bleu profond de la nuit.

Dans le grand hall, Marie Lambert-Duval accueillait les invités avec élégance et simplicité. Son sourire cachait parfaitement l'angoisse de mère qui étreignait son cœur depuis plus de deux jours. Sans doute le privilège de l'âge. Pourtant, elle aurait préféré remettre cette soirée…

Entre deux arrivées, Marie s'éclipsa vers le salon ovale. Là, elle retrouva Gabrielle, qui pleurait à chaudes larmes sur l'épaule d'Alexandre.

— Je suis désolée, souffla la jeune femme en ravalant ses sanglots. Je vous gâche votre fête. Pourrez-vous me pardonner ?

— Mon enfant, c'est à moi de m'excuser, répondit tendrement Marie. Je regrette tant de ne pas avoir fait annuler cette soirée ; aucun de nous n'a le cœur à s'amuser, de toute façon.

Alexandre se tourna vers sa grand-mère et lui apprit que, selon les dernières informations, Laurent avait été aperçu pendant la journée dans un hôtel à Genève.

Sur les notes d'une musique classique choisie par Stéphanie, les conversations mondaines et les rires montaient dans la vaste pièce du rez-de-chaussée. Lors des grandes réceptions, la salle d'apparat habituellement fermée s'éveillait d'un coup à la fête, égayée par la lumière des hauts lustres, la somptuosité des parures et des costumes, l'élégance des invités. Fidèle à sa réputation, Fontenay surpassait en raffinement les lieux les plus mondains et les plus riches de la capitale. Sous le haut plafond baroque, trois tables nappées de blanc et constellées de fleurs délicates rassemblaient chacune une douzaine de convives. La décoration de cette pièce n'avait subi aucune modification depuis la construction du domaine. L'imposant lustre en cristal de Bohême projetait ses reflets multicolores sur les murs recouverts de marbre de Carrare, où se logeaient des médaillons en biscuit finement ciselés aux contours rehaussés d'or fin. À intervalles réguliers, de hauts miroirs captaient la lumière des baies vitrées qui leur faisaient dignement face. En leur centre, dans de larges vases Médicis, de savantes compositions florales dégageaient de subtiles essences parfumées.

En l'absence de la reine du jour, Stéphanie parvenait à masquer sa contrariété grandissante derrière un sourire affable. En parfaite hôtesse, elle se fit un devoir d'accueillir les derniers invités, qui ne manquèrent pas, comme si chacun s'était donné le mot, de s'enquérir de Marie et de Gabrielle.

Depuis des années, Stéphanie était la véritable châtelaine de Fontenay, une prérogative que lui avait très facilement abandonnée sa belle-mère, bien peu attachée à ce titre. Cette dernière se sentait beaucoup plus proche de Gabrielle, qu'elle avait immédiatement prise en affection. Sans le vouloir, celle qui ne pensait être qu'une invitée à Fontenay était devenue une véritable fille pour Marie, alors que Stéphanie n'était demeurée qu'une belle-fille. Et, bien qu'elle ne se fût jamais abaissée à la moindre remarque, la femme de Charles avait pris ombrage de leurs rapports privilégiés.

Paul Cassan arriva seul. Il présenta ses excuses pour son retard et s'expliqua à voix basse à Stéphanie.

— Marthe est rentrée ! s'enthousiasma son hôtesse. J'en suis ravie. Penses-tu opportun que je vienne la voir ? En tout cas, si je peux faire quoi que ce soit, n'hésite pas.

— Merci, Stéphanie, répondit le banquier, en lui faisant un élégant baisemain, tu es une sœur pour Marthe.

— Mais elle a toujours été ma meilleure amie.

Juste avant de passer dans la pièce voisine, Cassan demanda si l'on avait des nouvelles de Laurent.

— La pauvre Gabrielle… Elle doit être dans tous ses états, fit Paul quand il fut informé.

Piquée au vif, Stéphanie ne put réfréner un haussement d'épaules excédé.

— Pauvre Gabrielle ! Pauvre Gabrielle ! Depuis qu'elle est entrée dans cette famille « Pauvre Gabrielle » est devenu son surnom. Je commence à en avoir assez ! Il faut toujours qu'ils se fassent remarquer, Laurent et elle. En revanche, sous ses airs de sainte-nitouche, elle n'est jamais là quand on a besoin d'elle !

Surpris par une attitude qu'il ne lui connaissait pas, Paul marqua un temps avant de lui proposer son bras. Stéphanie s'efforça de se redonner une contenance et accepta de l'accompagner dans le Salon ovale.

Après quelques mondanités d'usage auprès des invités, Cassan se retrouva face à Charles, près du manteau de l'immense cheminée veinée de rose où courait harmonieusement un chemin de lis blanc.

— Alors, mon vieux, demanda discrètement le banquier. Toujours du même avis pour la fusion avec Zender Organix ?

Sourire radieux aux lèvres, Charles saluait du chef certaines personnes dans l'assistance.

— Je n'ai pas la moindre intention de changer d'avis, lâcha-t-il entre ses dents.

— Dans ce cas, il semblerait que nous soyons dans une impasse. Et nous ne pouvons rien faire sans le vote de ton frère…

— On dirait que ça te fait plaisir !

— Et toi, ça t'arrange plutôt, non ? Dommage pour toi que ton fidèle toutou de Clavers n'ait pas de procuration !

Lambert-Duval le fusilla du regard. Paul, amusé de son petit effet, s'éloigna et partit en quête de Gabrielle.

À l'heure où tout le monde fut convié à passer à table, Laurent était toujours absent. Gabrielle avait de plus en plus de difficulté à masquer son angoisse. Jamais son mari ne se serait permis une aussi mauvaise farce. Surtout le jour des soixante-quinze ans de sa mère ! Il lui était arrivé quelque chose, elle en était désormais certaine.

Les convives suivirent Stéphanie dans la salle à manger. Gabrielle s'apprêtait à les rejoindre quand le téléphone résonna dans le grand hall. Elle décrocha avec un sombre pressentiment.

Marie, alertée par la sonnerie, revint sur ses pas. L'aîné des Lambert-Duval emboîta le pas à sa mère.

Livide et le regard horrifié, Gabrielle se tenait au pied de l'escalier, immobile devant le combiné qui se balançait au-dessus des dalles à damier. Elle rassembla le peu de souffle qu'il lui restait pour lancer d'une voix atone :

— Laurent est mort. Son avion s'est écrasé dans les Alpes…

LIVRE DEUXIÈME

Le cadet des Lambert-Duval venait de trouver la mort.

La nouvelle se répandit comme une traînée de poudre, bien au-delà des limites de l'agglomération lyonnaise. La thèse de l'accident fut officiellement reconnue, dans les vingt-quatre heures qui suivirent. Une erreur de pilotage ; un banal accident.

Depuis cette funeste soirée, Gabrielle paraissait impassible. Son univers venait de s'écrouler ; elle n'avait plus vraiment l'impression d'exister. Incapable de la moindre larme tant le choc avait été rude, elle remplit tous ses devoirs de veuve. À commencer par le plus terrible : annoncer à Tristan que plus jamais il ne reverrait son père…

Ce matin-là, l'enfant aurait sans doute préféré ne pas ouvrir les yeux. Sa mère se tenait là, assise sur son lit, les yeux perdus dans le vide, semblant attendre quelque chose, choisissant mentalement les mots qui seraient le moins cruels. Mais comment adoucir une telle vérité ? Une expression singulière animait son regard. En s'éveillant, le garçonnet comprit tout de suite que sa mère était bouleversée.

— Bonjour, m'man. Qu'est-ce qu'il y a ?

— Mon chéri, il va falloir que tu sois fort…

— Je suis fort ! J'ai même battu p'pa en vélo !

— Oui… je sais…

Comment dire à un enfant que son « p'pa », son modèle, ne ferait plus jamais partie de son quotidien ? Comment une mère pouvait-elle accepter de briser le cœur de son fils de sept ans ? Gabrielle n'en avait aucune idée. À la mort de son propre père, elle était tombée dans un tel abîme de tristesse que jamais elle n'aurait cru pouvoir s'en remettre. Et elle comptait le double de l'âge de Tristan !

— Qu'est-ce que tu veux me dire ? Je suis en retard pour le pique-nique ?

Au regard interrogateur que sa mère lui jeta, il expliqua :

— Tu sais bien ! On doit aller tous les trois faire un pique-nique. P'pa l'a promis avant de partir !

— Oui, je m'en souviens, maintenant…, souffla Gabrielle qui s'efforçait de ne pas fondre en larmes.

— Je me dépêche.

— Attends un peu. S'il te plaît. J'ai quelque chose de très difficile à te dire…

Ce matin-là, Fontenay s'éveilla dans un silence de deuil.

— Ferme la porte, Alex, souffla Anne-Sophie. Je ne supporte plus de l'entendre pleurer !

— Pauvre Tristan… Ça a dû être un dur réveil pour lui. C'est horrible pour Gabrielle…

Bien que frère et sœur, Alexandre et Anne-Sophie ne se ressemblaient en rien. Aussi bien physiquement que moralement. Franc et loyal, Alexandre ne laissait jamais son caractère emporté blesser qui que ce soit. Anne-Sophie, quant à elle, ne se rendait même pas compte des personnes qui l'entouraient ; seuls ses intérêts lui importaient.

— As-tu vu Maminou ce matin ? s'enquit le jeune homme.

— Je crois qu'elle peint.

— Je vais la voir. Elle a certainement besoin de compagnie.

— Oui, après le beau cadeau d'anniversaire que lui a fait Gabrielle ! ironisa la jeune femme.

— Tu es odieuse !

— Et toi, tu es un saint !

— Oh, ça va ! Tu n'as donc aucune compassion ! En quoi es-tu faite ? En pierre ?

Anne-Sophie ne releva pas. Son intuition l'invitait à vider les lieux au plus vite. Les prochains jours risquaient de n'être qu'effusions larmoyantes ; avec sa chance, la cérémonie tomberait juste lors de son week-end à Saint-Tropez… Et là, bien sûr, impossible de s'y soustraire.

— Quelle poisse ! siffla-t-elle en jetant sa serviette sur la table.

— Pardon ?

— Rien. Je pensais à voix haute.

— Tu t'en vas ? Maintenant ? Attends au moins Tristan et Gabrielle !

— Pour quoi faire ? Vérifier leur taux de tristesse ? Scruter une larme sur la joue de notre chère tante ? Tu parles ! C'est du voyeurisme ! Moi, j'ai besoin d'évacuer tout ça par un petit jogging. Tu ferais bien de m'accompagner, d'ailleurs, tu as une mine atroce.

— Tu ne changeras donc jamais ! À part ta petite personne, rien n'est important ! Tu es trop égoïste pour te soucier des gens et te demander s'ils ont besoin de toi.

— Tu parles ! Comme si Gabrielle avait besoin de moi ! Elle se fiche pas mal de savoir si je suis là ou non. De toute façon, elle se fout pas mal de nous tous, à présent. Elle est très riche. Et je te parie qu'elle ne va pas tarder à quitter Fontenay...

— Ma pauvre Anne-Sophie ! Heureusement que tout le monde n'est pas à ton image ! Tu es cupide, mesquine et insensible. Tu me dégoûtes !

Anne-Sophie se leva et s'apprêta à sortir. Sur le seuil de la porte, elle fit volte-face et lança d'une voix sardonique :

— Sois tranquille, c'est bien réciproque !

Comme chaque matin, la jeune femme traversa la terrasse de Fontenay. Une foule d'idées, toutes plus contrariantes les unes que les autres, venaient s'emmêler dans son esprit. Tout d'abord, les remontrances d'Alex. Ce cher frère, incapable d'assumer ses goûts, trop lâche pour affronter son père et surtout trop bête pour lui imposer sa volonté... Toute sa vie, il ne serait qu'un bon petit soldat en perpétuel état de soumission. Finalement, elle le plaignait plus qu'autre chose. Ensuite, il y avait son examen, en fin de journée. Elle devrait se surpasser si elle voulait demander quoi que ce soit à Charles. Quant à Laurent... ce qui lui était arrivé était triste, soit, mais elle n'avait jamais réellement apprécié cet oncle dépourvu d'ambitions, qui n'était que l'ombre d'un Lambert-Duval. Charles, lui, n'aurait jamais épousé une petite Provençale ! Après tout, elle n'avait pas eu de rapports amicaux avec Laurent ; celui-ci ne s'intéressait qu'à sa petite famille et à Alexandre. Selon lui, Anne-Sophie n'était qu'une peste, alors pourquoi devrait-elle pleurer sa disparition ?

Ses foulées l'emmenèrent sur le petit sentier près de la maison du métayer. Machinalement, elle y jeta un œil. Rodolphe était en train de bêcher autour d'un arbuste.

« Toujours aussi sexy », se dit-elle à mi-voix.

Cependant, quand Rodolphe l'aperçut et lui adressa un large sourire, elle se contenta d'un geste de la main avant de s'éloigner. Elle n'avait pas du tout l'esprit au badinage.

Anne-Sophie repensa soudain au premier homme qu'elle avait connu. Elle était au lycée et avait jeté son dévolu sur son tout jeune prof de maths. Non pas qu'il lui ait vraiment plu, mais elle voulait rendre jaloux un de ses camarades de classe dont elle était amoureuse et qui l'ignorait complètement. Elle avait alors habilement aguiché son professeur et, avant même de s'en apercevoir, elle s'était retrouvée dans son lit. À ce jeu, elle avait perdu sa virginité et lui, son poste. Quant à l'autre garçon, il avait passé le reste du trimestre à lui courir après… De cette aventure Anne-Sophie avait tiré une leçon qui changea le cours de son existence : le sexe faisait marcher le monde. Particulièrement gâtée par mère Nature, elle comptait bien soumettre les hommes à sa volonté.

C'est ainsi qu'avec Élodie Cassan, sa meilleure amie, elles s'étaient constitué une cour de soupirants, tous prêts à exaucer le moindre de leurs désirs.

La pensée d'Élodie attrista Anne-Sophie. Tout en longeant le vignoble de Lancié par la route du coteau, la jeune femme accéléra sa course. Elle devait chasser ce mauvais souvenir, ne pas se laisser gagner par la nostalgie, malgré les images tenaces qui chaque nuit, depuis l'accident, venaient la tourmenter.

De la Bella Curtis[1], la place Bellecour avait gardé les nobles dimensions. C'était le premier architecte du Roi-Soleil en personne qui avait orné de beaux édifices ses faces orientale et occidentale. Au fil du temps, cette promenade incontournable sous les tilleuls, aujourd'hui replantée de marronniers, avait été le théâtre de nombreux événements, de la Révolution qui la mit à sac, aux illuminations qui la sublimaient à présent.

Du haut de son cheval, le roi[2] fédère aujourd'hui une génération en rollers qui se donne rendez-vous à ses pieds. L'illustre Bourbon peut être fier, il rayonne à la confluence de toutes les artères, véritable lien fédérateur entre la très populaire rue de la République et l'aristocratique quartier d'Ainay : toutes les voies convergent vers l'altière statue de l'ancienne place Royale. Au cœur de Lyon la fidèle, rien n'est plus visible sauf, peut-être, la gracieuse silhouette de Notre-Dame-de-Fourvière qui s'élance en arrière-plan, au sommet d'un écrin de verdure.

1. « Beau jardin ». Nom donné au XIIe siècle à une parcelle de vigne plantée sur d'anciens marécages que possédait l'archevêque de Lyon. C'est de là que viendrait le nom de Bellecour.

2. Bronze de Louis XIV du Lyonnais François Lemot.

À l'angle de la rue Auguste-Comte, Stéphanie tenait une galerie de peinture à son image, moderne et raffinée. Vers dix heures, Mme Lambert-Duval avait pour habitude de rejoindre les antiquaires et restaurateurs voisins autour d'un café et n'aurait sacrifié ce rituel pour rien au monde.

Au P'tit Troquet, les conversations s'échauffaient dès l'ouverture des premières boutiques. Ici, chacun rivalisait d'« authenticité ». À défaut d'être d'époque, tout devait le paraître. À une table, deux hommes aux tempes grisonnantes se taquinaient au sujet de la teinte d'une patine.

— Gris Trianon, disait le premier.

— T'es fou ! Ta console est Louis XV. Le gris Trianon n'a été à la mode qu'avec Marie-Antoinette. C'est ce qui signe le style Louis XVI.

— Tiens, voilà Stéphanie. On va lui demander.

Mais les deux hommes se ravisèrent en voyant la mine grave de leur consœur. Elle ne tarda pas à leur en expliquer la raison. L'annonce de la mort de Laurent Lambert-Duval les choqua. Toutefois, quand ils apprirent les circonstances de l'accident, ils eurent l'air nettement moins surpris.

— Il était…

— Seul, acheva Stéphanie assez sèchement pour couper court aux rumeurs.

— C'est arrivé où ?

— Dans les Alpes.

L'un des décorateurs fit une moue suspecte avant d'ajouter que Laurent devait sûrement rentrer de Genève.

— Comment le sais-tu ? s'irrita Stéphanie.

— Parmi les nombreuses rumeurs qui circulent, il y en a une qui concerne Laurent et cette…

— Arrête, Remi, l'interrompit Stéphanie, comme prise de nausée. J'ai compris. Tout le monde sait qu'elle habite là-bas, maintenant…

Pour détendre l'atmosphère, l'antiquaire changea de conversation :

— Au fait, ma belle, j'ai peut-être trouvé ce que tu cherchais.

Il lui apprit qu'un de ses amis restaurateurs mettait en vente son local aux Brotteaux. Un emplacement inespéré pour Mme Lambert-Duval, qui cherchait à s'implanter sur la rive gauche du Rhône. Son visage sembla reprendre quelques couleurs.

— Est-ce que l'un de vous connaît Alexis Mutier, l'agent artistique ?

— Ma chérie, tu me demandes, à moi, si je connais Alexis Mutier ? s'écria Remi, arborant un air faussement indigné.

— Oh, pitié ! fit son voisin de droite. Épargne-nous tes détails d'alcôve scabreux !

Remi leva un sourcil outré puis assura à Stéphanie qu'il lui obtiendrait un rendez-vous d'ici la fin de la journée.

— Méfie-toi, la belle. Avant d'avoir une réputation de découvreurs de talents, Mutier en a une de don Juan…

Après avoir rendu visite à sa grand-mère, qui préférait rester seule, Alexandre partit rejoindre Olivier dans son appartement, place Rouville, où le musicien et son groupe s'étaient donné rendez-vous pour répéter. Cet ancien atelier de canut, conçu pour loger un métier à bras, était doté d'un plafond complètement vitré qui laissait pénétrer la lumière et offrait une vue majestueuse sur les quais de Saône.

Comme le lui avait demandé son ami, le jeune Lambert-Duval était venu avec ses textes, qu'ils lurent tout haut. Un peu nerveux, Alexandre attendait le verdict en scrutant l'expression de son auditoire. Les réactions furent enthousiastes. Le groupe venait de trouver son auteur.

Dès lors, les jeunes gens s'attelèrent à mettre leurs notes sur les mots d'Alexandre, qui était aux anges. Sa vie prenait enfin un sens. Là, dans cet appartement empli de musique, il avait enfin l'impression d'exister vraiment, pour lui-même.

Alors qu'ils ajustaient quelques accords, la porte d'entrée s'ouvrit brusquement. Alex releva le nez de sa partition et le temps fut suspendu. Julie Duthier se tenait là, face à lui, bien réelle, plus belle que dans son souvenir. Une fois qu'il fut revenu de sa première surprise, son visage s'illumina d'un sourire. Dans la pièce, les autres continuaient d'accorder leurs instruments, faisant mine de ne leur prêter aucune attention.

— Bonjour, dit-elle simplement tout en lui déposant un baiser sur la joue.

Alex bredouilla une banalité, se le reprocha ensuite, puis oublia très vite pourquoi il s'en voulait. Une multitude d'images lui revenaient en tête à la vitesse de l'éclair.

— J'écoutais de ma chambre, confia Julie. Je trouve ça très beau. Tu permets que je lise ?

— Bien sûr, s'empressa-t-il de répondre en tendant fébrilement une liasse de feuillets gribouillés, qui tombèrent sur le sol.

Tandis qu'ils se baissaient au même instant pour ramasser les feuilles éparses, leurs têtes se heurtèrent.

— Pardon, fit-il d'un air navré.

— Non, c'est moi.

De concert, un fou rire les prit devant le comique de la situation.

— On devrait se revoir plus calmement, qu'en penses-tu ? se surprit à dire Alex.

Julie acquiesça. Ils convinrent de se retrouver plus tard dans la soirée car, pour l'heure, la sœur d'Olivier s'apprêtait à passer un examen. La jeune femme sortit en lui adressant un clin d'œil.

Après cet intermède, Alex se sentit pousser des ailes. L'inspiration lui dicterait des dizaines de textes. Mais, auparavant, il devait adapter sa voix aux instruments et au nouveau style de *son* groupe.

Vers la fin de journée, Tom, leur agent, vint les avertir qu'il avait signé des contrats avec plusieurs clubs de la ville. Il s'agissait d'engagements avec plus de deux mois d'avance ! Tom ne cacha pas aux jeunes gens que le rythme serait dur à tenir mais que c'était au seul prix de ces efforts qu'ils parviendraient à vivre de leur passion. Bien sûr, cette précision était inutile tant leur joie était immense. L'agent, cependant, craignait que l'arrivée d'Alexandre Lambert-Duval au sein du groupe ne soit source d'ennuis.

— Nous devons pouvoir compter sur toi, Alex, lui dit-il, tu ne peux pas appartenir à ce groupe si ton père, pendant ce temps, te trace un autre parcours…

— Je lui parlerai dès que possible… Ce n'est pas facile mais faites-moi confiance ; j'aime trop la musique pour ne pas lui tenir tête !

— Fais-le vite. Et si tu as besoin d'un petit remontant pour avoir plus de courage…

S'interrompant, Tom glissa dans la main du jeune homme un sachet contenant deux petits comprimés blancs. D'un mouvement de la tête, Alexandre déclina la proposition et lui rendit le sachet. Il ne tenait pas à reprendre contact avec de vieux démons.

— Comme tu voudras. Mais sache que si tu as besoin de quoi que ce soit, Tom est là !

Anne-Sophie quitta la salle d'examens extrêmement fière de son travail. Pour elle, il ne faisait plus aucun doute qu'elle remporterait cette année la palme de major de promotion. Enfin, c'est ce qu'elle crut jusqu'au passage de la dernière candidate… À la fin de cette présentation, des applaudissements retentirent jusque dans les couloirs de l'école où stationnaient encore de nombreux étudiants. Quand la porte s'ouvrit sur Julie Duthier, le regard d'Anne-Sophie se fit plus perçant, laissant clairement paraître la haine de la jeune héritière. Au cours des trois années écoulées, la rivalité entre les deux filles n'avait été un secret pour personne. Bien que Julie n'y eût guère prêté attention au début, le comportement d'Anne-Sophie, ses répliques désobligeantes l'invitèrent rapidement à se mesurer à elle dans les classements. Et, au grand désespoir de la jeune Lambert-Duval, Julie la dépassait toujours d'une courte tête.

Cette fois, pour Anne-Sophie, il en serait tout autrement, car l'enjeu était de taille. Il était hors de question qu'elle se fasse coiffer au poteau ! Lors de cet ultime examen qui clôturait un premier cycle d'études supérieures, elle n'entendait pas être « la première des perdantes », selon l'expression paternelle. Décidée, elle se dirigea vers le bureau du directeur. L'œil égrillard de l'homme un peu replet s'alluma aussitôt et sa moustache frémit légèrement à la vue du minois et des boucles blondes qui apparurent dans l'embrasure de la porte.

— Anne-Sophie, que puis-je pour toi ?

Elle s'avança, la démarche chaloupée, et vint prendre place juste en face de lui. Sans le quitter un instant des yeux, elle se rapprocha et murmura, laissant volontairement planer l'ambiguïté :

— Beaucoup…

Amusé et séduit par la jeune fille, le directeur entra avec plaisir dans son jeu.

— Je suis très curieux.

Dès qu'elle s'était présentée, l'homme avait su où elle voulait en venir. Les examens et surtout leurs résultats se défendaient en classe, certes, mais aussi dans son bureau. Gérer une école comme la sienne était financièrement lourd, et son actionnaire principal demeurait un commerçant préoccupé de ses bénéfices tout comme de sa survie. Le directeur n'ignorait pas que la jeune Lambert-Duval, et surtout son père, avait le bras très long et la bourse très pleine…

Anne-Sophie, sûre de son pouvoir, se fit aguicheuse et, d'un revers de l'index, caressa le veston du directeur.

— Vous savez que mon père est particulièrement sensible à la qualité d'enseignement de cet établissement. Il connaît en outre les difficultés que peut rencontrer une institution comme la vôtre…

— C'est très aimable de sa part.

— Je crois même qu'il pourrait être tout disposé à verser une importante donation dans les jours prochains…

— Ah oui ?

— Bien sûr, celle-ci serait d'autant plus conséquente si son donateur découvrait en sa fille la nouvelle lauréate.

— Bien évidemment.

— Je vois que nous nous comprenons.

— Parfaitement. Seulement…

— Seulement ?

— Seulement, nous ne procédons pas de cette manière. Si ton père brigue la place de parrain, j'en suis ravi. Mais sache qu'il remettra le premier prix à celui que le jury désignera. Il n'y aura aucun passe-droit. Vu ?

Le regard de la séductrice éconduite devint bleu acier, trahissant une détermination sans faille. À cet instant précis, Anne-Sophie se montrait la digne fille de son père, impitoyable et menaçante.

— Élodie Cassan était ma meilleure amie… Elle me racontait toutes ses aventures…

À ces mots, le directeur se dandina nerveusement sur sa chaise.

— Certaines, poursuivit Anne-Sophie, sûre de son effet, furent sulfureuses… Avec des hommes mariés. Elle a même gardé des trophées de ces relations.

— Ça va, maugréa son interlocuteur. J'ai compris. Tu peux inviter ta famille à venir t'applaudir.

— J'en prends bonne note.

Et, sous l'œil inquiet du directeur de l'établissement, la jeune héritière se retira, un sourire inaltérable relevant les coins de ses lèvres.

Le lendemain, compte tenu des récents événements, Charles Lambert-Duval et Frank Clavers arrivèrent à

Fontenay en début d'après-midi. Le harcèlement des journalistes au siège du groupe rendait leurs allées et venues difficiles, voire impossibles. La prochaine prise de participation au sein des laboratoires Stern se voyait menacée par l'annonce du décès de Laurent Lambert-Duval.

— Bonjour, monsieur Lambert-Duval, salua un homme en complet gris dans le hall du château. Sincères condoléances pour votre frère.

— Merci, Norbert. Vous vouliez me voir ?

— Non. Je venais pour votre belle-sœur.

— Ah…

L'homme salua de nouveau et sortit.

— Je déteste les manières obséquieuses de cet homme, maugréa Charles.

Dans le Salon ovale, Gabrielle referma l'enveloppe que venait de lui remettre l'assureur. Au fil des jours, la pression devenait de plus en plus forte. Au chagrin venaient se greffer une cohorte de tracasseries administratives liées à la succession.

— Que te voulait Norbert ? s'enquit Charles en entrant.

— Oh… rien de bien grave, répondit-elle en désignant l'enveloppe. Je vous laisse travailler.

Charles la retint.

— Gabrielle, si tu as besoin de notre aide pour résoudre certains problèmes, nous sommes là.

— Oui, renchérit Clavers. N'hésitez surtout pas !

— Merci. Mais ça va.

— On ne dirait pas, au contraire. Pourquoi ne nous laisses-tu pas t'aider ? Tu n'es pas la seule à avoir perdu quelqu'un que tu aimais. Si nous voulons que notre famille survive à cette terrible tragédie, nous devons nous serrer les coudes.

— Charles… ça va, je te dis.

— Gabrielle, tu nous inquiètes tous, tu sais ?

Sa belle-sœur ne répondit rien.

— Que te voulait Norbert ? répéta-t-il d'une voix plus ferme.

De guerre lasse, la jeune veuve leur confia que la visite de l'assureur n'avait rien de courtois. Juste avant son accident, Laurent avait souscrit une assurance vie afin de mettre sa femme et son fils à l'abri, mais les garanties de son contrat ne devaient prendre effet que quelques semaines plus tard. Comme le décès était survenu avant la fin du délai de carence, Gabrielle ne bénéficiait d'aucune compensation et se trouvait contrainte de régler les prochaines échéances… ce qui lui était impossible financièrement.

— Très bien, conclut Charles. Donne ton enveloppe à Frank. Il va se charger de régler cette affaire pour toi. Et puisque nous sommes dans les problèmes de paperasserie, je voudrais que tu me signes une procuration pour le prochain conseil d'administration.

Laurent était mort depuis moins de quarante-huit heures que déjà les vautours virevoltaient au-dessus de sa dépouille. Gabrielle en fut profondément choquée.

— Je dois aller retrouver Tristan, lança-t-elle d'une voix blanche. Nous verrons tout ça plus tard.

Surpris de sa réplique, Lambert-Duval la regarda quitter la pièce sans plus de formalités.

— Nous ne sommes pas au bout de nos peines, grogna-t-il à l'intention de son bras droit.

— J'en ai peur, en effet. Vous devez obtenir son pouvoir.

— Je sais bien. Il n'y a pas de deuil en affaires.

Avant de s'installer à sa table de travail, Charles ajouta :

— Veillez tout de même à régler cette question d'assurance avec Norbert…

À l'étage, Gabrielle croisa Alexandre qui sortait de sa chambre.

— Écoute, commença-t-il, un sourire ému aux lèvres. Je ne sais pas trop ce qu'il faudrait te dire ni même si tu tiens à entendre ce genre de choses en ce moment, mais sache que si tu as besoin d'une oreille attentive, d'une épaule ou d'une simple présence, je suis là.

Pour toute réponse, Gabrielle le gratifia d'un signe de tête et lui serra fort la main. Elle n'avait plus la moindre idée de ce dont elle avait réellement besoin.

Ce soir-là, Alexandre avait prévu d'emmener Julie dans un petit restaurant non loin de la place Sathonay pour fêter leurs retrouvailles, mais comme il n'avait vraiment pas le cœur à rire, il avait préféré reporter leur rendez-vous. À regret, car Alexandre devait se rendre à l'évidence : Julie occupait la plupart de ses pensées depuis qu'il l'avait revue. Il s'était promis de ne pas commettre à nouveau l'erreur de taire ses sentiments. Si la discrétion était un principe avoué chez les Lambert-Duval, Alex, comme Gabrielle plus tard, en avait beaucoup souffert. De là venaient certainement la rupture avec son père et son incapacité à parler à cœur ouvert.

Térésa vint ouvrir la porte vitrée de l'hôtel Cassan, boulevard des Belges. Stéphanie se rendit directement à l'étage, dans la chambre de Marthe. Les deux amies d'enfance se retrouvaient enfin. Elles tombèrent dans les bras l'une de l'autre et, pour la première fois depuis son retour, Marthe laissa libre cours à ses émotions.

— Tu sais que je suis là, si tu as besoin de te confier, assura Stéphanie. À n'importe quelle heure du jour ou de la nuit.

— Merci. C'est très gentil.

Mme Cassan confessa qu'elle venait d'apprendre la terrible disparition de Laurent. Cette « pauvre Gabrielle » devait traverser un véritable calvaire. À cette pensée, l'esprit de Marthe divagua vers ses propres souffrances. Réfrénant une moue à l'évocation de sa belle-sœur, Stéphanie comprit rapidement que son amie ne se souciait plus d'elle.

— Anne-Sophie m'a dit de te faire plein de gros bisous, mentit-elle, ne sachant que faire pour la sortir de sa torpeur.

L'effet fut immédiat. La quinquagénaire s'enquit de la jeune fille. Elle serait tellement heureuse de la revoir, la grande amie de cette chère petite Élodie…

Stéphanie quitta le boulevard des Belges une heure plus tard, au moment où le Dr Philippe Moraud s'engageait dans l'allée de la résidence des Cassan.

Il s'agissait de sa première visite à domicile. Une simple présentation que le psychiatre jugeait nécessaire avant de commencer le véritable travail d'analyse.

— Je m'appelle Philippe Aimable Moraud, lança-t-il d'un air amusé dès qu'il fut introduit auprès de Marthe. Si vous voulez plaire à ma mère, appelez-moi Aimable, comme son père. Néanmoins, je dois vous prévenir, quand on m'appelle comme ça, je ne vous garantis pas vraiment de l'être… aimable.

Il reprit plus sérieusement, heureux d'avoir déjà fait sourire sa patiente :

— Vous savez qui je suis ? Je remplace le Dr Frémond qui s'occupait de vous jusque-là. Mon confrère a eu un accident et ne peut plus exercer pendant quelque temps.

Marthe écoutait, d'une oreille distraite. L'homme paraissait décontracté, sympathique. Elle se contenta de répondre brièvement à ses questions. Les mots ne pouvaient soulager sa douleur, elle le savait ; elle ne souhaitait qu'évoquer les souvenirs d'Élodie. Pourtant, tous semblaient se liguer pour lui faire oublier sa fille. Elle aimait bien le Dr Frémond, mais finalement ils étaient tous pareils…

Juste avant de s'en aller, le Dr Moraud jugea la prise de contact satisfaisante et lui assura qu'il reviendrait la visiter tous les jours à la même heure. Enfin, si elle le voulait bien. Sa patiente acquiesça, sans se soucier outre mesure de ce qu'il lui disait.

— Et surtout, n'oubliez pas de prendre vos médicaments. Ils sont nécessaires pour l'instant. Peu à peu, vous pourrez vous en passer.

Marthe saisit avec obéissance le petit gobelet plein de pilules qu'il lui tendait et le porta à sa bouche. Quand la porte se referma, elle se dirigea d'un pas décidé vers son cabinet de toilette et cracha les cachets roses dans les W-C. Son regard se perdait dans le vide tandis que les petites gélules disparaissaient, aspirées par le tourbillon d'eau.

Sur le parvis de la basilique, les couronnes funéraires recouvraient presque complètement le corbillard. Que de fleurs ! Que de monde ! Et autant de témoignages, sincères ou non, de la part de gens que le défunt ne connaissait même pas pour la plupart... Mais Gabrielle n'y prêta guère d'attention ; si Lyon enterrait un de ses fils, dans la grande tradition, elle enterrait à jamais son mari et ne voyait rien d'autre que l'immense vide laissé par celui qu'elle avait aimé.

Pour le plus grand soulagement de Gabrielle et de Tristan, les condoléances s'achevèrent. Un cercle restreint de VIP accompagna la famille jusqu'à la dernière demeure de Laurent. Le cortège franchit la lourde porte du cimetière de Loyasse. Son portail métallique, très haut, à double vantail, fit frémir Gabrielle. Elle ne pouvait pas abandonner l'homme de sa vie dans un endroit pareil ! Cependant, elle devait s'y résoudre, Laurent appartenait à la famille Lambert-Duval et devait reposer auprès des siens. Tristan s'accrocha plus fort à la main de sa mère. Sur la droite, une tombe attira leur regard, celle du maire Édouard Herriot. À l'instar des réalisations de son illustre occupant, la stèle imposait ses arêtes vives, massives, cubiques. Son aspect stalinien contrastait avec les vieilles pierres tombales érigées depuis la création du cimetière, en 1811.

L'ultime demeure du président du Conseil résumait à elle seule l'esprit du plus vieux cimetière de la ville. Les sépultures de ce Père-Lachaise lyonnais étaient à l'image de ceux qui y reposaient : peintres, architectes, hommes publics et autres familles de notables, autant de célébrités qui avaient laissé une trace dans la cité ou donné leur nom à une rue. Tous avaient rivalisé, au long du XIXe siècle, pour se faire ériger de fastueux tombeaux. Il était alors de bon ton d'étaler sa fortune jusque sur sa tombe… Et dans tous les styles possibles !

En regard de ses voisins aux allures de mausolées pharaoniques, le caveau des Lambert-Duval tranchait par sa sobriété.

— C'est là qu'ils vont mettre p'pa ? s'inquiéta Tristan, la gorge nouée.

Gabrielle se contenta de serrer la main de son fils, autant pour le rassurer que pour se donner du courage.

Après une dernière bénédiction, le cercueil descendit en terre. Agrippant son fils de toutes ses forces, Gabrielle ne dit mot. Tristan pleurait à gros sanglots. Des larmes silencieuses perlaient sur les joues de Marie, au bras du père Antoine, tandis que Stéphanie, nerveuse, rajustait ses larges lunettes noires. Anne-Sophie se tortillait dans un coin, mal à l'aise, les yeux rougis par l'émotion, ne s'apercevant même pas que la carapace dont elle était si fière venait de s'effriter. Marthe essuya discrètement le bout de son nez d'un coin de mouchoir. Alexandre ne quittait pas Gabrielle et Tristan ; il savait que, pour eux, il devait tenir le coup. Chacun dit adieu à Laurent Lambert-Duval.

— Salut, vieux ! plaisanta Paul Cassan d'une voix qui trahissait un profond chagrin. Garde-moi une place là-haut…

Puis ce fut au tour de Charles, qui paraissait complètement défait. S'il avait semblé faire face aux événements durant les derniers jours, son masque de marbre était tombé en cet instant où il enterrait son unique frère.

— Adieu, p'tit frère ! Tu es un vrai lâcheur. Mais je te promets de veiller sur ta famille…

L'ultime torture pour Gabrielle, ce furent les incontournables éloges lors des salutations. Elle s'arma du dernier pâle sourire qu'il lui restait pour remplir son devoir. Dignement et stoïquement, fidèle à ce que l'on attendait d'elle bien plus qu'à elle-même…

Elle supportait la fin de cette épreuve, car plus aucun atome d'énergie ne l'habitait. À tout moment, la terre pouvait se dérober sous ses pieds.

Toutefois, son attention fut attirée par une silhouette enveloppée d'une large capeline, un peu à l'écart. Il s'agissait d'une jeune femme, élégante, dont la discrétion intrigua Gabrielle. Pourquoi une telle distance ? Que craignait-elle ? Ou qui narguait-elle ?

Soudain, Charles, qui s'était retourné dans la direction qu'elle fixait, se mit à pester :

— Ce n'est pas vrai ! Qu'est-ce qu'elle fait là !

Sa voix était pleine de rage. D'un pas décidé, il traversa les allées, suivi par Clavers.

Distraite, Gabrielle salua les dernières personnes, mais sans quitter des yeux la scène qui se déroulait quelques tombes plus loin. Là, juste entre un obélisque et une chapelle baroque, Charles, Frank et Paul venaient de rejoindre la mystérieuse femme. Son beau-frère avait l'air très contrarié par sa présence et le manifesta avec vindicte, en tendant un doigt impérieux en direction de la sortie. Paul, beaucoup plus pondéré, invita l'inconnue à suivre ce conseil. Sans esclandre, elle fit demi-tour.

Cependant, après s'être éloignée de quelques mètres, elle s'arrêta, ôta ses lunettes et fixa Gabrielle droit dans les yeux. Cette dernière sursauta et, sans qu'elle sache pour quelle raison ni ne reconnaisse la femme, son cœur se mit à battre plus fort. Qu'est-ce que tout cela signifiait ?

Un battement de cils plus tard, l'inconnue avait disparu et le cortège sortait en silence du cimetière.

Depuis une semaine déjà, le soleil régnait sans partage sur le ciel lyonnais. Le printemps paraissait comme avalé par un été précoce, et toute la nature s'en ressentait. Seule la Saône coulait à son rythme, impassible, dans son lit rétréci.

Au sommet du coteau, même Fontenay se prenait à vivre à l'heure estivale. La vénérable bâtisse troquait son manteau de froid contre un voile de vigne vierge, et les larges volets de sa façade demeuraient fermés au cœur de l'après-midi.

La semaine qui avait suivi l'enterrement de Laurent avait été bien morne. Sans Tristan, Gabrielle serait restée cloîtrée dans sa chambre ; elle n'avait plus envie de rien. Alexandre s'était montré formidable, il s'était occupé de l'enfant, offrant à Gabrielle les moments de solitude dont elle avait tant besoin. Peu à peu, la vie reprenait son cours, chacun étant accaparé par ses propres affaires.

Ce jour-là, tous étaient réunis dans le salon ovale, attendant la lecture du testament de Laurent. Gabrielle n'écoutait pas ce qui se disait autour d'elle. Cette obligation la choquait, l'attitude froide des membres de cette famille la frappait en plein visage. Charles avait parlé d'une simple formalité ; désagréable, avait-il tout de même reconnu, comme pour s'excuser de cette nouvelle épreuve. Il prétendait avoir reculé l'échéance le plus longtemps possible, mais il devait rendre des comptes à ses actionnaires et la direction du groupe devait rapidement être remaniée… Si Gabrielle n'avait jamais été vraiment à l'aise avec les Lambert-Duval, cette fois, elle se sentait profondément étrangère à l'apparente indifférence de Charles. Il venait de perdre son frère et tout ce qui lui importait était l'avenir du groupe ! La jeune femme en aurait hurlé de rage.

À présent, devant le notaire de famille et son clerc, la vie de Laurent se résumait à des volontés. Les dernières. Le cadet des Lambert-Duval prenait des traits complètement abstraits aux yeux de ses proches, lui semblait-il. Sauf pour Marie, qui ne sortait plus de son mutisme entrecoupé de sanglots, et pour Alexandre, qui avait toujours placé son oncle sur un piédestal, et s'était d'autant plus attaché à lui qu'il s'éloignait de son père. Seul son oncle l'avait aidé quand il avait sombré dans la drogue ; personne autour de lui n'avait rien vu, ou n'avait rien voulu voir…

Devant la porte-fenêtre grande ouverte, une abeille partait en quête de pollen sur la vigne de la façade. À cet instant, Gabrielle aurait donné cher pour être à sa place, loin de ces formalités dont elle n'avait que faire et qu'elle ne se sentait pas encore prête à affronter. Quand les derniers papiers seraient signés, les procurations délivrées, que tous seraient d'accord, la mort de Laurent serait une affaire classée pour les Lambert-Duval… Gabrielle ne pouvait s'empêcher de remuer ces sombres pensées.

Pendant que tous les habitants de Fontenay étaient rassemblés dans le bureau avec le notaire, Rodolphe s'introduisit au château. Le métayer, sur ses gardes, grimpa à pas de loup à l'étage. Il n'y avait personne. Il se dirigea vers la chambre de Gabrielle, non sans jeter un dernier regard derrière lui, afin de s'assurer qu'il était bien seul.

— Où as-tu pu cacher tes petits secrets, Laurent ?..., souffla-t-il à voix très basse.

En silence, il passa en revue les penderies, armoires et autres commodes qui meublaient la pièce. En vain. Ce qu'il cherchait ne se trouvait pas ici. Il sortit sur la pointe des pieds.

Alors qu'il s'apprêtait à redescendre, il aperçut, par une porte entrebâillée, une coiffeuse sur laquelle s'étalaient de nombreux bijoux, plus étincelants les uns que les autres. Sans aucune gêne, Rodolphe pénétra dans cette pièce coquette au décor suranné. Il était dans la chambre de Marie. Il tendait sa large main rugueuse vers les diamants, les yeux pétillant de convoitise, quand son regard fut soudain attiré par un tiroir secret mal refermé.

— Tiens, tiens. Et qu'est-ce que tu nous caches, toi, grand-mère ?

Il maintint enfoncé le bouton-pressoir et fit pivoter le petit panneau de bois de rose. À l'intérieur, il découvrit une pile de lettres enrubannées, amoureusement conservées. Rodolphe s'en saisit, ainsi que d'un pli officiel qui tapissait le fond de la cachette.

Au rez-de-chaussée, l'écho des premiers commentaires de la séance de lecture lui parvint aux oreilles.

Rodolphe longea les murs et gagna prestement l'extérieur par la terrasse de l'étage ; il sauta à terre et fila.

De retour chez lui, il décrocha immédiatement le combiné du téléphone et, une fois la communication établie, lança à son interlocuteur :

— Je n'ai pas trouvé ce que vous cherchiez. Par contre, je viens de mettre la main sur un beau secret de famille. Je suis certain que ça vous intéressera.

À l'autre bout du fil, on lui ordonna de poursuivre ses fouilles dans le bureau de Gabrielle, à Lancié.

Un long parterre de fleurs pourpres s'étirait entre deux bandes de pelouse tracées au cordeau jusqu'au pied de l'ancienne gare des Brotteaux. L'architecture de ce bâtiment riche et soigné témoignait de l'influence de l'Art nouveau dans la décoration du début du XXe siècle. C'est à cette période qu'avait été repensé tout le quartier, percé de larges avenues et bordé d'immeubles rococo.

Dès qu'elle le vit, Stéphanie le voulut. Cet emplacement, à l'angle de l'avenue du Général-Brosset et de la place Jules-Ferry réunissait toutes les qualités qu'elle recherchait pour sa future galerie.

Avec Remi, qui avait tenu à l'accompagner, ils discutaient les grandes lignes de la décoration du lieu. Ils optèrent tous deux pour un style Art déco, qui donnerait à la salle agrémentée de boiseries un bel effet Temps modernes. Un éclairage diffus mettrait l'accent sur les œuvres. Stéphanie souhaitait toucher une clientèle moins classique que dans sa galerie en Presqu'île. Ainsi pourrait-elle promouvoir de nouveaux talents.

Et, pour ce faire, elle misait beaucoup sur son prochain rendez-vous avec Alexis Mutier.

Au siège du groupe Lambert-Duval, Frank Clavers buvait du petit-lait. Son rival désormais hors jeu, Charles le confirmerait bientôt dans les fonctions de son feu frère. Le bras droit comptait s'installer tranquillement, sans remous ni grand chamboulement. Tout vient à point à qui sait attendre. Ensuite, quand il aurait gagné la confiance de chacun, il imposerait sa griffe.

Mais, avant que ses rêves ne prennent corps, il devait veiller avec la plus grande attention à ce que la veuve de Laurent ne vienne jamais fouiner dans les affaires de son mari. Il s'attela donc personnellement aux problèmes des primes d'assurance de Gabrielle. Charles serait satisfait ; la balle était à présent dans son camp.

Issu d'une famille modeste, Frank Clavers avait grandi au milieu de dix sœurs, toutes aux petits soins pour ce garçon envoyé par la providence. Quelques mois après sa naissance, trente-trois ans plus tôt, il avait manqué s'étrangler dans les cordes qui pendaient d'un rideau, près du berceau. Il s'en était fallu de peu qu'il n'en réchappe pas. Cette même chance ne devait plus le quitter.

La banlieue dans laquelle il avait passé son enfance avait été pour lui un merveilleux terrain de jeu, ainsi qu'une très bonne école de la vie. Très tôt, le jeune Frank avait voulu sortir de sa condition. Quitter les tours de béton et les pelouses piétinées pour les beaux quartiers verdoyants, là-bas, de l'autre côté du Rhône.

Or, son ambition se limitait à de doux rêves, car le jeune homme qu'il était devenu ne s'était pas vraiment distingué sur les bancs d'école. C'était sans compter avec sa bonne fée.

Réformé du service militaire, à cause d'un problème pulmonaire, Clavers avait démarré une nouvelle vie… à l'ANPE, où sa silhouette dégingandée et son assiduité n'étaient pas passées inaperçues. Le chef d'agence l'avait très vite remarqué. Tous les matins dès l'ouverture il était là pour consulter les nouvelles annonces, et lors d'un entretien le responsable avait pu apprécier la volonté de ce candidat et l'avait vivement recommandé auprès d'un service expérimental de reclassement des jeunes sans diplôme dans les grandes entreprises de la région. C'est ainsi que Frank Clavers était entré dans la galaxie Lambert-Duval.

Charles, à l'époque parrain du programme de reclassement, était venu un jour rencontrer les stagiaires de son usine de conditionnement. Il s'était entretenu avec chacun d'eux et avait tout de suite été frappé par Frank, qui poursuivait son travail de manutention sans sourciller tandis que les autres discutaient. À la fin du stage, Clavers avait été embauché.

Au cours des cinq années qu'il avait passées dans l'usine, il avait fait preuve d'une ténacité et d'une force de travail exemplaires. Chaque fois que le chef d'atelier avait besoin d'un coup de main exceptionnel, il pouvait compter sur lui, quels que soient le jour ou l'heure. Clavers se révéla un élève assidu, friand de toutes les formations internes proposées par la société pendant les congés. À vrai dire, son talent consistait à combler une intelligence quelconque par une grande faculté d'adaptation et une mémoire hors du commun. Il lui suffisait de voir une technique ou d'entendre une formule pour la reproduire. Charles avait bien sûr eu vent des prouesses de cet employé modèle. Très fier d'avoir parrainé un tel talent, le P-DG de Lambert-Duval lui avait rapidement confié plusieurs missions, que Clavers avait menées à bien dans la plus grande discrétion. Dès lors, Charles l'avait pris sous sa coupe.

Sa besogne terminée sur le dossier de Gabrielle, Frank tira un deuxième exemplaire qu'il alla déposer sur le bureau de Charles. À cet instant, ses yeux se portèrent sur le fond de la corbeille à papier. De fines lamelles trahissaient le passage dans le broyeur de quelques documents d'importance. Intrigué, Frank plongea la main à l'intérieur, en sortit quelques morceaux de papier et découvrit la mention *Audit des comptes étrangers*. Pourquoi Charles détruisait-il les dossiers gérés jusqu'alors par son frère ?

Ce soir-là, Alexandre dînait avec Julie dans un petit restaurant à l'atmosphère feutrée, et très intime. Quelques heures auparavant, quand il avait proposé à Gabrielle de s'occuper de Tristan, celle-ci avait refusé, l'obligeant à sortir. Elle devait faire front, et Alexandre avait été soulagé de la voir retrouver quelques forces. Face à Julie, le jeune homme oublia tout ce qu'il avait décidé de lui dire. Il se tortillait sur sa chaise, à la recherche d'une entrée en matière. Julie était toujours plus belle et semblait ravie de ce rendez-vous.

— Au fait, lança finalement Alexandre, je ne t'ai même pas demandé comment s'était passé ton examen ?

La jeune fille eut un sourire crispé et lui apprit qu'elle serait certainement sortie lauréate si Anne-Sophie n'était pas intervenue.

— Comment ça, intervenue ? gronda Alex, qui redoutait déjà ce qu'il allait entendre. De quoi s'agit-il exactement ?

— Ne pourrions-nous pas parler d'autre chose, s'il te plaît ?

— Non, non ! Je veux savoir. Qu'est-ce que ma peste de sœur a encore fait ?

Julie s'en voulut d'en avoir déjà trop dit. Elle fit promettre à Alex de n'en parler à personne, surtout pas à sa famille. Elle lui expliqua que sa prestation avait été saluée par tous, mais que, dès la fin de l'après-midi, on ne parlait plus que de la visite privée d'Anne-Sophie au directeur de l'école. Le sourire radieux que la jeune Lambert-Duval avait arboré en sortant ainsi que la nomination officieuse du prochain parrain, Charles Lambert-Duval, n'avaient plus laissé aucun doute quant à l'identité de la future lauréate…

Après ces révélations, Julie dut user de tout son charme pour calmer la colère d'Alexandre, qui aurait voulu aller voir Anne-Sophie sur-le-champ pour lui dire ses quatre vérités. La jeune fille trouva les mots justes et orienta judicieusement leur conversation sur la musique, la passion d'Alexandre, évitant cependant de lui demander s'il avait parlé à son père…

Depuis ces derniers événements plus que jamais, Marie trouvait refuge dans son atelier. La pauvre femme ne parvenait pas à comprendre pourquoi le Seigneur Tout-Puissant venait de rappeler son fils à sa place. Ce matin-là encore, elle songeait à Laurent avec tristesse. Heureusement, face à sa toile et à sa peinture, elle trouvait un peu de réconfort.

— Tiens… te voilà, toi ! lança Marie, délaissant son pinceau pour caresser Méphisto.

En quête de câlins, le labrador posa sa tête noire sur ses genoux. Il lui lécha la main et gronda de plaisir. Il tenta même d'avancer une patte, dans l'espoir de monter se lover contre elle.

— Mon pauvre vieux, tu es trop grand et trop lourd, maintenant.

Méphisto pencha la tête, comme si cette évidence l'ennuyait.

— Mais dis-moi, le chien… si tu es là, c'est que ton maître ne doit pas être bien loin ?

À ces mots, Méphisto dressa les oreilles et trottina vers l'entrée en jappant, la queue frétillante. Alexandre passa la tête dans l'entrebâillement de la porte.

— Entre, mon chéri, fit Marie, dont le visage s'éclaira.

— Je vois que Méphisto t'a prévenue de ma visite.

— Pour l'effet de surprise, il faudrait que tu sois plus rapide que lui.

Alexandre embrassa tendrement sa grand-mère. Tout petit déjà, il ne pouvait passer une journée sans venir partager un moment avec elle. Parfois même sans rien dire. Simplement pour le plaisir de la regarder peindre, et pour se rassurer de sa présence. Sa Maminou était le pilier de sa vie, sa confidente. Avec elle, il n'y avait pas de problèmes, que des solutions. Profondément optimiste, la vieille dame prenait la vie avec philosophie. Toujours prête à rire, elle se moquait pas mal du qu'en-dira-t-on et des préceptes des Lambert-Duval, qu'elle jugeait désuets. Privilège de l'âge, sans doute…

Pourtant, depuis le drame, le sourire n'illuminait plus son doux visage. Un voile obstruait l'éclat de jeunesse qui pétillait dans son regard, cette petite étincelle de malice qu'Alexandre lui avait toujours connue et que beaucoup lui enviaient. Aujourd'hui, Marie avait plus que jamais besoin de son petit-fils. Ses visites empêchaient la vieille dame de sombrer. Survivre à la mort de son enfant ne s'inscrit pas dans la nature des choses. Tous les jours, elle reprochait à Dieu de ne pas l'avoir rappelée à la place de son fils.

Un instant, Alexandre resta à la regarder peindre.

— Oui, je m'y suis remise, dit-elle affectueusement. La vie reprend inexorablement son cours. Alors, il faut le suivre, sans jamais en exclure ceux que l'on a aimés un jour. Ne l'oublie pas…

— Pourquoi me dis-tu ça, Maminou ?

— Parce que l'heure sonnera aussi pour moi. Et ce jour-là, je souhaite que tu gardes de moi le souvenir de ces longs et délicieux moments que nous partageons. Plus tu y penseras, plus je serai présente dans ton cœur.

— Je te le promets, assura Alexandre, qui ne s'inquiétait pas outre mesure, persuadé que sa grand-mère était éternelle.

Marie traça un premier trait sur la toile vierge. Elle était si belle, si digne dans cette pièce inondée de lumière. Tout à coup, sans quitter son ouvrage des yeux, elle lança :

— Dis-moi, j'ai noté que tes rapports avec ta sœur étaient particulièrement tendus en ce moment… Quand allez-vous cesser de vous chipoter ?

— Tu connais Anne-Sophie, Maminou, il a encore fallu qu'elle fasse des siennes.

— Quoi donc ?

Alexandre ne répondit pas tout de suite, soudain ennuyé de trahir la promesse qu'il avait faite à Julie. Mais il n'avait jamais rien caché à Marie et savait qu'il pouvait lui faire confiance. Il lui expliqua donc ce qu'il s'était passé lors des examens de fin d'année de sa sœur. Et, bien sûr, il ne put s'empêcher d'évoquer son romantique dîner avec Julie.

— Cette Julie Duthier, on dirait que tu l'aimes bien. Sait-elle les sentiments que tu éprouves pour elle ?

Alex demeura interdit.

— Deux choses ne peuvent se dissimuler, reprit-elle d'un air malicieux, l'ivresse et l'amour, et tu n'es visiblement pas ivre… sauf peut-être d'amour, justement !

— Sans doute…

Alex détourna le regard et sembla tout à coup emporté par d'autres pensées, bien loin de la serre.

— Quelque chose d'autre te préoccupe, mon petit ?

— Oh, rien de bien important.

— Je t'en prie ! Tu me fais penser à Gabrielle, par moments. Vous êtes incapables de mentir, ça se lit dans vos yeux. Je vous remercie de vouloir protéger l'antiquité que je suis, mais si j'ai pu traverser les épreuves que m'a envoyées le bon Dieu, c'est que je suis résistante, non ?

Alexandre se résigna à se confier, amusé :

— Je ne tiens pas à entrer dans cette école de commerce aux États-Unis que papa a choisie.

— Que comptes-tu faire ?

— Je voudrais me lancer à fond dans la musique.

— Pour construire une carrière musicale… ou bien fuir ton père et ses projets ?

Mme Lambert-Duval était toujours très directe. Elle puisait sa force dans l'effet de surprise. L'attitude et les non-dits de ses interlocuteurs attiraient bien davantage son attention que les mots qu'ils pouvaient prononcer. Alexandre paraissait désemparé.

— Que dois-je faire, Maminou ?

— Quelle question ? Vis ta vie pour toi ! N'écoute que ton cœur. Si tu es sûr de ne pas le regretter plus tard et que ton bonheur est là, eh bien, fonce ! Tu as quand même conscience que le milieu de la musique est difficile, parfois même ingrat ?

— Oui, bien sûr. Mais c'est ce que je veux faire.

— Bien, alors je t'encourage dans cette voie ! Tu sais, tu ne t'en rends pas compte, et c'est normal, mais ton père a eu ton âge ; il t'aime et ne veut que ton bien.

— Vraiment ? soupira le jeune homme, dubitatif.

Marie pointa son pinceau en l'air, menaçante.

— Ça, mon petit garçon, je t'interdis d'en douter ! Ton père est aussi bête que toi. Vous éprouvez le même amour l'un envers l'autre mais, comme tous les mâles de cette fichue famille, vous ne savez pas vous le montrer.

Alexandre lui sauta au cou et l'embrassa.

— Je t'aime très fort, Maminou.

— Ah, mon petit. Je t'aime aussi !

Dans le corridor, Marthe reposa son verre sur le marbre de la console. Elle releva les yeux et croisa son reflet dans le miroir. Elle n'y vit que le fantôme d'elle-même. Une femme terrassée par le chagrin, sans envies, ni avenir ; une femme qui mentait à son entourage pour qu'on la laisse pleurer en paix la mort de sa fille.

Pour la première fois depuis son retour, elle se trouvait seule. Paul était en déplacement, Térésa venait de terminer son service et le Dr Moraud ne viendrait que le lendemain, avait-il décidé compte tenu des progrès de sa patiente.

Après un dernier gin, plus tassé que les autres, Marthe se dirigea vers sa chambre en titubant légèrement. Elle s'immobilisa à hauteur de la porte à droite du palier et la détailla avec autant de crainte que de convoitise. Puis, comme si une volonté plus forte que la sienne guidait ses mouvements, elle s'en approcha et ouvrit le battant sur cette pièce abandonnée aux souvenirs et fermée depuis le drame. Vacillante, Marthe entra, au bord des larmes.

— Ma petite chérie, souffla-t-elle en éclatant en sanglots devant la première Barbie d'Élodie, soigneusement posée sur une étagère.

À côté trônaient les chaussons de danse aux pointes abîmées de sa fille. Marthe se souvint de tous les efforts qu'elle avait déployés afin que celle-ci persiste dans cette discipline. Avec le temps, la petite avait fini par y prendre goût, jusqu'à vouloir participer à chaque gala.

Quelques photos, çà et là, firent resurgir d'autres souvenirs heureux : Noël à Disney World, à Orlando, leur dernier hiver au ski, sa médaille de première ballerine, tant de délicieux instants à jamais évanouis…

Elle fit le tour du lit et vint se lover dessus. Elle saisit Monsieur Tomate, la peluche préférée d'Élodie, et le pressa contre son cœur. La boule rouge portait encore une vague odeur d'enfant ; Marthe la huma profondément avant que les sanglots ne l'étreignent davantage.

Convulsée par le chagrin, Mme Cassan voulut en finir. Elle plongea sa main dans la poche de son cardigan et en sortit une boîte de barbituriques. Elle les avait toujours sur elle, au cas où…

Une heure plus tard, la chambre d'enfant avait retrouvé son calme.

Le père Antoine traversa la terrasse de Fontenay en direction de la serre qui semblait se recroqueviller derrière le massif de rhododendrons. Depuis quelque temps, Mozart ne laissait échapper que des adagios et la voix de Constance Beruti ne résonnait que dans des airs graves.

— « Parfois, le seul parfum d'une rose suffit afin que notre mémoire déchire le pan brumeux du souvenir », lança le père Antoine.

Marie, surprise dans ses pensées, se retourna promptement. Un sourire ému illumina bientôt son visage.

— Voilà un très beau texte de la Belle Cordière[1], reprit-il en lui tendant le vénérable ouvrage.

Son amie s'en saisit et tourna délicatement les premières pages tout en lisant quelques vers, glanés au fil des sonnets :

1. Louise Labé. Cette poétesse lyonnaise (1525-1566), jugée scandaleuse à son époque, prônait la beauté de l'amour et défendait la condition féminine. Elle fut surtout connue pour ses sonnets et certaines de ses élégies saphiques.

On voit mourir toute chose animée
Lors que du corps l'âme subtile part :
Je suis le corps, toy la meilleure part :
Où es-tu donc, ô âme bien-aimée ?

En guise de remerciement, Marie déposa un baiser sur le front du père Antoine. Les vers de Louise Labé l'avaient toujours émue. En toute confiance, elle ne tarda pas à livrer ses peines.

Au même moment, devant sa coiffeuse, Stéphanie ajustait trois rangs de perles sur la mousseline de son chemisier. Noir, comme le deuil de circonstance. Dans son miroir, elle observait le reflet de Charles, agacé et impatient. Tout en maugréant, il ne cessait d'arpenter la chambre de long en large.

— Tu n'as pas entendu ce que je te disais ?

— Pardon ? À quel sujet ? fit Charles.

— Marthe ! Son téléphone est en dérangement. Elle ne devait pas sortir de chez elle. Je suis sûre qu'il lui est arrivé quelque chose.

Mais Charles n'écoutait déjà plus.

— Ne te tourmente pas, le rassura-t-elle, perspicace. Gabrielle finira par signer le pouvoir dont tu as besoin.

— Je l'espère bien ! trancha-t-il aussitôt de manière véhémente. Aussi bien pour elle que pour nous tous ! Il en va de la survie du groupe autant que de l'indépendance de notre famille !

Certes, les laboratoires Lambert-Duval avaient déjà connu des heures difficiles depuis leur création, mais ils étaient toujours parvenus à s'en sortir, et surtout à faire en sorte que leurs problèmes ne s'ébruitent pas. Ils avaient traversé deux crises graves, que l'unité du clan Lambert-Duval avait su résorber, ce dont Charles n'était pas peu fier. En serait-il de même aujourd'hui, avec cette belle-sœur sous le choc de la mort de son mari, complètement néophyte en affaires et si influençable ? Charles redoutait plus que tout que Gabrielle, en souvenir de son cher Laurent, veuille mettre le nez dans les affaires de ce dernier. C'était hors de question ! Charles ne tolérerait pas qu'une intruse détienne ne serait-ce qu'un dixième des actions des laboratoires Lambert-Duval !

— Elle signera.

— Je te trouve bien confiante ! Pardonne-moi de ne pas partager ta sérénité sur ce point. La femme de mon frère est tellement…

— … imprévisible ?

— Oui ! Et impulsive, et si… différente que j'en ai froid dans le dos ! Il suffirait qu'elle se mette certaines idées en tête… Il ne nous resterait plus que nos yeux pour pleurer. Je ne sais pas où mon frère avait la tête lorsqu'il a rédigé son testament !

Stéphanie ne cacha plus sur son visage le mépris que lui inspirait son beau-frère. Il ne lui avait jamais prêté attention, elle qui attirait pourtant si facilement les hommes… Pour elle, Laurent était un idéaliste, un incurable romantique qui pensait que les bons sentiments pouvaient changer la face du monde. Utopique. Et il n'avait rien trouvé de mieux qu'aller chercher sa femme au fin fond de la Provence ! Une orpheline ! En voulant protéger son épouse, la rendre plus indépendante au sein de la famille, Laurent lui avait offert les pleins pouvoirs sur les laboratoires. Ainsi, il la plaçait irrémédiablement en porte-à-faux avec les Lambert-Duval.

— Sois tranquille. À la pression et aux responsabilités de ses nouvelles fonctions, elle préférera le calme de ses vignes.

— J'espère que tu vois juste. Elle aurait tout intérêt à partir, maintenant, et à s'installer à Lancié !

Charles s'apprêtait à descendre lorsque sa femme évoqua un autre sujet sensible. Il revint sur ses pas.

— Si tu veux mon avis, suggéra-t-elle en lissant le revers de sa veste, tes inquiétudes ne sont pas fondées, sauf en ce qui concerne la personne de Marion. Cette traînée n'avait rien à faire là, le jour de l'enterrement. Moi qui la croyais toujours à Genève !

— Pourquoi penses-tu que je lui ai ordonné de partir ?

— Avec beaucoup de discrétion, du reste…

— Tu crois que Gabrielle s'en est aperçue ?

— Elle est naïve, pas aveugle. Elle m'a d'ailleurs posé des questions…

Stéphanie résuma les allusions de sa belle-sœur à ce sujet, ainsi que la réponse qu'elle lui avait faite.

— Elle m'a semblé convaincue, conclut-elle, sûre de son fait.

— Tant mieux !

— Mais ce n'est que partie remise. Cette Marion représente un danger pour nous, continua-t-elle avec un air de dédain exagéré. Aujourd'hui, bien plus qu'hier. Car ce n'est pas un simple scandale qui nous guette, à présent. Gabrielle a une telle image de son couple ! Si elle connaissait la vérité, Dieu seul sait de quoi elle serait capable…

Une ombre passa sur le visage de Charles. Il n'ignorait pas que la jeune veuve souffrirait encore plus de telles révélations que de la disparition brutale de Laurent. Par ailleurs, l'aîné des Lambert-Duval ne comprenait pas son défunt frère. S'afficher avec *elle* ! Bien sûr, il ne s'agissait que de rumeurs, mais tout de même ! Marion Cianfrani ! La belle, la sulfureuse, celle par qui le scandale arrivait ! La place publique faisait des gorges chaudes de cette histoire. À Lyon, où tout se sait, seule Gabrielle restait dans l'ignorance. À moins qu'elle ne le feignît… D'où son attitude glaciale depuis quelques jours… Charles évoqua ses doutes à sa femme, comme s'il se parlait à lui-même. Sans le laisser terminer, Stéphanie s'exclama, en riant presque :

— Gabrielle ! C'est une provinciale, elle manque bien trop de réserve pour feindre sur un tel sujet ! Comment veux-tu qu'elle l'apprenne ? Au fond de ses vignes, à Lancié ? Non, elle est sous le choc, rien de plus. Quant à la double vie de Laurent… Eh bien, ce sera un secret de famille supplémentaire.

« La double vie de Laurent » ! Gabrielle sentit son cœur battre plus vite. Elle avait bien entendu ces mots, à la dérobée, alors qu'elle traversait le couloir. Elle dut s'appuyer contre un mur pour ne pas s'écrouler. Ses forces semblaient la quitter. À quoi Stéphanie faisait-elle allusion ? Que lui cachait-on encore ? Elle savait fort bien qu'elle n'avait jamais vraiment trouvé sa place au sein de cette famille, et que la mort de Laurent lui avait fait perdre le seul lien qui les rattachait… Mais quel était ce mystère concernant son propre mari et qu'ils voulaient lui cacher ? Une colère sourde s'empara d'elle et lui permit de ne pas sombrer à nouveau. C'était plus qu'elle n'en pouvait supporter. Les quolibets de Stéphanie, le mépris de cette peste d'Anne-Sophie, l'attitude de Charles, tout cela n'était rien en comparaison de ce qu'elle venait d'entendre… Laurent avait une double vie, tout le monde le savait, sauf elle !

Pour la première fois de sa vie, Fontenay lui faisait horreur. Cet univers avait finalement eu raison de son couple et de leur amour ! Ce château dans lequel elle ne s'était jamais sentie chez elle était bien trop grand pour préserver la chaleur d'un foyer, trop riche en mauvais souvenirs et en secrets bien gardés pour qu'elle puisse y trouver ses propres repères, trop fier, surtout, pour accepter une histoire d'amour belle et simple.

Dans son corset de convenances, Fontenay conservait farouchement l'apparat dicté par son rang, interdisant toute possibilité de franchise et de bien-être. Et par amour Gabrielle avait accepté d'être enfermée dans cette cage dorée…

Blessée au plus profond d'elle-même, elle dévala les escaliers, ne songeant qu'à fuir loin de cette maison et de ses occupants. Elle sauta dans son Austin, traversa le parc aussi vite qu'elle le put et, une fois sur la route principale, roula sans direction précise, l'esprit embué.

Quelques minutes plus tard, elle s'arrêtait au bord du Rhône, le Fleuve-Roy, ce confident qu'elle rencontrait à chaque étape décisive de sa vie. Son seul lien avec le passé, cette force tranquille qui avait si souvent su l'apaiser ou la faire rêver dans son enfance avec l'Anglore, le Drac du fleuve ou sa terrible tarasque[1]. Si l'homme s'était mis en tête de le dompter, de canaliser son énergie en l'enserrant entre des quais de pierre, l'Indomptable reprenait ses droits, plus farouche que jamais.

1. Monstres légendaires peuplant le Rhône.

Là, Gabrielle relâcha la pression. Elle se laissa envahir par le tourbillon d'émotions qui s'étaient emparées d'elle et, pour la première fois depuis la disparition de Laurent, donna libre cours à ses larmes. Ses sanglots retenus depuis si longtemps étaient tellement forts que sa respiration en fut presque coupée. La mort de Laurent lui ravissait une nouvelle tranche de bonheur pour la laisser encore plus anéantie. Serait-elle condamnée au malheur ? Pourquoi lui permettre de connaître l'amour pour mieux le lui ôter par la suite ?

Gabrielle n'entendait plus que ces mots, qui résonnaient cruellement en elle : « la double vie de Laurent », que Stéphanie avait prononcés. En son for intérieur, Gabrielle refusait de croire au double jeu de l'homme de sa vie. Leur bonheur ne pouvait être une vaste supercherie. Marie ne lui aurait pas menti, elle. Marie, qui s'était comportée comme une mère avec elle, était la seule personne en qui elle avait toujours eu confiance à Fontenay, mais comment se plaindre à une mère de ses propres enfants ?

Il y avait une explication aux propos de Stéphanie et aux absences de Laurent. Gabrielle repensa alors au regard énigmatique de l'inconnue du cimetière. Elle avait cherché à lui parler, Gabrielle en était persuadée. Et Charles avait voulu l'éloigner ; tout comme il voulait maintenant se débarrasser de Gabrielle. Qui était cette mystérieuse femme ? Gabrielle devait la retrouver.

Plus sereine, la jeune femme regarda rouler les flots de l'Indomptable, son eau bénite par sept papes dont s'étaient abreuvés princes et légats du monde entier[1].

1. Référence au *Poème du Rhône*, de Frédéric Mistral.

Une fois de plus, le fleuve l'apaisait. Pour son fils, Gabrielle devait retourner à Fontenay et affronter les Lambert-Duval. Elle entendait que l'on respecte sa liberté et ses choix ; elle voulait qu'on lui dise la vérité, qu'on cesse de la tenir à l'écart.

Néanmoins, elle se sentait bien incapable de retrouver Fontenay et ses occupants. Ils l'avaient humiliée, trahie. Que savaient-ils qu'ils tenaient tant à lui cacher ?

Lentement, elle remonta dans sa voiture. Sa décision était prise, elle ne fuirait pas, elle ne se soumettrait pas aux volontés de Charles. Mais elle devait réfléchir. Elle se dirigea naturellement vers Lancié, comme si elle rentrait chez elle.

Pendant deux longues journées, elle ne quitta pas les vignes. Le père Antoine fut le premier dans la confidence. Le vieil homme, malgré ce qu'il pensait des Lambert-Duval, avait du mal à croire à cette histoire de double vie de Laurent ; il incita sa nièce à prendre un peu de recul afin de comprendre ce qui lui arrivait.

Tristan la rejoignit à Lancié sans que nul à Fontenay n'émette la moindre remarque. Personne au château ne semblait s'inquiéter d'eux ; seul Alexandre vint leur rendre visite, pour leur renouveler son soutien, ainsi que celui de sa grand-mère, qui demeurait à présent cloîtrée dans la serre et ne voulait plus rien entendre des histoires de la famille.

Un matin, Gabrielle décida qu'il était temps de réagir. Elle ouvrit les volets, presque inquiète à l'idée d'affronter cette nouvelle journée et de mettre en pratique ses bonnes résolutions. Elle fit quelques pas sur le balcon couvert et embrassa du regard les vignes quand, soudain, son attention fut attirée par un papier sur le pare-brise de sa voiture. Elle descendit, intriguée. Là, elle découvrit une lettre glissée sous l'essuie-glace. Brusquement inquiète, elle s'en empara d'une main tremblante.

Gabrielle blêmit à la lecture du message :

Laurent a été assassiné.

Sous la voûte étoilée d'un ciel pur, le concert des grenouilles et des grillons égayait cette nuit si calme.

Il était minuit et quart précisément quand la sonnerie du téléphone retentit à Fontenay. Stéphanie, qui ne trouvait pas le sommeil, décrocha immédiatement. Sans savoir pourquoi, elle redoutait déjà ce qu'elle allait apprendre.

— J'arrive tout de suite, conclut-elle d'une voix blanche.

Tiré de son premier sommeil, Charles s'inquiéta de la pâleur livide de son épouse. Quand elle lui eut annoncé la nouvelle, il décida de l'accompagner à l'hôpital.

Lorsque Térésa était revenue du cinéma, elle ne s'était pas couchée tout de suite. L'hôtel des Cassan lui avait semblé anormalement silencieux. Il n'était que onze heures trente et, d'ordinaire, Madame ne dormait pas avant une ou deux heures du matin. L'employée de maison avait exploré chacune des dix-huit pièces à la recherche de sa maîtresse. Au moment où elle s'était convaincue que cette dernière était sortie, elle avait aperçu le verre vide posé sur la console du corridor. Térésa avait très vite compris que Marthe n'avait pas évacué ses vieux démons et elle avait pris peur. Sans réfléchir, elle s'était dirigée vers la chambre de feu Mlle Élodie, en avait poussé la porte et n'avait pu retenir un hurlement…

Marthe était couchée sur le dos, la tête pendante, les yeux révulsés. Sans le moindre souffle de vie, elle tenait encore contre son cœur Monsieur Tomate d'une main, tandis que l'autre, qui dépassait du lit, avait lâché la boîte de barbituriques.

Le moment de panique passé, Térésa avait fait preuve d'un sang-froid exemplaire. Elle s'était ruée sur le téléphone, avait alerté le Dr Moraud et, à défaut de pouvoir joindre Monsieur, avait contacté la meilleure amie de sa maîtresse, Mme Lambert-Duval. Ensuite, Térésa avait tant bien que mal tenté de réveiller Mme Cassan, qui, au bout d'interminables minutes, avait enfin lâché un gémissement sourd.

Une heure plus tard, Marthe était conduite à l'hôpital Édouard-Herriot, toutes sirènes hurlantes. Son cas paraissait critique car les puissants somnifères commençaient à agir, et leur effet, démultiplié par l'alcool, lui laissait peu de chances. Les médecins semblaient pessimistes.

De la forêt toute proche s'élevait le parfum poivré de la menthe sauvage. Son odeur se mêlait à celle plus âpre de la terre des collines bombées sous le ciel pâle de mai. Cerclé de vignes, un carré de prairies s'étirait sous un voile de brume. Son sillage vaporeux flottait au ras des haies d'où, parfois, surgissait un merle effrayé. Soudain, sur la gauche, le vif battement d'ailes de deux perdreaux, gras et dignes comme des moines, se fit entendre au-dessus d'une masse moussue, au fond du pré. Fendu en trois par la foudre, cet amas rocheux en forme de bloc erratique, qui aurait servi de lieu de rendez-vous secret aux druides, avait, selon une légende, de bien mystérieux pouvoirs. Jusqu'au milieu du XXe siècle, histoire d'assurer leur descendance, les jeunes couples du village venaient encore danser sur cette pierre.

Alentour, la campagne, mise à rude épreuve depuis quelques semaines par une vague de chaleur précoce, puisait dans la tiède rosée matinale sa maigre humidité quotidienne. Le clocher du vallon voisin compta avec indolence la demie de sept heures.

Gabrielle ne dormait pas. Assise sur un rebord de fenêtre à Lancié, elle savourait les riches heures du matin, ces précieux instants où la nature s'éveille, engourdie par la nuit.

La veille, après avoir découvert le message sur son pare-brise, elle n'avait pas pu retourner à Fontenay. Complètement désemparée, elle ne savait plus où elle en était. Elle s'était repliée sur elle-même, dans ce lieu familier, le seul où elle se sentait rassurée.

Quand le père Antoine était revenu de sa promenade avec Tristan, elle était allée se blottir dans ses bras, sans un mot.

Après une nuit bien courte et une matinée un peu trop entamée à son goût, Charles ne repassa pas par

Fontenay ce matin-là. Il se rendit directement au bureau où, après un brin de toilette, il attaqua sa journée par des rendez-vous extérieurs.

De son côté, Alexandre traînait, l'air désœuvré. Il savait qu'il ne servait à rien de reculer l'échéance, qu'il devait rassembler son courage et affronter le problème. Debout devant la vitre de la serre, il contemplait en silence le paysage. Tout semblait si calme, si serein… Comment annoncer sa décision à son père ?

— Quand comptes-tu lui parler ? demanda Marie brusquement.

Une fois de plus, elle avait lu dans ses pensées. Sans se détourner de la fenêtre, le jeune homme répondit, presque embarrassé :

— Aujourd'hui. Je pense…

— Plus vite tu crèveras l'abcès, mieux ce sera, crois-moi. Je sais qu'ils ont passé une nuit éprouvante à l'hôpital, auprès de Marthe, mais, connaissant Charles, il doit être au bureau, à présent.

Sans un mot, Alexandre quitta son poste d'observation et fixa sa grand-mère.

— Maminou… J'ai tellement peur de ses réactions ! Une fois de plus, je vais le décevoir…

Avec un sourire ému, la vieille dame posa une main affectueuse sur l'épaule de son petit-fils.

— Courage, mon petit… Tu dois seulement lui parler, ton père n'est pas un ogre, que je sache. Il ne va pas te manger. Expliquez-vous. Sans vous braquer. Et je suis certaine que tout se passera bien. Le dialogue est la seule chose valable dans ce genre de situation.

— C'est tellement plus simple avec maman. J'arrive à lui dire ce que j'ai sur le cœur… Même si elle ne m'écoute pas vraiment, trop prise par sa galerie, et que les décisions en reviennent finalement à papa…

— Charles te voudrait fort, invulnérable. C'est sans doute pour cette raison qu'il se montre si dur par moments. À sa décharge, il a été élevé comme ça par son père. Mais dis-toi que vouloir le meilleur pour ses enfants, c'est les aimer. Parfois il est plus difficile de sanctionner que d'embrasser. Tu verras quand ton tour viendra ! Ton père ne sait pas dire certaines choses, surprends-le, parle-lui à cœur ouvert. Je suis certaine qu'il ne restera pas insensible. Je te l'ai déjà dit, vous êtes du même bois tous les deux.

— Oh, Maminou… J'aimerais tant que tout soit plus simple.

Après une profonde inspiration, il lâcha :

— Je vais de ce pas quai Augagneur.

Au moment même où la voiture d'Alexandre quittait le parc, le téléphone retentit dans l'atelier. Marie décrocha, un sourire aux lèvres, elle savait qu'il s'agissait de Charles bien avant qu'il demande :

— Alexandre ne serait pas auprès de toi ? J'aimerais lui parler.

— Ça tombe bien, lui aussi ! Décidément, mon grand, je crois que vous jouez la même partition, ton fils et toi. Il faudrait seulement que vous accordiez vos violons…

— Très bien, je l'attends.

Marie retourna à sa composition florale, heureuse à l'idée d'une ébauche de dialogue entre les deux hommes. Pour l'instant, le fils craignait l'assurance de son père, et le père, la spontanéité révoltée de son fils, mais tous deux finiraient bien par s'entendre.

À son retour à Fontenay, Gabrielle n'y trouva personne. Elle découvrit un message de Clavers qui lui annonçait que tous ses problèmes avec la succession de Laurent étaient résolus. Elle en fut soulagée. Quand Marie lui raconta les derniers événements, elle décida de se rendre immédiatement à l'hôpital tandis que Marie accompagnerait Tristan à sa leçon d'équitation.

Dans les couloirs d'Édouard-Herriot, la jeune femme eut froid dans le dos en croisant sa belle-sœur. Cette dernière, particulièrement irritée de ne pas en savoir davantage sur l'état de santé de son amie, passa devant elle sans lui accorder le moindre regard et ne prit pas la peine de répondre à son bonjour. Choquée par son attitude, Gabrielle s'apprêta à repartir ; elle longea le corridor et monta dans l'ascenseur. Alors que les portes allaient se refermer sur elle, une main d'homme les retint.

— Tu permets que je descende avec toi ? demanda Paul Cassan.

— Mais bien sûr, Paul, fit-elle, presque confuse. J'étais venue prendre des nouvelles de Marthe. Comment va-t-elle ?

— Je suis très touché de ta visite.

— C'est tout à fait normal. Je serais venue bien avant, mais Marie vient juste de m'en informer.

— Son état est stationnaire pour l'instant, elle est toujours en soins intensifs. On en saura plus dans les heures à venir.

Paul voulut changer de conversation. La jeune femme aussi traversait une période affreuse.

— Écoute, Gabrielle, je déteste les banalités que l'on dit si facilement aux personnes dans ta situation, c'est pourquoi je ne t'en ferai subir aucune. Je suis là, c'est tout.

Pour toute réponse, Gabrielle lui sourit avec tendresse.

Bon nombre de gens craignaient Paul pour son franc-parler et ses innombrables entorses au code de bonne conduite. Il choquait autant par son impertinence que par sa réussite, fruit de son mariage, comme aimaient à le souligner les mauvaises langues.

Gabrielle, elle, se sentait proche du quinquagénaire. Lui aussi venait d'un milieu modeste, où seules comptent les valeurs humaines. Paul maniait avec beaucoup de dextérité un bel esprit, souvent drôle, parfois grinçant. Quant à sa réussite, il la devait avant tout à sa force de travail et à sa faculté d'anticipation ! Elle se souvint avec tristesse des agréables soirées qu'ils avaient passées tous les quatre, Laurent, elle et les Cassan, avant tous ces drames et que leur vie bascule. Si Marthe ressemblait beaucoup à Stéphanie, elle ne s'était jamais mêlée de leur vie et n'avait jamais été désagréable avec Gabrielle. Et leurs maris s'entendaient à merveille.

Juste avant de sortir de l'ascenseur, Gabrielle eut envie de demander à Paul qui était Marion, mais elle n'osa pas, elle avait encore besoin de temps…

Le Rhône, pour aller rejoindre sa promise, la Saône, traverse la ville dans un lit taillé sur mesure. Là-bas, au confluent de la primatiale des Gaules, ils noient leurs secrets dans le tourbillon de leurs eaux.

Au dernier étage de l'immeuble Lambert-Duval, quai Augagneur, Alexandre frappa à la porte du bureau de son père. Personne ne répondit. Presque intimidé, le jeune homme poussa la porte. Il n'avait aucune intention de différer cet entretien, qui lui coûtait déjà tant. Il décida d'attendre le retour de Charles et s'installa dans l'immense pièce baignée de lumière. Ici régnait M. Charles Lambert-Duval ! L'illustre P-DG des laboratoires éponymes. Là, servi, craint et respecté comme une légende incarnée, ce dernier gouvernait avec toute-puissance. Alexandre eut des frissons tant les lieux étaient froids et impersonnels.

Sur une étagère, deux photos attirèrent son regard. La première avait été prise lors du dernier anniversaire d'Anne-Sophie. On y voyait la famille au grand complet. Enfin presque… Alexandre, retenu sous les drapeaux, n'avait pas eu de permission à cette occasion. La seconde photo rappelait une victoire en double au tennis où Frank Clavers avait remporté le tournoi avec Charles ! Alexandre saisit les deux cadres de verre. À eux seuls, ils résumaient l'univers de son père.

Frank Clavers… Le si attentionné, prévenant et serviable Frank. Le bras droit de son père possédait indéniablement toutes ces nobles qualités qu'on lui reprochait de ne pas avoir ! Lui n'était que le vilain petit canard en comparaison de Frank… Parfois, il semblait à Alex que son père, déçu par le comportement de sa progéniture, reportait tous ses espoirs sur Clavers. De dix ans son aîné, celui-ci avait les mêmes centres d'intérêt que Charles ; tous deux possédaient en commun loisirs, passions et conception des affaires.

Alexandre se sentait différent. Néanmoins, n'avait-il pas consenti à tenir le rôle de fils à papa pendant toute son adolescence ? Mais depuis, il avait changé ! Visiblement, son père ne s'en était pas aperçu.

Quant à Clavers, Alex hésitait à porter un jugement sur lui. Certes, il lui reconnaissait un investissement personnel sans limites ainsi qu'un certain talent. Issu d'un milieu modeste, Clavers avait su faire preuve de beaucoup d'opiniâtreté pour arriver là où il était. Et Frank s'était toujours montré très correct avec le fils de son patron. Toutefois, Alexandre émettait des réserves sur un comportement si… vertueux. Il soupçonnait Frank de ne pas être tout à fait l'homme désintéressé que l'on prétendait. Mais il s'y entendait si peu dans les affaires de son père qu'il n'avait jamais émis son opinion sur ce sujet.

Les doigts du jeune homme se crispèrent sur les cadres. À cet instant, la gentillesse et la serviabilité de Clavers lui faisaient horreur.

Fais-toi une raison, se dit Alex, même si tu en voulais, ta place est prise !

À ce moment précis, Anne-Sophie pénétra dans le bureau, un dossier sous le bras. Alexandre reposa les photos à leur place et se retourna, mais la jeune femme avait eu le temps de voir son geste.

— Beau portrait de famille, n'est-ce pas ? fit-elle observer, avant d'enchaîner, d'un air faussement indigné :

— Il aurait au moins pu mettre ta photo…

Alexandre préféra ne pas relever cette réflexion et demeura muet, ce qui était selon lui la plus sage attitude à adopter face aux sarcasmes de sa sœur. Enfants, pourtant, ils s'entendaient assez bien. Mais à l'adolescence, peu à peu, lorsque leurs caractères s'étaient forgés, la rupture avait été nette.

À cette époque, Anne-Sophie, fille et cadette, avait tout à coup ressenti le besoin de prouver à son frère qu'elle était la préférée. Depuis, leurs rapports conflictuels n'avaient fait que s'envenimer…

— Papa voulait te voir, déclara-t-elle d'une voix où perçait le reproche. Il t'attendait, mais ce cher Clavers l'a appelé…

— Il en a pour longtemps ?

— Un bon moment, je présume. Ils sont sortis dîner avec d'importants clients. Chez Bocuse, je crois. Tu veux lui laisser un message ?

— Certainement pas à toi ! répliqua Alexandre, amusé à l'idée de contrarier la curiosité de sa sœur. Tu lui dirais tout le contraire !

Piquée au vif, Anne-Sophie fit mine de classer un dossier pendant que son frère s'attelait à coucher par écrit le motif de sa visite improvisée.

— Salut, lança-t-il après avoir cacheté l'enveloppe.

Verte de rage à l'idée d'un secret, d'une confidence dont elle était exclue, Anne-Sophie le regarda s'éloigner. Le temps qu'elle réfléchisse à la manière de lui soutirer davantage d'informations, les portes de l'ascenseur se refermaient déjà sur Alexandre. Qu'avait-il fait de l'enveloppe ? Anne-Sophie parcourut la pièce du regard et ses yeux s'arrêtèrent sur le classeur métallique de la secrétaire de son père. L'enveloppe se trouvait dessus.

— Florence ! ordonna-t-elle, j'ai besoin d'un double de mon dossier d'inscription en fac. Mon père doit le lire de toute urgence. Voulez-vous bien le photocopier, s'il vous plaît ?

L'employée s'exécuta. Une fois seule, Anne-Sophie s'empara sans attendre de l'enveloppe qu'Alexandre venait de laisser.

Frustré de voir son explication ajournée, Alexandre décida de passer chez Olivier, histoire de faire un bœuf avant la répétition de l'après-midi. C'est Tom qui lui ouvrit la porte.

— Salut Alex, fit l'agent sur un ton enjoué. Ç'a pas l'air d'aller bien fort ?

— Pas trop. Je n'arrive pas à parler à mon père, il est trop occupé… Olivier n'est pas là ? ajouta-t-il, jetant un œil curieux à l'intérieur.

Tom lui dit que non et le fit entrer. Il cassa une Camel dont il extirpa plusieurs pincées de tabac qu'il aligna sur une feuille de papier à cigarettes. Assis à ses côtés, Alexandre, tout à fait conscient de ce que préparait Tom, était mal à l'aise. Il espérait qu'Olivier rentrerait vite et mettrait fin à cette situation délicate.

— Je t'en fais un ? proposa l'agent en humectant les derniers millimètres de papier.

— Non, merci, répondit Alex, de plus en plus nerveux.

Tom aspira profondément sur son joint et commença à se détendre.

— Tu sais, mec, si tu veux réussir dans la musique, y faut que t'apprennes à te détendre un peu.

La curiosité fut la plus forte. Toutes les pensées de Gabrielle allaient vers cette Marion. Si une personne pouvait l'aider à comprendre, c'était bien Paul, en qui elle avait toujours eu confiance.

Depuis qu'elle l'avait croisé dans l'ascenseur de l'hôpital, elle avait failli l'appeler au moins une dizaine de fois, mais elle n'avait pas osé. Après ce qui était arrivé à Marthe, le moment lui semblait inopportun. Pourtant, les mots rassurants de Paul eurent raison de ses dernières hésitations et, finalement, elle se décida à décrocher son téléphone.

Quelques heures plus tard, elle débarquait au siège de la banque où Cassan se trouvait, entre deux visites à Édouard-Herriot.

— Vous n'avez pas de rendez-vous, rétorqua la secrétaire zélée quand Gabrielle se présenta. Je ne sais pas si je puis le déranger.

La jeune veuve dut insister et, une poignée de secondes plus tard, la secrétaire lui annonça d'un air pincé que Paul allait la recevoir.

— Je suis navrée de faire irruption comme ça, je…

— Tu as bien fait, la coupa le banquier. Je suis ravi de m'octroyer une petite pause en ta charmante compagnie. Que puis-je pour toi ?

Gabrielle lui expliqua qu'elle avait beaucoup hésité avant de venir le trouver, mais qu'il était le seul à qui elle pouvait s'adresser. Après le choc de la mort de Laurent et les pénibles épreuves qui avaient suivi, la jeune femme essayait de reprendre pied, mais elle se sentait si vulnérable, à Fontenay, où l'atmosphère était de plus en plus pesante. Elle lui révéla combien la maison devenait sinistre, tout comme les membres de cette famille, qu'elle se rendait compte ne pas si bien connaître. Elle avait l'impression de les découvrir sans masque, à présent. Alors elle devait comprendre. Voyant que Paul l'écoutait avec attention, sans l'interrompre, Gabrielle lui avoua tout ce qu'elle avait sur le cœur. Elle lui rapporta les bribes de la conversation surprise entre Charles et Stéphanie et lui parla du mystérieux message trouvé sur sa voiture. Quand elle lui en eut dévoilé le contenu, Paul se redressa sur son siège d'un air abasourdi. Il ne put s'empêcher de s'écrier :

— Qu'est-ce que c'est que cette histoire ? Encore de sales rumeurs ! Tu sais, Gabrielle, il faut te méfier, les Lambert-Duval sont une grande famille d'excellente réputation, et leur fortune leur a fatalement attiré de nombreux ennemis…

— Oui, tu as sans doute raison…, murmura Gabrielle, pensive.

Un instant passa où ils restèrent silencieux tous les deux. Gabrielle avait vu le rapport de l'expert ; Laurent avait certainement été victime d'un accident, mais quelque chose lui disait que toute cette histoire n'était pas claire. Écartant ce sujet pour le moment, elle revint sur les propos de Stéphanie qu'elle avait entendus dans le couloir. Sans préambule, elle laissa tomber :

— Je vous ai vus, toi, Charles et Frank Clavers, chasser cette femme du cimetière. Qui est-elle ?

— Ah…

Paul se renversa dans son fauteuil. Il semblait choisir ses mots, mais Gabrielle ne lui laissa pas le temps de continuer.

— J'ai besoin de savoir, Paul ! J'aurais juré qu'elle voulait me parler ; dis-moi qui elle est.

— Je crois que tu en sais beaucoup plus que Charles ne le voudrait, alors…, soupira Paul en la fixant droit dans les yeux. Il s'agit de Miss Marion… J'imagine que tu as déjà entendu parler d'elle ?

— Non.

Paul parut surpris, mais il ne pouvait plus reculer. Il reprit :

— Marion œuvre dans les relations publiques, enfin… d'un genre très rapproché, si tu vois ce que je veux dire…

— Elle serait une sorte de Mme Claude lyonnaise ?

— D'après la rumeur, Miss Marion organise des divertissements très fins pour la haute bourgeoisie locale. Tous les vertueux notables se retrouvent chez elle pour s'envoyer en l'air ! ajouta Paul, d'un ton méprisant qui signifiait clairement que ces orgies ne le concernaient pas.

Gabrielle mit un temps pour digérer la nouvelle.

— Cela te choque… Je comprends. Moi, plus rien ne me choque, dans cette ville ! Plus un homme a l'air prude, plus il est vicieux !

— Mais que faisait cette Miss Marion à l'enterrement de Laurent ? Qu'a-t-elle à voir avec lui ?

— Ce n'est pas forcément avec Laurent qu'elle a un lien.

— Que veux-tu dire ?

Cassan prit un air énigmatique. Gabrielle enchaîna :

— Tu veux parler de Charles !

Paul ne répondit pas, mais son silence en disait long.

— J'ai du mal à le croire, fit Gabrielle.

— Attention ! N'en déduis pas qu'il a lui-même… Mais il a peut-être offert un petit supplément à certains de ses investisseurs. Il n'y aurait rien de bien surprenant à cela quand on sait à quel point il est acculé en ce moment !

— Acculé ?

Gabrielle comprenait de moins en moins ; plus elle posait de questions et plus les interrogations se multipliaient. Voyant sa mine perplexe, Paul déclara :

— Je crois qu'il est grand temps pour toi que quelqu'un te fasse passer en coulisses !

Se doutant que Gabrielle n'était au courant de rien, Paul entreprit alors de lui décrire, le plus simplement qu'il put, la situation critique dans laquelle se trouvait le groupe Lambert-Duval depuis plusieurs mois. Il lui parla de leurs difficultés financières, des problèmes de mise au point et d'homologation des nouveaux produits, du retard dans leur lancement, de la percée de la concurrence. En somme, l'énorme machine Lambert-Duval manquait de réactivité et s'enrayait. Sans entrer dans les détails, Paul en exposa les conséquences. Depuis quelque temps, Charles et Laurent n'étaient plus du tout d'accord quant à l'avenir du groupe et des tensions étaient nées. Avec le décès brutal de Laurent, Charles jouait un quitte ou double.

— Et selon toi, Paul, lequel des deux avait raison ?

— Je ne sais pas si je suis le mieux placé pour juger, mais je partageais le point de vue de Laurent.

Cassan poursuivit, avec une tendre ironie dans la voix :

— Ma pauvre Gabrielle, tu te retrouves à la tête d'une moitié d'entreprise sans en connaître le mode d'emploi… Te voilà entre le marteau et l'enclume !

— J'en ai bien l'impression.

— Sache que si tu souhaites que je gère tes intérêts dans le groupe, je veux bien m'en charger, ou t'aider à le faire.

— Merci, Paul. Tu es un ami sur lequel je peux compter. Pour l'instant, j'ai surtout besoin de réfléchir.

Sur ces mots, Gabrielle prit congé de Cassan, perplexe et confuse. Tout semblait de plus en plus compliqué, elle ne savait plus quoi penser de personne…

Même déserté par tous, Fontenay était étouffant pour Gabrielle. Il lui était impossible de réfléchir sereinement dans ce lieu. Tant de questions l'assaillaient qu'elle ne savait plus où donner de la tête. Mais, par-dessus tout, elle ne tenait pas à être en présence de Charles ou de Stéphanie. Ils s'étaient bien payé sa tête, ces deux-là !

Aussi, quand Maude Dormeuil, son amie d'enfance, invita Gabrielle à venir se reposer chez elle, celle-ci n'hésita pas une seconde.

— C'est une très bonne idée, ma chère enfant, déclara Maminou lorsque Gabrielle lui en eut parlé. Pars quelques jours, tu en as le plus grand besoin.

— Mais vous, Marie ? Ça va aller ?

— Ne t'inquiète pas pour moi. Tu dois d'abord penser à toi. Et à Tristan !

— Je ne suis pas sûre…

— Va, je te dis ! Laurent t'aurait conseillé la même chose.

Gabrielle embrassa tendrement Marie.

— Voici le numéro de Maude, en cas d'urgence…

Marie glissa le papier dans sa poche et rappela à sa belle-fille que la seule urgence dont elle devait se soucier, c'était elle.

— Je vous promets de me reposer.

— Dépêche-toi de partir avant que les autres arrivent.

Gabrielle monta dans sa chambre et jeta à la hâte sur le lit quelques effets de toilette, trois tee-shirts et un jean. En équilibre sur une chaise, elle saisit la poignée du grand sac de sport, sur la dernière étagère du dressing, et le tira. À ce moment, l'attention de la jeune femme fut attirée par le bruit d'un objet tombant sur le parquet. Elle baissa la tête et découvrit un calepin de cuir noir qu'elle n'avait jamais vu auparavant. Surprise, Gabrielle descendit de la chaise et se pencha pour le ramasser. Elle hésitait à l'ouvrir. Qu'allait-elle apprendre ? Mais sa curiosité fut la plus forte…

La disparition de Laurent ne devait en rien remettre en cause les activités du groupe Lambert-Duval. Ce fut, dès l'annonce de la mort de son frère, le mot d'ordre de Charles. Ce jour-là, il venait de signer un accord de principe pour un fabuleux contrat avec un groupe de distributeurs japonais. La prestation et le cadre du restaurant de Collonges, à la hauteur de sa renommée, honorèrent autant leur estomac que leur ego. Charles n'eut aucun mal à faire accepter ses conditions. Enfin, presque… La direction de Tokyo entérinerait l'aval de ses cadres si le groupe Lambert-Duval redéfinissait clairement le pouvoir de décision de ses principaux actionnaires.

— Ce n'est qu'une formalité, les rassura Charles, et une question de jours pour tout mettre noir sur blanc. Les actions de mon frère sont toujours dans la famille, vous n'avez aucune crainte à avoir.

Malgré ses assurances réitérées, il ne parvint cependant pas à les convaincre.

À son retour à Fontenay, Charles n'avait qu'une idée en tête : obtenir la procuration de Gabrielle. Bien qu'il ressentît quelque scrupule à bousculer sa belle-sœur en un tel moment, les impératifs économiques le poussaient au train.

Charles ouvrait le dossier juridique remis par Frank le matin même, lorsque sa fille entra.

— Tu as passé une bonne journée, ma puce ?

Anne-Sophie s'approcha, un air candide sur le visage. C'est avec cette attitude qu'elle parvenait chaque fois à mener son père par le bout du nez. Charles en était parfaitement conscient, mais ces démonstrations d'affection le touchaient, d'autant que son fils ne lui en témoignait pas la moindre. Au fil des ans, ses rapports avec lui semblaient de plus en plus difficiles. Chaque fois qu'ils entamaient un dialogue, la discussion tournait au vinaigre… Ils ne se comprenaient pas. À maintes reprises, Charles avait essayé… en vain. Son fils était borné, il croyait être le seul à avoir raison ; Alexandre n'avait jamais su être conciliant. *A contrario*, Anne-Sophie se montrait toujours adorable avec lui.

— Papa ?

— Oui ?

— Je sais que tu es compréhensif. Et attentif à mon avenir.

— Ou veux-tu en venir ?

Anne-Sophie lui fit part de ses projets, ouvrant grands ses yeux bleus en amande. Charles soupira en esquissant un demi-sourire.

— Ma chérie, tu sais pourquoi je ne suis pas d'accord, n'est-ce pas ? répliqua-t-il tendrement.

À ces mots, Anne-Sophie se leva d'un bond. Elle lui fit face et passa de l'autre côté du bureau. Son regard lançait des éclairs. Même en colère, elle restait belle.

— Tu n'es pas d'accord ! Comment peux-tu me faire ça ? s'écria-t-elle.

« Quel tempérament ! pensa Charles, aussi câline un instant que tigresse celui d'après. » Anne-Sophie se radoucit très vite et déclara :

— Au moins, j'ai l'avantage sur certains de te faire part de mes intentions entre quat'z'yeux, *moi !* Tu ne veux pas me laisser faire mes preuves au sein du groupe, en revanche, je suis sûre que tu ne verras aucune objection à ce que ton cher fils abandonne ses études pour devenir musicien de bar…

À l'hôpital Édouard-Herriot, Marthe reprit conscience en fin d'après-midi. Contre son gré, elle ouvrit lentement les yeux. Le destin la forçait une nouvelle fois à reprendre contact avec le monde extérieur. Elle était donc condamnée à vivre…

Malgré ses paupières lourdes, Marthe comprit qu'elle se trouvait dans une pièce inconnue, bruyante, où tout était trop brillant, aveuglant. Les bips d'un moniteur placé en équilibre sur une table auprès d'elle résonnaient dans son crâne. Des tuyaux sortant d'un peu partout la reliaient à une machine.

La bouche pâteuse, les gestes lents, Marthe inclina la tête sur le côté. Un visage était penché sur elle. Un visage familier, sombre et soucieux. Paul. Après un pâle sourire, elle referma les yeux, tentant de se remémorer la scène qui avait entraîné son hospitalisation.

— Ma pauvre chérie, souffla Paul en déposant un baiser sur son front. Je ne peux t'aider que si tu l'acceptes. Repose-toi, je reviens.

Tandis que la porte se refermait, une larme brûlante coula sur la joue de Marthe.

Dans le couloir, Paul croisa le Dr Moraud.

— C'est précisément vous que je cherchais, lui lança-t-il. Qu'est-ce qui vous a pris de diminuer les doses de son traitement ?

Afin de respecter le sommeil des patients, le médecin invita Paul à le suivre dans son bureau.

— Monsieur Cassan, je comprends votre colère, mais je dois vous dire que nous n'avons jamais diminué ses doses. Bien au contraire.

— Alors comment expliquez-vous ce désastre ? Cela fait deux fois que je vous fais confiance. Deux fois qu'elle attente à ses jours !

Le psychiatre se contenta d'annoncer :

— Je pense que votre femme souffre de troubles comportementaux liés à son environnement.

— Eh bien, que suggérez-vous ?

L'homme en blouse blanche lui rapporta la proposition que lui avait faite Stéphanie Lambert-Duval dans la matinée. Cette dernière lui avait suggéré que Marthe aille en convalescence à Fontenay. Ainsi, dans un cadre familier, mais différent du sien, elle pourrait sans doute mieux reprendre pied et peut-être… goût à la vie. La campagne faisait parfois des miracles. De plus, dans la grande maison, il y aurait toujours quelqu'un présent pour prévenir une rechute et s'assurer que Mme Cassan n'attenterait plus à ses jours. Bien sûr, après ce qui venait de se passer, ce nouveau départ ne s'opérerait pas sans un sévère contrôle médical. Une infirmière demeurerait en permanence à ses côtés, dans un premier temps, et les visites du Dr Moraud passeraient à deux par jour.

De toute façon, conclut le docteur, il n'y avait qu'une alternative : Fontenay ou bien l'établissement psychiatrique, dès la sortie de Marthe. Cassan parut contrarié. Il passa la main sur sa barbe naissante tout en réfléchissant. Face à lui, Moraud le scrutait.

— Si vous pensez que c'est mieux pour elle, lâcha enfin Paul, vous avez mon accord.

— Vous agissez pour son bien, croyez-moi.

Le chef de service lui demanda de parapher la décharge qui autorisait Marthe à gagner Fontenay. Cassan s'exécuta sans discuter.

Pendant qu'il signait, Paul ne vit pas l'expression de profonde haine qui s'était dessinée sur le visage de Philippe Moraud…

Vingt-trois heures venaient de sonner au cartel du grand salon quand Alexandre poussa la lourde porte du hall. Bien sûr, il rentrait tard. Bien sûr, il avait un peu bu. Un peu fumé aussi. Mais pas de quoi fouetter un chat. Pour la première fois depuis son retour du service militaire, Alexandre se sentait vraiment bien. Certes, l'effet de certaines substances y était pour quelque chose, mais qu'importe, Alex et son groupe avaient très bien joué. Au cours de leur première scène, ils avaient tout donné et une fabuleuse magie lui avait semblé s'opérer.

Ils avaient improvisé sur un même accord et leur musique avait littéralement envoûté le public. Le patron de l'établissement avait signé avec Tom un contrat pour quatre autres représentations. À ce rythme-là, ils auraient rapidement les moyens de financer leur première maquette de disque. Ils étaient prêts à se lancer dans la grande aventure !

Alexandre regagnait sa chambre, des rêves plein la tête, lorsqu'il vit un filet de lumière luire sous la porte du bureau de son père. Le jeune homme hésita, puis finit par renoncer à frapper. « À quoi bon se quereller ce soir ? Pourquoi finir une aussi bonne journée de cette manière ? » pensa-t-il.

Mais, de l'intérieur, la voix de Charles se fit entendre. Il interpellait son fils. Alex se sentit redevenir un petit garçon qui venait de commettre une sottise, apeuré à l'idée d'une réprimande… Du plus loin qu'il s'en souvînt, il avait toujours craint l'extrême assurance de son père et la violence de ses propos. Résigné, Alexandre entra dans la pièce sans refermer la porte derrière lui, au cas où…

— Bonsoir.

Charles le pria de s'asseoir. Depuis qu'Anne-Sophie était venue lui parler, M. Lambert-Duval n'avait pu se concentrer sur un dossier.

Dès le retour de son fils du service militaire, Charles avait voulu s'entretenir avec lui de ses projets d'avenir. Vivre en fils prodigue se paye, sa famille l'avait nourri, il était grand temps qu'il se voue à elle en retour.

— Ne peut-on pas remettre cette conversation à demain, papa ? supplia Alex.

— À l'heure où tu te lèves, j'ai bien peur de ne plus être là depuis longtemps, rétorqua Charles, cinglant.

Puis, clairement, Lambert-Duval décrivit les différentes options qu'il proposait à son fils. Alexandre, qui avait retrouvé un peu de sa lucidité, fouetté par le ton menaçant de son père, lança abruptement :

— Je ne veux pas partir aux États-Unis, ni prendre ta suite à la tête du groupe. Je veux me lancer dans la musique, vivre de ma passion.

— Vraiment ? répondit Charles, un rictus crispé au coin des lèvres.

— Vraiment ! Ce matin, j'ai remis une lettre à ta secrétaire pour t'en informer, étant donné que tu n'es jamais disponible…

L'ironie et le choix des mots utilisés dans cette dernière repartie n'échappèrent pas à Charles. Il sentait une piquante irritation le gagner. À sa connaissance, Alex avait eu à maintes reprises l'occasion de lui parler, mais à aucun moment il n'en avait manifesté le besoin. De là à transmettre ce qu'il avait à lui dire par courrier… L'acte révélait bien toute la lâcheté de ce fils indigne ! Pour qui le prenait-il à la fin ? Pour le dernier des imbéciles ? Pour un monstre tyrannique ?

Sans crier gare, Charles se leva de son fauteuil, rouge de colère.

— Parce que tu ne peux pas me le dire en face ! fulmina-t-il.

— Je pense que je suis assez grand pour prendre une décision seul. Sans l'aval de papa.

Une fois de plus, Alex avait le chic pour le faire sortir de ses gonds ! Il y avait tant de rage, de mépris dans ce regard défiant…

— De toute façon, ton bouffon de Frank m'a déjà remplacé. Je suis même surpris que tu te souviennes encore de moi.

Charles se raidit. Le sang cognait contre ses tempes grisonnantes.

— Retire cela immédiatement ! ordonna-t-il.

Alex sentait des larmes de rage obscurcir son regard. Les lèvres tremblantes, il hurla :

— JAMAIS ! Tu entends : JA-MAIS ! Je déteste ce que tu es ! Tu peux mener ta boîte à la baguette, mais pas ta famille ! Nous ne sommes ni tes esclaves ni tes employés. Tu crois que tout t'est toujours dû, tu ne tolères aucune remarque ! Pas même celles de ton propre frère… Ça a dû bien vous arranger, toi et ton toutou de Frank, que Laurent lève l'ancre. Tu as le champ libre, maintenant. Et comme tu sais très bien que Gabrielle ne verra aucune objection à ce que tu gères ses biens… (Alexandre reprit difficilement son souffle avant d'ajouter :) Je déteste cette famille ! Son nom et tout ce qu'elle représente : rien que fric et respectabilité ! Vous écrasez les gens sans même en avoir conscience.

La main puissante de Charles s'abattit sur la joue d'Alexandre, qui fut sonné.

Puis, sur un ton sans appel, Charles ordonna :

— Hors de ma vue ! Tout de suite !

Gabrielle avait quitté Fontenay. Elle s'en était échappée bien plus qu'elle n'en était partie. Désormais, elle se fichait pas mal de ne plus correspondre à l'image lisse qu'elle était censée donner. Elle ne devait plus rien aux Lambert-Duval.

Tristan s'était assoupi sur la banquette arrière tandis que Gabrielle roulait vers une terre d'asile. Amère, les mains agrippées au volant, elle s'efforçait de se concentrer sur la route pour ne pas se laisser submerger par ses pensées. Elle avait l'impression de ne plus rien éprouver. Elle avait connu trop de peine, puis trop de colère, elle se sentait désormais totalement vidée. Complètement désabusée, elle repartait de Fontenay plus désemparée encore qu'elle ne l'avait été à son arrivée, dix ans auparavant. Mais, à l'époque, Laurent était à ses côtés… À présent, elle avait envie de jeter l'éponge. En dépit de tous ses efforts pour s'intégrer à cette famille, elle n'en ressortait que plus seule, en marge d'un monde dont elle ne comprendrait jamais les règles.

Gabrielle quitta l'autoroute à Annecy. À cette heure avancée de la soirée, il ne lui fallut pas longtemps pour atteindre les bords du lac. De cette ville endormie avec les derniers rayons du soleil, la jeune femme attendait un espoir, une simple lueur qui lui permettrait de tourner la page.

Elle passa encore quelques virages puis, soudain, le portail de bois blanc apparut comme une délivrance.

— Tu es ici chez toi ! s'exclama joyeusement son amie en venant l'embrasser. Tu peux rester tout le temps que tu le souhaiteras.

Maude et Gabrielle se connaissaient bien avant leurs mariages respectifs. Toutes deux étaient issues du même sérail, de cette Provence qui donne une âme aux sentiments et un cœur à la raison. Jusqu'à l'âge de seize ans, elles avaient arrondi leurs fins de mois derrière la caisse d'un poissonnier, sur le marché d'Avignon. Leur amitié avait ainsi vu le jour entre deux étals. En même temps, Maude poursuivait des études d'hôtellerie. Elle effectuait quelques stages par-ci, par-là, chargée bien souvent de basses besognes, avec des responsabilités limitées. Mais la jeune fille était endurante et persévéra tant et si bien qu'elle eut très vite l'opportunité de se faire remarquer. Après deux années dans un grand hôtel parisien, où elle gravit les échelons de manière fulgurante, elle fut recrutée par un chasseur de têtes et devint responsable des relations humaines au sein du groupe Alliance, la célèbre chaîne d'hôtels, soit le bras droit du directeur… qu'elle épousa l'année suivante ! Pour Richard Dormeuil, leur mariage se révéla une association fertile. Pleine d'idées et d'initiatives, Maude l'incita à s'émanciper du groupe, elle le persuada de convaincre des partenaires financiers et orienta seule leur future politique. Grâce à elle naquit le groupe Dormeuil.

Malgré les années qui s'étaient écoulées, et des chemins si différents, les deux femmes étaient demeurées très proches.

— J'ai honte, Gabrielle..., commença Maude après avoir refermé la porte sur la chambre de Tristan endormi.

— Pourquoi ?

— Parce que je n'étais pas là pour l'enterrement. J'ai appris la nouvelle le jour même. À New York.

— Mais tu es là aujourd'hui. Et c'est maintenant que j'ai besoin de toi.

Elles s'installèrent dans le salon pour discuter. Maude s'aperçut rapidement que son amie ne tenait pas à entrer tout de suite dans le vif de ses préoccupations. Elle respecta ce choix et lui proposa un verre de vin.

— Et toi ? Que deviens-tu ? demanda Gabrielle. Toujours entre deux avions ?

— Oui. Ma vie se joue dans les halls d'embarquement... C'est sûr, je vois du pays, les cinq continents, et encore plus de décalages horaires... Si tu savais combien j'aimerais me poser de temps en temps. Comme j'ai envie de tout plaquer par moments. De prendre le temps de vivre, de m'occuper du quotidien en toute simplicité...

— Le quotidien en toute simplicité peut s'avérer illusoire..., l'interrompit Gabrielle d'un air maussade.

Un silence tomba, que Maude n'osa briser. Enfin, Gabrielle lâcha, les yeux emplis de larmes :

— Laurent avait une liaison.

— Quoi ! En es-tu certaine ? rétorqua Maude, incrédule.

— Oui. J'ai trouvé ce calepin, fit-elle en lui tendant l'objet. Il était caché tout en haut du dressing. Vas-y ! Tu peux lire ; rien de plus explicite...

Son amie saisit l'agenda et le feuilleta. Les petites pages, vierges au début de l'année, se noircissaient d'encre sur les derniers jours de la vie du défunt. Maude y déchiffra des initiales, des heures, des lieux de rendez-vous. Sur les toutes dernières pages, Maude tomba sur la codification utilisée. M : Marion, HBA : hôtel des Beaux-Arts, etc. Ensuite, ce n'étaient que des colonnes de chiffres qui ne lui parlaient guère.

— Alors ? Qu'en dis-tu ? Tu en tires les mêmes conclusions que moi, n'est-ce pas ?

Maude parut ennuyée.

— Peut-être. Mais tu n'as aucune preuve ! Il faut se méfier des déductions trop hâtives.

En effet, Gabrielle n'avait que des soupçons. Mais le doute est un poison particulièrement dévastateur…

— Et puis, poursuivit Maude, il peut s'agir de tout autre chose. Une blague, une enquête, un piège… Que sais-je encore ! En affaires, tu es parfois amené à pratiquer des sports étranges.

— Je sais. Le monde de la finance et ses cadavres…, soupira Gabrielle, qui aurait tant aimé que son amie dise juste.

— Au fait, sais-tu qui est cette Marion dont il est question ?

— Non.

— Une entremetteuse.

Là, Maude fixa son amie d'un air étonné, sans savoir que répondre.

— Oui. Tu as bien entendu, elle est même la plus célèbre entremetteuse lyonnaise, à ce qu'il paraît ! Et si je me fie à la fréquence de leurs rencontres, je peux me poser des questions ! On ne rencontre pas ce genre de femme dans un hôtel pour une simple blague !

— Soit…

— Je ne peux pas l'expliquer… mais au fond de moi, je sais que Laurent était mêlé à quelque chose de louche. Est-il coupable ou non, je n'en sais rien. Mais je ne peux m'empêcher de lui en vouloir. Il ne m'a rien dit. Je n'ai rien vu. Et je me sens doublement frustrée aujourd'hui, car je ne le saurai sans doute jamais. Je vais devoir apprendre à vivre avec ça…

Maude s'approcha tout près de son amie et tenta de la consoler.

— À quoi bon, maintenant ? murmura-t-elle. Essaie, peut-être, de ne garder qu'une image heureuse du bonheur partagé. On a tous notre jardin secret, nos idéaux. La vie de couple s'enrichit aussi de ces différences. Un paysage est tout aussi beau sous la pluie que sous la lumière d'un soleil ardent. Laurent n'était peut-être pas exactement celui que tu croyais, mais il n'en perd pas moins ses charmes… Il t'aimait et n'aurait jamais rien fait qui puisse te nuire, j'en suis convaincue.

Les deux femmes discutèrent encore un long moment durant lequel Gabrielle se sentit enfin en confiance, apaisée. Finalement, la fatigue eut raison d'elles et toutes deux regagnèrent leur chambre.

Gabrielle s'éveilla aux premières lueurs de jour. Sur la pointe des pieds, elle traversa la maison encore endormie. C'était un ancien logis de pêcheur, en bois blond, flanqué d'un ponton qui donnait à l'ensemble des allures de sisselande[1].

1. Grand bateau plat, carré à un bout et tirant probablement son nom de Seyssel, un ancien port du haut Rhône.

Dans ses lettres, Maude lui avait longuement décrit ce pied-à-terre, à un jet de pierre de Genève. Cette maison, en équilibre au bout d'une langue de terre, avait été pour elle un coup de foudre et elle en avait rapidement fait son refuge, un endroit préservé, romantique et mélancolique à la fois. Ici, le tourbillon de la vie semblait retenir son souffle. Lui aussi succombait au charme des eaux paisibles.

La lumière blanche des riches heures matinales s'invitait dans le salon, où le style hésitait entre rustique et sophistiqué. Gabrielle s'empara d'une courtepointe et s'en enveloppa pour sortir.

À l'extérieur, un voile vaporeux caressait la surface des flots du lac d'Annecy. Elle se dirigea sur le ponton, presque hésitante, quasiment étonnée de ne pas surprendre les rêveries de Lamartine en flagrant délit poétique. Une chaise longue en teck la convia à assister au lever de l'Astre-Roy. Lentement, par-delà la cime des Alpes, il se dressa dans son col d'hermine, se reflétant bientôt dans les eaux saphir.

Gabrielle ne pensait plus. Elle était lasse et se laissait doucement envahir par les impressions du tableau qui s'offrait à elle. Un cygne s'approcha tout près du ponton pour trouver compagnie et pitance. Dans ce calme et cette somptuosité, la jeune femme s'assoupit.

Tout à coup, Gabrielle fut tirée de son sommeil par une pluie de gouttelettes fraîches. Tristan venait de plonger dans le lac.

— Désolée, s'excusa Maude avec un sourire aux lèvres, mais il piaffait d'impatience depuis un bon moment.

Elle lui tendit une tasse de café noir. Gabrielle se gratta la tête, désorientée.

— Merci. Quelle heure est-il ?

— Un peu plus de dix heures…

— Si tard ! Il fallait me réveiller plus tôt !

— Pourquoi ? Nous avons tout notre temps !

— Tu as raison, reconnut Gabrielle avant de s'étirer.

Maude vint prendre place sur la chaise longue à ses côtés.

— Alors ? Qu'en penses-tu ?

— C'est tout simplement idyllique ! Je n'avais pas dormi comme cela depuis des semaines.

— Tu comprends pourquoi j'ai jeté mon dévolu sur cet endroit ! C'est un des rares lieux où je peux me ressourcer pleinement. Sans penser à autre chose.

— Je te crois.

Les deux amies flânèrent un long moment en silence. Tristan s'enhardissait de plus en plus. Il finit même par réussir un joli saut périlleux qui les éclaboussa.

— Il est très téméraire, dis-moi !

— Oui. Remarque, il a de qui tenir…

Gabrielle prit soudainement conscience de son allusion à Laurent. Son souvenir lui était toujours douloureux… Elle changea de sujet pour éloigner ses idées noires.

— Et toi et Richard ? Cet enfant ?

— Tu sais, notre couple ressemble plus à une association qu'à un mariage. Pour fonder une famille, il faut être deux…

Maude sourit avant d'ajouter :

— … et au même endroit si possible !

Quand elle prononça ces derniers mots, son visage s'assombrit quelque peu. Conservant un ton qu'elle voulait ironique, elle expliqua à Gabrielle que si elle avait toujours couru après la réussite, aujourd'hui ses rêves de grandeur lui paraissaient bien stériles en comparaison du bonheur d'être mère. Maude saisit la main de son amie d'un geste plein de douceur. Elle ne pouvait garder plus longtemps ce qu'elle avait sur le cœur.

— Je te connais, Gabrielle Delmas… Mieux que toi-même en ce moment. Tu as toujours été la plus forte de nous deux. Et je sais par ailleurs que tu n'es pas du genre à végéter. Tu trouveras cette petite flamme, au fond de toi, cette étincelle qui te permettra de rebondir. Sois-en certaine !

Entre les promenades dans les alpages, les baignades et les discussions enflammées, les jours passèrent et, un soir, Gabrielle annonça sa décision de partir.

— Merci, Maude, pour ton réconfort. Tu m'as redonné espoir, grâce à toi, j'ai pris conscience qu'il fallait avancer.

— C'est exactement ce que je voulais entendre !

— Quant à Laurent… Je vais suivre ton conseil, je vais essayer de comprendre. C'est vital pour moi, je dois savoir s'il était l'homme que j'ai aimé ou non. Je dois aussi m'occuper de ses affaires, je veux veiller sur l'héritage de Tristan.

— Là, je te retrouve Gabrielle ! Et qui sait… Tu risques de te surprendre. D'y prendre goût… Je suis sûre que tu feras une formidable chef d'entreprise…

— Et toi, une excellente mère !

Elles éclatèrent de rire.

— Prends garde, Fontenay ! s'écria Maude. Voici la vraie Gabrielle !

L'ombre du colombier s'étirait jusque sur la terrasse de Fontenay écrasée de soleil. Un peu partout dans la campagne environnante résonnait un bourdonnement étouffant.

Sans se soucier de ce qu'elle faisait, Marthe se brossait une mèche de cheveux. Simplement vêtue d'une nuisette trop large pour ses frêles épaules, elle ne parvenait pas à détacher son regard morne de l'éclat aveuglant du ciel. Depuis sa sortie de l'hôpital quelques jours plus tôt, Marthe avait été en proie à différents sentiments contraires qui, les uns après les autres, semblaient l'abandonner. À présent, plus seule que jamais, elle se sentait vide de toute émotion.

Au même moment, Stéphanie recevait le Dr Moraud, qui venait effectuer sa visite quotidienne. Mme Lambert-Duval aurait souhaité mieux cerner cet homme, toujours très à l'aise dans son jean usagé et ses docksides. Elle craignait un peu le psychiatre pour son style décontracté et le trouvait parfois trop direct ; en revanche, ses traits énergiques, sa bonne humeur et son regard plein de compréhension l'incitaient à s'ouvrir à lui.

— Docteur Moraud…

— Vous pouvez m'appeler Philippe.

— Oui… Je suis très inquiète au sujet de Marthe, confia Stéphanie, qui paraissait ne pas l'avoir écouté.

— Elle est encore faible, mais je suis confiant.

— Je vous en prie, docteur. Faites de votre mieux.

Le médecin remarqua la sincère inquiétude qui transparaissait dans les propos de Mme Lambert-Duval, en général si pleine de retenue et qui n'hésitait plus à afficher sa peur. Marthe devait beaucoup compter pour elle.

D'un geste qu'il voulait rassurant, Moraud saisit la main de Stéphanie. Il sentit immédiatement son imperfectible tressaillement et vit son œil désapprobateur. Cet excès de familiarité n'était pas à son goût. Sans un mot, elle retira délicatement sa main puis s'éloigna.

Le psychiatre, étonné, suivit des yeux la gracieuse silhouette qui descendait les escaliers sans plus se soucier de lui. Il secoua la tête presque amusé, puis entra voir sa patiente.

— Bonjour, lança-t-il sur un ton enjoué.

— Bonjour, docteur, répondit laconiquement Marthe.

Il s'empara d'un siège et le posa à côté d'elle. C'est à peine si elle daigna tourner la tête. Ses yeux, plissés, fixaient toujours l'éclatante lumière du dehors, comme si elle était aspirée par cette éblouissante clarté céleste.

— Il fait encore très beau aujourd'hui, déclara-t-il. Vous pourriez en profiter pour aller prendre l'air, sortir un peu. Vous devez quitter cette chambre.

Marthe ne répondit pas. Son visage s'assombrit.

— Allons ! Il faut réagir. Vous n'allez pas rester prostrée dans cette chambre toute votre vie. Vous êtes dans l'une des plus belles propriétés des monts d'Or et il fait un temps splendide. Que diriez-vous de piquer une tête dans la piscine, d'une partie de tennis ou d'une balade à cheval ?

La convalescente aurait voulu se boucher les oreilles ; elle ne voulait pas entendre ce qu'elle devait faire ou ce qui lui convenait. Personne ne pouvait se mettre à sa place…

— Marthe, reprit doucement le docteur. Vous m'entendez ?

— Oui ! s'écria-t-elle en bondissant de sa chaise. Je n'entends que ça : « Il faut vous ressaisir, Marthe », « Vous devez surmonter l'épreuve, Marthe ! » Mais moi, je n'en ai pas envie ! Je ne tiens pas à vivre.

Elle fondit en larmes en avouant :

— Je veux juste rejoindre ma petite Élodie. J'ai besoin de parler d'elle. J'avais tant de choses à lui dire… Je l'aimais tellement et je n'ai pas su le lui dire. Le soir de cette terrible tragédie, nous nous étions disputées. Oh, pour des broutilles, ce genre de bêtises qui empoisonnent le quotidien et ont l'air futiles avec le recul. Quand elle est sortie de la maison, nous étions en froid. Je lui ai dit des choses horribles, que je regrette aujourd'hui. Mais le mal est fait. C'est pour toutes ces raisons que je ne me sens plus la force de continuer.

Moraud marqua un temps. Pour lui, cette révélation était déjà un grand pas vers la guérison.

— Mon but, confia-t-il à son tour, n'est pas d'effacer votre peine, car je sais que c'est impossible. En revanche, je peux vous aider à vivre avec cette cruelle perte. Maintenant, si votre choix est d'en finir… Eh bien soit, faites ce que bon vous semble ! Mais si, au fond de votre cœur, le souvenir d'Élodie est toujours ardent, cela vaut la peine de vous battre pour la faire vivre à travers vous, conserver son souvenir. Vous pourriez aussi permettre à d'autres jeunes filles de son âge de ne pas connaître le même destin…

Pour la première fois, Marthe tourna vers lui un regard brouillé de larmes. Il avait su la faire réagir.

— Oh, docteur… Que dois-je faire ? implora-t-elle, une main sur son cou engourdi d'être resté trop longtemps dans la même position.

— Reprendre confiance… avant de reprendre espoir. Occupez-vous l'esprit. J'ai parlé à Stéphanie, je suis certain qu'elle serait très heureuse de sortir un peu avec vous. Pourquoi n'iriez-vous pas en ville ?

Marthe souffla en tordant les lèvres, elle ne tenait vraiment pas à faire du shopping.

— N'oubliez pas… C'est vous qui détenez la clef !

— D'accord, je veux bien essayer.

— À la bonne heure ! lança-t-il en posant une main affectueuse sur l'épaule de Marthe.

Il entreprit alors de lui masser les épaules et le cou, très doucement. Peu à peu, Marthe s'abandonna, confiante. Derrière elle, Moraud, dont le regard s'était fait plus sombre que jamais, scrutait de manière étrange cette peau laiteuse, si fragile. Peu à peu, il serra les doigts, sous l'emprise d'une vision récurrente, celle-là même qui le tirait de son sommeil en pleine nuit et qui l'avait incité à suivre le dossier de Marthe Cassan, par n'importe quel moyen…

— Vous me faites mal ! s'écria soudain Marthe en se retirant.

Moraud reprit ses esprits et s'excusa.

— Ce sera tout pour aujourd'hui, lâcha-t-il, confus.

Marthe le regarda quitter la pièce précipitamment, sans même jeter un œil sur elle. Pensive, elle frotta sa gorge endolorie.

Dans le couloir, Anne-Sophie avisa la haute stature du psy de l'amie de sa mère. Bien qu'il fût en âge d'être son père, elle le trouvait plutôt séduisant avec son look anticonformiste.

— Des ennuis avec Marthe ? s'enquit-elle.

Surpris, Moraud se retourna vivement.

— Non, non…, rétorqua-t-il avec un large sourire en découvrant la jeune fille. Nous progressons, au contraire.

Sans pouvoir la décrire avec précision, la jeune Lambert-Duval éprouvait une drôle de sensation, au fur et à mesure qu'elle se rapprochait de l'homme en jean. Curieusement, son intérêt ne se limitait pas seulement à une attirance sexuelle. Non, il y avait autre chose, de beaucoup plus captivant. Une impression de connaissance, de familiarité, sans pour autant qu'elle sache à quoi elle tenait…

Elle se trouvait à présent face à lui et, pour la première fois de sa vie, Anne-Sophie se sentait totalement vulnérable. Elle était persuadée d'avoir déjà vu cet homme quelque part, mais où ?

— Quelque chose en vous me trouble, docteur Moraud…, fit-elle avec toute sa franchise de séductrice. Nous sommes-nous déjà rencontrés ?

— C'est parfois l'effet que je produis sur certaines femmes, plaisanta-t-il.

Indifférente à son humour facile, elle le fixait toujours de ses grands yeux bleus. Finalement, Philippe lui répondit que non, ils ne s'étaient jamais rencontrés.

— Qui êtes-vous exactement ? insista-t-elle.

— Je… je vous demande pardon ? bafouilla-t-il. C'est en général au psy de poser des questions, jeune fille.

Anne-Sophie sourit, s'approcha plus près de lui et effleura la boutonnière de sa chemise.

— Je ne suis pas en analyse, n'est-ce pas ? rétorqua-t-elle d'une voix malicieuse.

— Non, bien sûr.

Amusé par ce jeu, Moraud la laissa faire. Célibataire, il était loin d'être insensible aux charmes d'une belle fille. Jusqu'où pouvait-elle aller ? Le meilleur moyen de s'en assurer était de reprendre le contrôle… D'un geste vif, il lui saisit le poignet.

— Si nous poursuivions cette conversation, disons… ce soir ? Je passe vous chercher.

Anne-Sophie acquiesça d'un signe de tête et, sans rien ajouter, ils se séparèrent. Alors qu'elle s'éloignait vers sa chambre, la jeune fille se retourna. « Qui peut-il bien être ? » se demanda-t-elle une nouvelle fois en frottant son poignet.

Disposées en amphithéâtre, les maisons de la Croix-Rousse pointaient toujours plus haut leur toit à la recherche de la lumière. Le soir, des centaines de fenêtres donnant sur la ville basse étaient éclairées.

À l'heure où le monde des ombres s'engouffrait dans les ruelles, le quartier vibrait aux murmures d'anciennes veillées. Ici, point de fées ou d'ogres, de lutins ou de sorcières. Entre Rhône et Saône, le merveilleux tire sa légende du quotidien. Les héros d'aujourd'hui n'ont rien oublié des facéties du théâtre populaire et de la tradition orale.

Les murs de ce quartier résonnent encore des grondements des événements de 1831[1]. Ils retiennent en leur sein le ferment révolutionnaire des protestations de ces milliers d'ouvriers tisserands réunis en société secrète qui descendirent des ateliers haut perchés pour fondre sur la Presqu'île en brandissant l'étendard de la révolte aux cris de : « Vivre en travaillant ou mourir en combattant ! »

Le même état d'esprit animait Alexandre. Lui aussi voulait que l'on reconnaisse sa valeur. Après la dispute avec son père, le jeune Lambert-Duval avait trouvé refuge chez Olivier, dans son petit deux-pièces. Ce n'était certes pas le grand confort de Fontenay, mais au moins se sentait-il libre de son destin. Il n'était toujours pas parvenu à maîtriser sa colère contre ce père qui régentait la vie de chacun sans se soucier des désirs ou du bonheur d'autrui. Tous, finalement, n'étaient que les maillons d'une grande chaîne. Nul ne devait flancher, sous peine de remettre en cause la solidité d'un ensemble si bien structuré. Les derniers mots de son père retentissaient encore dans sa tête ; il lui faisait horreur, à n'en pas douter. La rupture lui semblait définitive et il en conservait un goût amer.

Malgré tout, le jeune homme aimait cet homme qu'il connaissait si mal et qu'il craignait depuis si longtemps. Bien souvent, Maminou lui avait répété qu'ils se ressemblaient… Alex s'en sentait fier et prenait cette remarque comme un compliment, néanmoins,

1. Insurrection des canuts.

il ignorait en quoi ils se ressemblaient tellement. Les vues paternelles lui paraissaient si rigides, si éloignées de ses propres préoccupations.

Durant toute son enfance, il avait essayé, en vain, de trouver crédit aux yeux de Charles. Combien de fois lui était-il arrivé de mettre tout son cœur à faire quelque chose qui pourrait attirer la fierté de son père et combien de fois n'avait-il récolté qu'un « C'est bien » indifférent ? Contrairement à Anne-Sophie, lui n'avait jamais rien entrepris qui trouvât grâce aux yeux de Charles. Aussi loin que remontaient ses souvenirs, Alexandre ne se rappelait pas l'avoir contenté.

En revanche, il s'était toujours entendu à merveille avec son oncle Laurent. Dans cette famille, si Charles incarnait l'autorité masculine, son frère cadet, lui, s'octroyait l'espièglerie, les jeux et les éclats de rire. Il se souvenait de leurs glissades sur la rampe du grand escalier de Fontenay, ou bien quand ils descendaient sur des cartons les collines enneigées du domaine jusqu'à la Saône, ou bien encore les heures qu'ils avaient passées à construire une cabane dans le grand cèdre bleu du parc ! Tant de choses qu'il aurait aimé partager avec son propre père. Un sourire triste se dessina sur les lèvres du jeune homme. Laurent lui manquait énormément.

Brusquement, la voix d'Olivier le sortit de ses pensées :

— Alex, tu viens ? On répète ! Il ne nous reste plus que trois heures avant le Dizzy Club.

Voyant que son ami avait l'air ailleurs, Olivier s'approcha de lui et demanda :

— Ça ne va pas, vieux ?

— Si, si, mentit-il.

Olivier passa son bras autour des épaules d'Alexandre et, sur le ton de la confidence, il murmura :

— Ta vie t'appartient, tu ne dois pas la fuir. À ta place, je retournerais voir ton père et lui dirais que tu es heureux de faire de la musique. C'est bien le cas ?

— Oui, bien sûr !

— Alors, n'hésite pas une seconde. Un père, on n'en a qu'un. Peu importent tes choix, il t'aime et finira par les accepter.

— On voit que tu ne connais pas le tout-puissant Charles Lambert-Duval !

— Arrête, avant d'être un boss, c'est un père.

Alex aurait aimé effacer la scène de l'autre soir, dans le bureau de Fontenay. Il aurait voulu n'avoir jamais prononcé ces mots ignobles, prendre tout de suite sa voiture, retourner à Fontenay et s'excuser. Mais Charles l'avait sommé de ne plus reparaître devant lui… Il devait être content, à présent, que son fils soit parti.

Chassant ces pensées, Alexandre s'installa derrière le micro. Les premiers accords que lâcha sa guitare furent merveilleusement plaintifs. Ce soir-là, au Dizzy Club, devant une salle bondée, il parvint à puiser dans ses émotions l'inspiration pour un premier titre qui figurerait d'ici peu sur la maquette du disque de leur groupe.

À cette heure avancée de la soirée, il ne faisait plus aucun doute qu'une véritable alchimie s'opérait entre Anne-Sophie et Philippe. Indifférents à la moiteur ambiante, ou à la vue panoramique qui s'offrait à eux depuis la terrasse d'un grand restaurant de Fourvière, ils poursuivaient sans se lasser leur jeu de séduction. Leur petit manège consistait à obliger l'autre à se dévoiler en premier, à l'amener à livrer les plaies de son cœur.

Et pour l'instant Anne-Sophie savourait sa longueur d'avance.

— J'ai grandi dans une famille de mineurs, en Lorraine, révéla Philippe avec fierté. Nous n'avions pas de la viande à tous les repas, mais je dois avouer que nous étions heureux tous ensemble. Mon père et moi n'étions entourés que de femmes.

— Vous avez des sœurs ?

— Oui, quatre. Enfin…

— … enfin, l'encouragea la jeune femme avec une curiosité avide.

— Oh, c'est une longue histoire…

— N'avons-nous pas tout notre temps ?

Après une hésitation, Moraud lui apprit que sa plus jeune sœur, celle dont il était le plus proche, était morte. Cette épreuve avait à tout jamais changé sa vision du bonheur, cette chose éphémère et trop fragile.

— Je suis sincèrement désolée, souffla Anne-Sophie avant d'ajouter : Comment est-elle morte ?

— Dans un accident de voiture, il y a un an tout juste.

— Ah, je vois.

Philippe se ressaisit en quelques fractions de seconde. Face à lui, son invitée lui parut tout à coup soucieuse.

— Je vous prie de bien vouloir m'excuser, je vous ennuie avec mes tristes histoires.

— Non, non, bredouilla-t-elle, confuse qu'il se soit aperçu de son absence.

— Vous voulez me parler ?

— Arrêtez, docteur, ironisa-t-elle, j'ai l'impression que vous allez me psychanalyser !

— Croyez-moi, je n'en ai pas la moindre envie. Ne voyez là aucune déformation professionnelle.

— Eh bien, votre histoire m'a fait penser à celle de Marthe. Comme vous le savez déjà, sa fille est morte dans les mêmes circonstances que votre sœur, voilà deux ans. Élodie et moi étions très proches. Elle était ma meilleure amie, en quelque sorte la sœur que je n'ai pas eue.

— Ce qu'il ne faut jamais oublier dans ces situations, c'est qu'il nous reste d'autres personnes bien vivantes à aimer ou à découvrir. Vous avez votre frère…

À ces mots, Anne-Sophie leva les yeux au ciel d'un air exaspéré.

— Ce n'est pas le grand amour entre vous, dirait-on ?

— Pas vraiment. Alex est tellement… mou. Il peut tout avoir sur un plateau d'argent et ne se donne même pas la peine de tendre le bras. Papa est complètement déprimé à cause de lui.

— Alors que vous… vous vous jetteriez dans le Rhône s'il vous le demandait ?

La jeune femme le dévisagea, surprise. Une telle perspicacité l'inquiétait. Elle venait de perdre à leur jeu de la vérité.

Sur un ton tout à fait professionnel, il ajouta doucement :

— Anne-Sophie, vous êtes pourtant à un âge où les petites filles comprennent qu'elles ne pourront jamais épouser leur père…

Les yeux de son interlocutrice lancèrent des éclairs. Pour cacher son dépit, elle siffla, sans presque desserrer les dents :

— En revanche, elles peuvent coucher avec le psy de la meilleure amie de leur mère.

À Saint-Jean, les fenêtres gothiques alignaient leurs meneaux d'une blancheur orgueilleuse sur la patine des façades ocre. Parfois, le regard averti pouvait entrapercevoir au détour d'une porte Renaissance une petite cour savamment éclairée dont l'escalier ciselé enroulait sa dentelle de pierre sous un ciel clouté d'étoiles.

Dans les rues, bouchons lyonnais, restaurants exotiques ou bistrots à la mode, tous ces établissements à la gloire de la bonne chère, unissaient leur fumet en un délicieux sonnet pour les papilles.

C'était là, rue Saint-Jean, que le Dizzy Club attirait les foules depuis plusieurs décennies. La clientèle, jeune et variée, plébiscitait l'endroit pour son atmosphère et sa bonne musique. Chaque semaine, un nouveau groupe se produisait avec pour seule condition de donner le meilleur de lui-même.

Après une journée laborieuse et particulièrement chargée, Clavers s'octroya un moment de détente avant de rentrer chez lui. Au comptoir, dos à la scène, Frank cherchait une échappatoire à ses problèmes de fusion et à la manière de récupérer la procuration de la veuve Lambert-Duval.

Lorsque la nouvelle chanson débuta, Clavers fut surpris de reconnaître le timbre de voix de son interprète. Il se retourna et découvrit Alexandre. Là-bas, sur scène, sous la lumière des projecteurs, le jeune homme semblait transcendé. Il déployait une énergie et une vitalité que Frank ne lui connaissait pas. Le public, subjugué, participait en frappant des mains. Les dernières notes du morceau s'évaporèrent sous les vivats. Après le rappel suivi d'une autre chanson, l'éclairage de la salle se fit plus intense afin de laisser au groupe le temps de se reposer un peu avant la seconde partie.

Frank en profita pour rejoindre Alexandre, déjà entouré par une foule enthousiaste. L'expression du chanteur se figea à la vue de Clavers.

— Quel punch ! s'exclama ce dernier. Je t'offre un verre ?

Le jeune homme ne put refuser. Peut-être était-ce là l'occasion de découvrir qui était réellement le bras droit de son père… Ils s'installèrent à une table, un peu à l'écart. Alex, dubitatif, laissa Frank mener la conversation.

— C'était génial ! commença Clavers d'une voix forte, je ne savais pas que tu chantais aussi bien !

Alexandre le toisa avant de rétorquer, un peu ironique, qu'il y avait beaucoup de choses qu'il ignorait. Clavers ne releva pas mais parut se rendre compte qu'il était temps de mettre cartes sur table puisqu'il retrouva immédiatement son air grave pour lancer :

— Tu ne m'as jamais vraiment apprécié, Alex ?

— Quelle perspicacité ! siffla le jeune Lambert-Duval.

— Mais que me reproches-tu, au juste ?

— Demande à mon père !

Clavers comprit. Alex était jaloux. Pour le jeune homme, il ne faisait aucun doute que l'amitié de Frank à l'égard de Charles n'était que superficielle, ou tout du moins très intéressée. Certain de voir clair en son jeu, et sans laisser le temps à Clavers d'ouvrir la bouche, Alexandre donna libre cours à ce qu'il avait sur le cœur depuis si longtemps. En vrac, il lui reprocha de s'être immiscé dans leur vie dans le but d'assouvir ses ambitions, d'avoir joué la carte du fils idéal, veillant à bien faire tout ce que l'on attendait de lui et, au besoin, de devancer les desiderata de Charles à seule fin de les diviser.

— En lèche-bottes que tu es, tu as séduit ma famille avec tous les attributs d'un courtisan de haut vol. Tu n'es qu'un petit profiteur, Clavers.

Face à lui, Frank l'écoutait, stoïque. Quand son interlocuteur eut fini, il dodelina lentement de la tête en signe de désapprobation.

— Tu n'y es pas du tout, je t'assure, finit-il par dire avec un calme déconcertant. Je veux que tu saches que ton père est mon patron, avant d'être un ami. C'est vrai, sans lui, je n'aurais jamais fait tout ce chemin, c'est pour cette raison que je lui en serai toujours redevable. Mais jamais je n'ai essayé de prendre ta place. Que tu me croies ou non, je sais que tu es son fils et je te respecte en tant que tel. Ton père et moi sommes proches, c'est vrai, et il m'arrive de me confier à lui, mais tu n'as pas le droit de me rendre responsable des problèmes que vous traversez en ce moment !

— Parce qu'il t'en a parlé ! fit Alexandre en sursautant.

— Non, Alex, justement. Depuis une semaine, son visage s'assombrit dès que je prononce ton nom. Il ne me parle même plus de toi comme d'habitude, il n'y a plus aucun enthousiasme dans sa voix. J'en déduis donc qu'il souffre du même mal que toi.

Le jeune Lambert-Duval marqua une pause. Ainsi, son père parlait de lui, et avec enthousiasme !

Frank poursuivit :

— Je pense qu'il s'agit d'un simple quiproquo. Je sais que cela ne me regarde pas, mais permets-moi ce conseil : explique-toi avec lui le plus tôt possible. Si tu as besoin de mon aide, n'hésite pas, je serai là, conclut-il avant de se lever et de quitter le bar sans se retourner.

Alexandre se sentait ridicule. À cet instant, il ne savait plus quoi penser de Clavers.

Non loin de là, Anne-Sophie regagnait le parking Saint-Antoine. Elle esquissa un sourire coquin à l'idée de bientôt revoir Philippe Moraud de manière plus intime. Du moins l'espérait-elle ; leur soirée avait été prometteuse.

Alors qu'elle s'engageait dans le parking souterrain, la jeune femme ne parvenait toujours pas à trouver ce qu'il y avait de si familier chez le psy. Le côté mystérieux et sombre de l'homme la captivait. Anne-Sophie aimait jouer avec le feu.

L'écho de ses pas résonnait entre les murs de béton, dans un silence implacable. À mi-parcours, elle se retourna. Elle aurait juré qu'il y avait quelqu'un derrière elle. Elle se persuada qu'elle se faisait des idées et reprit le cours de ses pensées, tout en pressant le pas.

Son cabriolet attendait dans un angle, tout près. Anne-Sophie chercha les clefs dans son minuscule sac à main. À deux pas de la portière, elle s'immobilisa, se retourna de nouveau, certaine d'avoir senti une présence dans son dos. Elle précipita ses gestes, un peu mal à l'aise. Son trousseau tomba. Elle se baissa pour le ramasser.

Brusquement, Rodolphe surgit à ses côtés.

— Espèce d'idiot ! s'écria-t-elle, mécontente de n'avoir pu masquer sa peur.

Sans plus de formalités, le métayer se jeta sur elle, l'enlaça et l'embrassa avec fougue.

— Arrête ! ordonna-t-elle sèchement. Tu as perdu la raison ?

— J'ai envie de toi. Et je sais que tu le veux aussi.

— Je te répète que tout est fini entre nous !

Rodolphe la couvait des yeux. Il avait le regard lubrique, plein de convoitise. Sans ménagement, il l'attira vers lui. Ses mains commencèrent à s'immiscer sous le chemisier d'Anne-Sophie, qui tenta en vain de se dégager. Rodolphe, visiblement excité par la situation, redoublait d'ardeur. Il l'empoigna sauvagement avant de la plaquer contre un pilier. La jeune Lambert-Duval comprit que, cette fois, le jeu lui échappait.

— Tu vas voir… Je suis certain que tu aimeras, souffla Rodolphe, l'haleine chargée d'alcool.

L'intuition d'Anne-Sophie la sommait de reprendre très vite le contrôle. Avec le plus grand naturel, elle se fit docile et demandeuse. Aussitôt, Rodolphe baissa sa garde et l'ardeur de ses assauts sembla diminuer.

— J'étais certain que tu en voulais encore.

— Vraiment ? fit-elle, aguicheuse.

Puis, sans autre avertissement, son regard prit de glaciales lueurs de haine et de vengeance. De toutes ses forces, accrues par la peur, elle lui décocha un incroyable coup de genou à l'entrejambe. Rodolphe se plia en deux avant de s'affaisser sur le sol, de douleur.

— Espèce de salaud ! hurla-t-elle. T'es devenu fou ou quoi ?

À terre, Rodolphe se tortillait en tous sens.

— Ne t'avise jamais de recommencer ou je porte plainte.

— OK, c'est bon, marmonna le métayer encore sonné. Tu ne crois tout de même pas que je serais allé plus loin ?

— Je ne crois rien. Tu n'es qu'un minable, dis-toi bien que tu ne m'auras plus jamais dans ton lit, vu ?

Rodolphe reprenait des couleurs, mais restait sur ses gardes.

— C'est ça ! J'suis pas assez bien pour Madame.

— Exact, siffla-t-elle de manière condescendante. Je crois que tu viens de le prouver, non ?

— Pauvre petite fille riche. Tu t'es jamais dit que la petite princesse ne deviendra jamais reine ?

— Je ne vois pas de quoi tu parles.

— Laisse tomber, lança-t-il avec un geste de la main tout en se relevant.

Il s'éloigna de quelques mètres, puis se retourna et ajouta :

— Malgré tous tes efforts, le nom de Charles sera transmis à Alexandre et à ses descendants. Quand il aura des enfants, tu compteras pour du beurre.

À ces mots, une rage terrible s'empara d'Anne-Sophie. Elle se jeta sur lui et le frappa à grands coups de sac à main.

— Sale ordure ! Espèce de pourriture !

Rodolphe s'enfuit, hilare. L'écho de ses pas s'estompa bientôt et elle resta seule dans cet immense parking désert, plus meurtrie encore par les propos du métayer que par l'agression dont elle venait d'être victime. Derrière son volant, elle n'eut pas la force de démarrer tout de suite, en proie à de violents sanglots pleins d'amertume.

— Anne-Sophie ? Que se passe-t-il ? fit soudain une voix familière.

C'était Clavers. Il sortait du Dizzy et s'apprêtait à reprendre sa voiture garée juste à quelques mètres quand il avait perçu les pleurs de la jeune fille.

— Je peux faire quelque chose ? demanda-t-il avec douceur.

La jeune femme releva un visage inondé de larmes et fixa l'homme en silence. Le destin ne plaçait pas Frank sur son chemin par hasard. Anne-Sophie savait repérer les signes.

— Oui, tu peux. Et bien plus que tu ne le penses…, répondit-elle en retrouvant son sourire.

Pleine et généreuse, la lune jouait de ses pâles reflets sur les eaux du Rhône. Les berges, elles, vivaient à l'heure de la nuit. Les stationnements se libéraient, les rares personnes qui se trouvaient dehors se pressaient de gagner les péniches transformées en boîtes de nuit. Sur les quais, le trafic était désormais fluide. À cette heure, seuls quelques insomniaques promenant leurs chiens se risquaient à l'extérieur. Ici ou là, une voiture ralentissait, hésitait puis s'arrêtait finalement près d'un lampadaire où le chauffeur négociait un moyen de noyer sa solitude pour une partie de la nuit.

Le dernier étage de l'immeuble Lambert-Duval était allumé. Dans les bureaux déserts, Charles buvait un dernier verre. Tous ses projets se voyaient ruinés par de fâcheux contretemps, sa journée avait été catastrophique.

Le matin même, bien qu'il eût déployé tous ses talents de persuasion, la machine s'était enrayée. Le groupe Lambert-Duval traversait une crise majeure qui pourrait bien lui être fatale. Privés de l'un de ses principaux dirigeants, les laboratoires voyaient leur avenir compromis. Les actionnaires attendaient une décision. Charles devait agir au plus vite, mais, jouant sans cesse à quitte ou double, il se sentait trahi de tous côtés. Sa tâche lui paraissait de plus en plus lourde à assumer. Avec Laurent et Paul, il avait hissé les laboratoires Lambert-Duval au firmament, et attiré par là même autant de convoitises que d'attention. Le succès avait usé leurs relations, aiguisé leurs appétits et creusé un abîme entre eux. Surtout, aux yeux de tous, de l'opinion publique aussi bien que de leur entourage, Charles était la seule personne à endosser la pleine et entière responsabilité du groupe.

Ni l'argent ni même le pouvoir ne rentraient en ligne de compte, finalement, seul l'honneur primait, la réputation dans tout son sens aristocratique. Un sentiment désuet, tellement lourd à supporter… un véritable sacerdoce que Charles n'était plus sûr de vouloir remplir. Pourtant, pour endiguer les dissensions ou rasséréner les esprits, Charles avait toujours été prêt à l'impossible, et même à des actes inavouables, qui l'avaient isolé encore davantage…

Ce jour-là, Cassan était une fois de plus en retard ; Charles était furieux. Frank avait alors essayé de lui parler :

— Toujours aucune nouvelle d'Alex ?

— Non. Il serait grand temps que ce petit crétin prenne conscience de ses responsabilités ! À son âge, j'épaulais déjà mon père…

Charles replongea immédiatement dans ses souvenirs. Au lendemain de ses vingt-deux ans, son père lui avait désigné un dossier posé sur une table d'ébène, installée promptement dans le bureau de la direction. Sa première affaire ! Avec opiniâtreté mais non sans mal, le jeune Lambert-Duval avait bouclé la transaction. Pour tout remerciement, son père l'avait gratifié d'un signe de tête et Charles avait compris que sa propre satisfaction n'était pas à la hauteur des attentes paternelles. Il eut beau travailler jour et nuit, il ne décrocha jamais un seul témoignage de fierté.

Pendant ce temps, Laurent vivait une jeunesse dorée. Baroudeur dans l'âme, il envoyait des cartes postales qui donnaient des nouvelles exotiques de sa vie dans tous les points du globe. Le cadet brillait par ses aventures souvent dangereuses. Mais un jour il ressentit le besoin de se poser, de fonder une famille, de rentrer dans le rang… Sur ce terrain, Charles l'avait devancé et n'entendait pas qu'on lui retire ses prérogatives ! Alors, il s'était acharné de plus belle…

L'arrivée de Cassan tira Charles de sa rêverie.

— La fête peut commencer ! lança Paul.

Son air jovial ne convenait guère à la situation, remarqua Charles, qui préféra cependant ne pas relever.

Sans plus attendre, Lambert-Duval entra dans le vif du sujet. Il lui fit savoir qu'en aucune façon le groupe n'accepterait la proposition de fusion avec Zender. Paul demanda tout de même que l'on soumette cette option au vote, ce qui revenait à convoquer tout le conseil d'administration et, le cas échéant… à retirer la confiance à son président.

Le seul moyen pour Charles de barrer la route à l'opposition interne était encore de convaincre sa belle-sœur de lui signer cette fichue procuration qu'il réclamait discrètement depuis la lecture du testament. La disparition de Laurent plaçait Gabrielle au centre de l'échiquier, ou plus exactement en plein milieu d'un terrain de tir. Inconsciente du danger, la jeune femme restait les deux pieds solidement ancrés sur place.

La réunion terminée, Charles s'était rendu sans attendre à Fontenay, bien décidé à mettre un terme à la mutinerie de Cassan. Ce fut Marie qui l'accueillit.

— Où est Gabrielle ? gronda-t-il dès qu'il entra dans le Salon ovale.

Sa mère, seule dans un Fontenay déserté par tous, le considéra durement.

— Elle est partie. Comme tous les autres, du reste ! Il n'y a plus âme qui vive ici. Beau travail, Charles ! Toi, tu sais faire le ménage, au moins !

— Partie ? rétorqua son fils, qui n'avait entendu que ce qui l'intéressait. Mais où ? Je dois lui parler ! C'est urgent !

« Décidément, il ne changera jamais, pensa Marie. Un seul objectif à la fois… comme son père. »

— Gabrielle a rejoint une amie d'enfance avec Tristan. Elle a besoin de faire le point. Et je la comprends.

— Je vois ! siffla Charles. Peut-on la joindre ?

— Non, elle n'a pas laissé de numéro. Tu devras attendre son retour, mentit Marie, que la conduite de son fils exaspérait.

Ne sachant plus que faire, Charles tourna les talons et retourna au bureau. Là, il pourrait réfléchir, trouver la parade. Il ne plierait pas ; il avait accepté trop de compromis, trop de sacrifices pour en arriver là.

Calé dans son fauteuil de cuir, il but une grande gorgée de bourbon. Bien sûr, il pourrait toujours justifier devant les actionnaires son choix de rejeter toute fusion. Mais, dans ce cas, il devrait absolument décrocher le contrat avec les Japonais. Quoi qu'il en soit, ce seraient les voix de Gabrielle qui trancheraient.

Charles devait prendre les choses en main, même si la méthode à employer lui répugnait quelque peu…

Elle avait laissé derrière elle les Alpes, Maude, ainsi que cette merveilleuse maison au bord du lac, ce lieu magique, irréel, où le temps semblait suspendu. Pour Gabrielle, le moment était venu d'affronter la réalité et ses vérités dérangeantes.

Elle atteignit enfin les monts d'Or, de plus en plus angoissée. Donner un coup de pied dans la fourmilière était chose aisée, en assumer les conséquences s'avérerait plus douloureux. Gabrielle ne présumait aucunement de ses forces mais, quitte à souffrir, autant que sa conscience soit satisfaite. La jeune femme devait savoir. Pour elle tout autant que pour son fils.

Le lourd vantail de la grille de Fontenay se referma bientôt sur l'Austin de Gabrielle. Il ne manquait plus que de secs claquements de clefs pour qu'elle se sente parfaitement emprisonnée. Le souffle court, la jeune femme avait vraiment l'impression d'achever une promenade carcérale. Elle lança un coup d'œil sombre vers la bâtisse, plus oppressante que jamais avec son monumental hall d'entrée semblable à une bouche affamée.

Marie Lambert-Duval fut la première personne qu'elle vit. La doyenne paraissait vulnérable, absente aussi, depuis qu'elle voyait sa famille se déchirer. En silence, la vieille dame contemplait le feu de cheminée dans le salon ovale. Malgré la chaleur extraordinaire de la saison, Marie avait froid dans sa grande maison toute vide. Des reflets aux éclats d'or dansaient dans sa chevelure blanchie par les anniversaires.

Son regard s'illumina à la vue de Tristan.

— Te revoilà, mon petit poussin… Comme je suis heureuse de te voir !

— Bonjour, Maminou ! s'écria-t-il entre deux baisers.

La septuagénaire leva un regard plein de douceur et de compassion sur sa belle-fille.

— Gabrielle… Ma chère enfant…

Sans qu'il leur fût besoin de parler, les deux femmes se comprirent. Marie pressa la main de Gabrielle, qui s'agenouilla devant la vieille femme et posa la tête sur ses genoux.

Tristan passa dans la pièce d'à côté, pour voir un dessin animé.

Marie et Gabrielle demeurèrent un long moment à regarder crépiter les bûches. De petits éclats de braise apparaissaient tandis que l'écorce gonflait. Dessous, la masse rouge grondait et, bien que le fourreau moussu tentât de contenir les effets de la combustion, il finissait toujours par céder. À la fin, il ne resterait plus qu'un tas de cendres froides et grises d'où s'élèverait un toupet de fumée…

Les deux femmes avaient perdu une part d'elles-mêmes avec la mort tragique de Laurent. L'une et l'autre commençaient seulement à admettre l'idée qu'elles ne le reverraient jamais. Et quoique cette perspective leur fût particulièrement douloureuse, elles devaient désormais surmonter de nouvelles épreuves.

Plus rien ne serait jamais comme avant. En quelques heures, la vie à Fontenay avait basculé, les rapports avaient changé. En quelques semaines, la suspicion s'était installée. Les membres de cette famille avaient besoin de se retrouver, afin de reconstruire leur fragile équilibre. Mais comment y parvenir en bâtissant sur le mensonge ou le secret ?

Devant le feu, Gabrielle et Marie étaient conscientes, tout autant qu'elles le redoutaient, de la nécessité de tirer un trait sur le passé. Enfin, Gabrielle brisa le silence pour livrer ses intentions à Marie.

— Sais-tu à quoi tu t'attaques ? demanda cette dernière avec une lueur d'inquiétude dans les yeux.

— Oui…, hésita Gabrielle.

— Il va te falloir beaucoup de détermination et d'opiniâtreté. Laurent n'est plus là pour te défendre des loups…

— Je le sais.

— Je te fais confiance ! Prends garde à toi, tout de même…

Avec la complicité de Marie, Gabrielle préféra s'installer à Lancié. Ce soir-là, elle se sentait encore trop fragile pour affronter Charles, le sourire affable de Stéphanie ou le regard méprisant de sa nièce. Gabrielle les avait toujours craints, tous les trois, avec leur rigueur un peu glaciale, leurs manières élégantes et leur drôle de réserve dès qu'il s'agissait de sentiments. Face à eux, elle se faisait l'effet d'être une petite fille en bonnet d'âne devant le conseil de discipline d'un pensionnat.

Elle à qui son père avait appris à toujours vivre pleinement chaque instant, à savourer la moindre émotion jusqu'au plus profond de son être, elle qui aimait intensément comme on aime sous le soleil du Midi avait tenté de refouler cet héritage pour mieux se couler dans le moule des gens de Fontenay. Mais Gabrielle y vivait en transit. Elle n'appréciait pas Lyon, cette ville trop grande, trop froide à ses yeux. Par amour, elle s'y était trouvé des attaches, voilà tout. Mais aujourd'hui, que lui restait-il à part une horrible impression de vide ? S'il n'y avait eu Tristan et le père Antoine, elle serait sûrement déjà repartie. Mais elle refusait d'être lâche et voulait savoir ce qu'on lui cachait.

À cet instant, elle aurait tant souhaité dormir, sombrer lentement dans le sommeil, dans ces limbes paisibles au fond desquels l'attendait certainement Laurent… Or, ses nerfs exaspérés s'acharnaient à la maintenir éveillée. Excédée, Gabrielle sauta de son lit et se dirigea vers la fenêtre grande ouverte sur cette nuit étouffante.

Le souffle court, elle cherchait désespérément un peu d'air. Le sang affluait à ses tempes. Elle aurait voulu hurler de colère et pleurer de douleur à la fois, mais Gabrielle n'avait plus de larmes.

À travers une rangée de vigne, une belette coursait un mulot, tirant brusquement la jeune femme de ses sombres pensées. Là, devant elle, ponctuant la ligne d'horizon sur sa gauche, l'ombre des grands peupliers argentés délimitait le parc de Fontenay. Depuis son arrivée à Lancié, ce rideau d'arbres l'avait toujours fascinée. Parfois, les bourrasques s'engouffraient à grand bruit dans les ramures, rendant leur haute silhouette des plus menaçantes. Lancié et Fontenay composaient les deux axes de sa vie et ils étaient si opposés…

Jeune fille, elle pouvait passer des heures entières ici, assise, à écouter le frémissement du vent dans le feuillage. Elle se souvint qu'elle aimait à observer la fenêtre de la chambre de Laurent… À cette époque, elle avait encore toutes ses illusions et des rêves plein la tête.

À cette heure avancée de la nuit, le baromètre ne semblait vraiment pas décidé à redescendre. Avec leur mètre d'épaisseur, les murs de la chambre gardaient la chaleur. Gabrielle saisit un châle, un oreiller et descendit dans la cour. Là, elle s'allongea sur un banc de bois, les yeux grands ouverts sous les étoiles scintillantes. C'est alors que, perdue dans la Voie lactée, elle laissa ses pensées vagabonder au hasard, jusqu'à enfin sombrer dans le sommeil.

Le lendemain, peu avant l'aube, elle fut brutalement réveillée par Victor, le coq de la ferme voisine. Gabrielle se retourna sur son oreiller, essaya de se rendormir, mais les premiers rayons du soleil l'en empêchèrent. Elle ouvrit les yeux. Au-dessus d'elle, une tourterelle roucoulait sur la cime du tilleul. La jeune femme s'étira, prit une profonde inspiration et se redressa. Quelle ne fut pas sa surprise en apercevant le père Antoine assis sur une marche du perron !

— Mais, mon oncle… que fais-tu là si tôt ?

Le vieil homme avoua avec un sourire tendre qu'il la regardait dormir depuis un moment. Gabrielle vint l'embrasser affectueusement.

— Veux-tu que nous fassions quelques pas avant de déjeuner ? proposa-t-il. Comme quand tu étais plus jeune ! Ta première préoccupation de la journée était d'aller voir les vignes.

— Oui, je m'en souviens, fit-elle, soudain triste, mais les choses ont changé…

— Sans doute. Mais les vignes sont toujours là, elles.

— C'est vrai. Elles sont toujours là.

La bonne terre de Lancié alignait les rayures du vignoble à l'infini. Le sang vert affluait dans ses feuilles, plus fougueux que jamais. Au loin, le chemin de terre se noyait dans le repli du vallon.

— Où en es-tu à la cave ? lâcha le père Antoine dès qu'ils se mirent à marcher.

— Il faut que je vérifie les cuves. Et je voudrais que Rodolphe démonte le pressoir. Je ne veux pas connaître les déboires de l'an dernier !

— Tu as raison. Les vendanges approchent, mieux vaut être prêt.

— Et pour les vignes ?

— Eh bien ?

— Penses-tu que nous devrions arroser ?

Le père Antoine tordit la bouche. Avec la sécheresse, ils finiraient bien par y être obligés.

— Attendons encore un jour ou deux.

Gabrielle ne l'écoutait déjà plus, pensant à tout autre chose.

Le père Antoine n'était pas du genre à s'émouvoir ou à réclamer des confessions. Il était même plutôt fier de son côté bourru, sans doute un héritage de ses lointains ancêtres burgondes qui peuplaient autrefois la vallée du Rhône. Aussi ne posa-t-il aucune question à Gabrielle, sachant que si elle avait besoin de parler, elle le ferait. En effet, beaucoup plus tard dans la matinée, la jeune femme laissa tomber ce qu'elle avait sur le cœur.

Passé la haute porte vermeille des caves, la voûte de pierre barrait le passage à la chaleur. Dans ce temple de Bacchus, l'obscurité régnait en maîtresse. Là, respirant l'odeur âpre des nobles dépôts, Gabrielle dit dans un souffle :

— Laurent aurait été assassiné.

— Quoi ? s'écria le père Antoine en toussant.

— J'ai trouvé un message sur mon pare-brise.

— Et qu'en penses-tu ?

— Je ne sais pas. Mais il y a autre chose… Laurent avait une maîtresse.

Le vieux vigneron allait de surprise en surprise. Il dut s'asseoir pour supporter le choc. Lui qui n'avait jamais entretenu de relations amicales, à Fontenay, excepté avec Marie qu'il estimait « différente », sentait sa colère monter contre cette famille qui faisait souffrir sa nièce. Gabrielle lui relata alors la discussion qu'elle avait surprise là-bas et qui était la cause de son départ.

— Qu'en dit Marie ? demanda finalement le vigneron, ahuri.

— Je ne lui en ai pas parlé, bien sûr ! Et promets-moi de ne rien dire.

— Tu peux compter sur moi, tu le sais bien… Mais, toi, que crois-tu ?

— Je suis perdue, reconnut Gabrielle. En plus de cette rumeur que tous semblent connaître sans oser m'en parler, il y a le calepin…

— Le calepin ? Quel calepin ?

— Un agenda que j'ai trouvé par hasard dans le dressing de Laurent. Apparemment, il versait régulièrement de l'argent à cette Marion dont parlait Stéphanie. Mais…

— Quoi ? grogna le vieil homme, de plus en plus agacé.

Gabrielle sourit en voyant la mine du père Antoine. Elle lui raconta aussi sa conversation avec Paul Cassan, lequel n'avait pas paru surpris des rapports entre Miss Marion et les Lambert-Duval.

— Que comptes-tu faire, maintenant ?

— Je ne sais pas. J'ai toujours eu confiance en Paul, en revanche, je ne peux pas en dire autant des Lambert-Duval…

— Quel nid de vipères ! Tous des hypocrites qui ne pensent qu'au pouvoir !

Tandis que le père Antoine s'échauffait, brandissant son poing en direction du château, Gabrielle laissa courir un regard triste sur les fûts environnants.

— Oh, mon oncle, lâcha-t-elle tout à coup dans un énorme sanglot, je ne sais plus où j'en suis, ni comment faire pour m'en sortir !

Attendri, le vieux vigneron oublia sa colère pour consoler sa nièce.

Dissimulé derrière le pressoir, Rodolphe s'efforçait de ne pas faire de bruit. Il venait d'assister à toute la scène et se réjouissait d'avance. Si tout se passait comme il le souhaitait, le métayer aurait atteint son but…

De l'autre côté du rideau de peupliers, la plus vive inquiétude s'empara de Marie dès son réveil. Fébrile, elle se mit à retourner sa chambre de fond en comble. Après quelques minutes de vaines recherches, elle s'assit sur le lit, désemparée. Elle était pourtant certaine de les avoir glissées dans le tiroir de la coiffeuse… Depuis plus de vingt-cinq ans, elle les plaçait toujours là, en prenant soin de les entourer du ruban bleu bien serré afin qu'aucune ne s'égare ! Elle aurait dû s'y attendre, depuis toutes ces années. Combien de fois s'était-elle juré de les brûler ! Bien sûr, elle n'en avait jamais eu l'envie ni le courage… À présent, mieux valait retrouver les lettres au plus vite, sans quoi les dégâts seraient considérables…

Lèvres pincées, Mme Lambert-Duval laissa courir son regard sur chaque recoin de la pièce. Elle n'avait rien trouvé sous son lit à la polonaise, ni sous les tentures de soie jaune qui le recouvraient, pas plus que derrière les grands panneaux d'Orient à motifs d'oiseaux. Quant aux boiseries gris Trianon, il lui semblait improbable qu'elle ait pu y cacher quoi que ce soit derrière.

— Que vais-je faire ? Que vais-je faire ? répétait-elle doucement, les mains tremblantes.

Finalement, elle n'entrevit qu'une seule solution. Elle s'habilla à la hâte, sortit de la chambre et, aussi vite que le lui permettaient ses jambes, courut jusqu'à Lancié.

Quand Marie arriva à Lancié, la voiture de Gabrielle s'éloignait dans un nuage de poussière ocre. La jeune femme avait décidé de suivre les conseils de son oncle et partait quérir des informations auprès de Stéphanie.

— Va aux Brotteaux, lui avait-il recommandé. Stéphanie est en train d'y installer sa nouvelle galerie. Là, au moins, tu seras certaine de ne pas tomber sur Charles.

— Antoine, il faut que je te parle ! s'écria Mme Lambert-Duval, essoufflée, à l'instant où son ami s'apprêtait à retourner chez lui, tiraillé par la faim.

— Tout ce que tu veux, Marie. Tant que tu me laisses manger d'abord.

— Soit.

Elle le suivit de bonne grâce. Tous deux traversèrent la rue et entrèrent chez le père Antoine qui, fidèle à son rituel, sortit son bol à carreaux jaunes. Il empoigna son pain de campagne dans lequel il découpa deux généreuses tranches.

— Tu es bien sûre que tu ne veux ni boire ni manger ? grogna-t-il à l'intention de Marie.

La vieille dame confirma avec un hochement de tête agacé.

— Je dois vraiment te parler.
— Eh bien, vas-y ! Qu'attends-tu ?
— Ce sont les lettres…
— Quoi, les lettres ?
— Elles ont disparu !
— De quelles lettres parles-tu, Marie ?
En prononçant ces mots, le père Antoine venait de comprendre. Il reposa sa tartine et poursuivit, presque incrédule :
— Ne me dis pas que tu as gardé les lettres de Magimel ? Tu n'as tout de même pas commis une telle bêtise ?
Confuse, Marie baissa les yeux. Si elle avait été plus jeune, son erreur l'aurait certainement fait fondre en larmes. Face à elle, son interlocuteur se radoucit ; il était inutile de la mortifier davantage.
— Tu es bien certaine qu'elles ont disparu ? Tu ne les aurais pas changées de place ?
— Non ! J'ai fouillé partout.
— Mais qui aurait pu te les prendre ?
Marie l'ignorait. Sa chambre n'était jamais fermée à clef, et Fontenay voyait défiler bon nombre de personnes.
— Quand est-ce que tu les as vues pour la dernière fois ?
— Je ne sais plus…, soupira-t-elle. Ah, si ! reprit-elle après une hésitation, c'était le matin de la lecture du testament.
— Bien. Voilà un bon début. Tu n'as entendu aucune allusion à ce propos depuis ?
— Non, et c'est bien ça qui m'effraie.
— Peut-être que celui ou celle qui les a subtilisées a décidé de les jeter.
— Peut-être…

Le père Antoine prit la main de Marie.

— Il y a autre chose qui m'ennuie, fit Mme Lambert-Duval. Tu sais que je veille bien à ne pas intervenir dans les affaires du groupe. Toujours est-il qu'à cause de l'une d'entre elles un malaise s'était installé entre mes fils…

Marie entreprit de raconter à Antoine ce qu'il s'était passé deux ans auparavant. Laurent supervisait la construction d'une nouvelle unité de fabrication pour l'élaboration d'un nouveau composant. L'avenir de toute la société reposait sur le succès de cette molécule révolutionnaire. En effet, après des bénéfices en baisse depuis plusieurs années, il devenait urgent que la société retrouve une santé financière. Les Lambert-Duval avaient alors investi une bonne partie de leurs fonds personnels dans ce projet. Mais un problème technique était intervenu en fin de production et avait détruit tout le stock. Plus grave encore, quelques jours plus tard, une fuite avait déclenché un incendie dans l'une des salles de laboratoire. Le feu avait anéanti plus de soixante-dix pour cent du nouveau bâtiment. Le rapport d'expertise mit en cause la construction, non conforme aux normes de sécurité. Sur cette base, les compagnies d'assurances refusèrent de verser la moindre indemnité. Une véritable bataille juridique s'était engagée, dans laquelle les Lambert-Duval avaient perdu une fortune, et Charles en avait tenu son frère pour responsable. Aujourd'hui, le groupe se voyait dans l'obligation de fusionner, ou bien de décrocher un contrat juteux…

— En d'autres termes, conclut Marie, Charles va devoir racler les fonds de tiroirs…

Très attentif, le père Antoine voyait où voulait en venir son amie. L'air grave, il réfléchissait.

— Appelle Louis Aymard, lança-t-il subitement. Je ne vois pas de personne mieux placée pour t'aider que ton cousin.

— Oui…, hésita Marie, visiblement ennuyée à cette idée. Mais il a tellement de problèmes en ce moment avec cette Victoire de Montauban…

— Est-ce bien nouveau ? fit remarquer le vigneron avec malice.

Marie sourit au souvenir de cette rivalité vieille de cinquante ans ! Faute de pouvoir s'aimer, son cousin et sa plus farouche concurrente se haïssaient.

Les deux amis discutèrent encore un moment avant que Marie décide de rentrer à Fontenay. Grâce au père Antoine, Mme Lambert-Duval tenait une clef.

Un flot incessant de voitures coulait devant la gare des Brotteaux, à l'endroit précis où passait l'ancienne voie de chemin de fer.

La nouvelle galerie de Stéphanie recevait les dernières finitions avant sa grande soirée d'ouverture. Dans un décor immaculé, le mobilier apportait une touche colorée ainsi qu'une rondeur toute féminine à cette sobriété. Au centre de la pièce s'élevait une très belle voûte, détachant la blondeur de ses pierres de taille sur des murs staffés en stuc blanc. Un aphorisme d'Hippocrate tracé en rouge sang sur la devanture constituait la devise de l'établissement : *ARS LONGA, VITA BREVIS*[1].

1. « L'art est éternel, la vie est courte. » L'art dont il s'agit pour Hippocrate est bien sûr la médecine.

Il ne s'était écoulé qu'un mois depuis qu'elle avait pris possession des lieux. Stéphanie n'avait pas ménagé ses efforts. Elle avait dépêché une équipe de décorateurs qui, sous la houlette de Remi, réalisèrent des merveilles. Comme l'espérait sa propriétaire, la galerie était finie avant l'été.

— Où est l'électricien ? s'écria-t-elle, soudain inquiète. Remi ! Il n'y a pas d'éclairage dans ce coin !

Le petit homme blond accourut pour constater cette regrettable bévue. À moins de casser le faux plafond ou de creuser dans les murs, il n'y avait guère de solution. Remi proposa de greffer des spots halogènes, en externe, sur câble d'acier.

— Ça me plaît bien, déclara Stéphanie.

Retenant un soupir de soulagement, Remi prit un air sérieux pour lui demander où elle en était avec Alexis Mutier.

— Nous sommes parvenus à un accord. Je vais même avoir une exclusivité avec un jeune prodige ukrainien ! Il s'appelle Dimitri Korlinoff. Tu verras, je suis certaine que tu vas adorer. Ses premières toiles ne devraient plus tarder, maintenant. Alexis doit passer dans la matinée.

Remi s'éclipsa, trop heureux de pouvoir éviter le courroux légendaire de la maîtresse des lieux. Le carillon de la porte d'entrée résonna alors que Stéphanie se débattait avec l'enrouleur d'une rallonge.

« Ah ! voilà enfin mes peintures », se dit-elle, ravie.

Mais quand elle se retourna, elle se trouva, à sa plus grande déception, face à face avec sa belle-sœur.

— Bonjour, Gabrielle. Hélas, je n'ai que très peu de temps à t'accorder. Avec le « grand opening » dans moins de deux jours et tout ça à finir…, se justifiat-elle en désignant le local d'un ample geste de la main.

— Je vois…

— Peut-être pourrions-nous déjeuner ensemble dans la semaine ? reprit la galeriste, consciente de s'être montrée un peu brusque.

— D'accord.

Stéphanie ne tenait pas à retenir la jeune femme, aussi la vit-elle repartir avec soulagement.

Sans savoir pourquoi, ni même oser imaginer qu'elle allait mieux, Marthe ouvrit les yeux, bien décidée à rendre visite à Stéphanie dans sa nouvelle galerie des Brotteaux. Depuis le temps que son amie et le Dr Moraud la tarabustaient dans ce sens !

Au cours de leurs longues conversations, le psychiatre lui avait fait admettre que le chagrin n'était pas la seule ni la meilleure méthode pour entretenir le souvenir d'Élodie. Insidieusement, cette idée avait germé dans l'esprit de Marthe. Bien sûr, pour l'heure, elle n'avait encore aucun projet… mais un vague but pour cette nouvelle journée, ce qui constituait déjà une lumière au bout du tunnel.

Après maintes hésitations, elle inclina la tête vers le miroir, craignant le reflet qu'elle allait y rencontrer. Puis, lentement, lui apparut le visage triste d'une femme de cinquante ans, à la peau d'une pâleur maladive, au regard terne et aux traits tirés. Alors, tout doucement, ses doigts glissèrent naturellement vers un bâton de rouge à lèvres. Elle s'en saisit et l'appliqua sans grande conviction.

Voilà qui était déjà beaucoup mieux. Marthe sourit timidement à son image. À présent, elle pouvait faire part de son nouvel état d'esprit à son amie.

Marthe entra dans la boutique au moment où Gabrielle tournait au coin de la rue, se reprochant de n'avoir pas davantage insisté auprès de sa belle-sœur.

— Marthe ! s'exclama Stéphanie, tout heureuse de cette agréable surprise. Mais tu es… rayonnante ! Viens que je te fasse visiter.

Elle l'attrapa par le bras et l'entraîna à travers la galerie. La propriétaire des lieux parlait avec enthousiasme de son nouveau projet, décrivant avec précision le genre d'œuvres, lumineuses, ensoleillées, qu'elle comptait mettre en évidence.

— Anatole France disait que l'artiste doit aimer la vie et nous montrer qu'elle est belle, car sans lui nous en douterions…

À l'heure du déjeuner, elles firent une pause et se retrouvèrent toutes les deux, comme avant le drame. Une sensation bizarre s'éveillait en Marthe. Pour la première fois depuis de longs mois, elle se sentait plus sereine.

— Perdre un être cher est certainement ce qu'il y a de plus cruel dans la vie, fit-elle, surtout lorsqu'il s'agit d'un enfant. Mais il y a un temps pour pleurer et un temps pour aimer, dit la Bible. Aujourd'hui, je sais que je veux agir pour éviter à d'autres mères de vivre ce que j'ai vécu.

— C'est une excellente initiative, répondit Stéphanie avec tendresse. Le Dr Moraud sera très heureux de l'apprendre. Peut-être qu'il t'aidera à trouver un moyen pour les aider ? Tu pourrais créer une fondation. Tu t'es déjà occupée de nombreuses causes dans le passé. En tout cas, si je peux t'être utile, n'hésite surtout pas.

Tout en prononçant ces mots, Stéphanie repensait à son propre parcours. Elle avait ouvert sa première galerie, place Bellecour, à la suite d'une fausse couche. L'art avait été son dérivatif. Cette conversation avec Marthe l'amena à songer à Gabrielle, sa belle-sœur, qu'elle avait toujours eu du mal à supporter. Elle aussi venait de perdre un être cher.

— Je n'ai pas été sympathique avec Gabrielle, avoua-t-elle à Marthe. Malgré ses défauts, il faut admettre que cette fille a un cœur en or. Elle a toujours été là dans les coups durs. Je m'en veux un peu de ma conduite.

Quand elles retournèrent à la galerie, elles aperçurent un break Volvo garé en double file devant la porte. Un grand brun aux tempes grisonnantes se promenait avec élégance et désinvolture le long des vitrines.

— Je vais te présenter ! lança Stéphanie avec une pointe d'excitation dans la voix. C'est Alexis Mutier.

— Merci, mais une autre fois si tu veux bien… Je dois parler au Dr Moraud.

— Comme tu voudras, ma belle.

Stéphanie traversa la rue, radieuse à l'idée de bientôt accrocher ses nouvelles toiles.

Mutier se redressa à sa vue. Souriante, elle lui tendit une main toute professionnelle. Alexis s'en saisit et la porta délicatement à ses lèvres sans la quitter une seule seconde du regard. Stéphanie eut du mal à cacher le trouble qui s'empara d'elle à cet instant.

Mutier avait tout de suite été conquis par Mme Lambert-Duval, sans que celle-ci eût tant soit peu cherché à lui plaire. Cette femme d'apparence fragile et incroyablement déterminée l'avait étonné, lui qui pensait encore avoir affaire à l'une de ces épouses désœuvrées de riche industriel.

— Je tiens à avoir l'exclusivité sur la France, décréta-t-elle pour masquer son embarras. Sans aucune restriction. Dimitri Korlinoff est exactement ce que je recherche : un jeune artiste original, inventif et sensible. On perçoit ses émotions à fleur de pinceau. « Un art qui a de la vie ne reproduit pas le passé…

— … il le continue », compléta Mutier avec un large sourire.

— Je vois que la peinture contemporaine n'est pas votre seul centre d'intérêt, vous connaissez aussi Rodin.

— Je ne vous citerai que Malraux, lança-t-il, plus séducteur que jamais : « Le passé ne nous fascine pas dans la mesure où il ressemble à notre temps ; ce qui nous fascine, ce sont les formes que l'homme a prises sur la Terre et à travers lesquelles nous tentons de le reconnaître. »

Stéphanie eut du mal à contenir son trouble. Elle finit par détourner la tête et ils entrèrent tous deux dans la galerie. Parmi les tableaux que lui avait fait porter Alexis, la galeriste choisit donc ceux du jeune prodige, dont un qu'elle affectionnait particulièrement. Elle réserva son meilleur emplacement pour accrocher cette toile magistrale, haute de plus de deux mètres. Presque émue, elle se recula pour l'admirer :

— *La Dame blanche*… À elle seule, elle représente toute son œuvre.

Cette peinture montrait en hologramme une aristocrate russe à l'heure de la révolution de 1917. Sur cette toile aux couleurs sépia, des traits rouges, parfois en pointillé, symbolisaient les fragments de mémoire. Çà et là avaient été apposées quelques photos anciennes de datchas.

— Une parfaite transition entre passé et présent, murmura Alexis tout près de sa ravissante cliente.

Stéphanie voulut s'écarter. Mutier la retint par le bras.

— Je ne vous laisserai partir que si vous acceptez une invitation à dîner. Pour notre collaboration.

La Saône serpentait, lascive, au pied des immeubles de la Croix-Rousse. L'apparence indestructible de ces solides bâtisses à flanc de colline oscillait entre le style de la caserne et celui du château fort percé de hautes et étroites ouvertures.

Depuis l'appartement d'Olivier, Alexandre contemplait l'enchâssement des toitures. Un soleil éclatant caressait les tuiles romaines aux reflets de miel. Le jeune homme tentait de trouver un peu d'apaisement à la vue de ce paysage, mais rien ne parvenait à balayer ces images de Julie en compagnie de Tom…

Depuis leur dîner de retrouvailles, Alexandre n'avait toujours pas dévoilé ses sentiments à celle qu'il aimait tant. Bêtement, il restait dans le registre « bon copain ». Tant et si bien que, la veille, Julie avait accepté une invitation du manager du groupe. Alex n'avait rien dit, feignant l'indifférence absolue alors qu'intérieurement il bouillait de jalousie.

Il fut tiré de ses songes par la voix de Julie. Elle voulut l'embrasser sur la joue, mais il s'esquiva.

— Tu me fais la tête ? hasarda-t-elle.

— Absolument pas !

— D'accord, je vois… Veux-tu que nous en parlions ?

— Pas l'temps, siffla-t-il en s'affairant soudain. De toute façon, y a rien à dire ! Tu n'as pas de comptes à me rendre.

La jeune fille fut peinée par ces derniers mots. Elle pensait sincèrement qu'Alex était différent, plus sensible, et surtout bien moins orgueilleux que les autres. Mais depuis quelques jours, il ne lui témoignait pas un grand attachement. En tout cas, pas celui qu'elle désirait. De plus, à chaque approche de sa part, il reculait, presque effarouché. Que devait-elle en déduire ? Lassée de ce jeu, Julie avait accepté l'invitation de Tom, pour se changer les idées plus que pour essayer de le rendre jaloux.

D'une nature généreuse et peu rancunière, elle se mit sur la pointe des pieds pour lui poser un baiser sur la joue en murmurant :

— Allez, on fait la paix.

— Laisse-moi, s'il te plaît, grogna Alex en se détournant.

Vexée, Julie laissa tomber :

— Apparemment, je me suis trompée sur nous deux, mieux vaut qu'on ne se voie plus.

— Tu as raison. Je vais quitter l'appart.

— Non, pas la peine. Ici, c'est chez Olivier et, au cas où tu ne l'aurais pas remarqué, je vis encore chez mes parents.

Alex la regarda s'éloigner sans un mot pour la retenir. Il s'en voulait. Son stupide orgueil venait de le mettre définitivement sur la touche. Pour la première fois de sa vie, il se sentit le digne fils de son père…

La sonnerie du téléphone l'empêcha de ruminer davantage. C'était Gabrielle, qui souhaitait prendre de ses nouvelles. Ils décidèrent de se retrouver au palais Saint-Pierre.

Vingt minutes plus tard, tante et neveu partageaient leurs confidences, à la recherche de fraîcheur sous les arcades du jardin intérieur du musée.

— Comment va Tristan ? s'inquiéta d'emblée Alexandre. Je suis désolé de ne plus être à Fontenay pour m'occuper de lui…

— Ne t'en fais pas ; moi non plus je ne suis plus à Fontenay ! Quel climat étouffant ! Pour l'instant, je vis retranchée à Lancié. Travailler dans les vignes me permet de ne pas penser à longueur de journée… Et Tristan passe son temps dans les pattes de mon oncle ! Ça lui donne une bonne raison de ronchonner, conclut Gabrielle en riant.

Il ne leur fallut pas longtemps pour se raconter les événements des derniers jours.

— Je te conseille de rattraper vite Julie si tu ne tiens pas à la voir t'échapper.

— Hum…

— Ne joue pas les Lambert-Duval, s'il te plaît ! Sois fier de ce que tu es : un brillant musicien et un beau jeune homme amoureux. Ne fais pas comme moi, qui ai commis l'erreur de cacher mes sentiments et d'accepter la règle du silence à Fontenay. Marie m'a dit un jour que le bonheur est un chemin à suivre, pas une destination. Elle a raison, tu sais.

— Maminou est notre cœur à tous. On devrait plus l'écouter, soupira Alexandre, qui se demanda à cet instant s'il avait déjà surpris Charles assis dans l'atelier, à regarder sa mère peindre.

— Je l'admire beaucoup, reconnut Gabrielle. Elle fait preuve d'un courage exemplaire.

— C'est vrai. C'est une sacrée femme. Pourtant, je sais que sa vie n'a pas toujours été rose.

— Alors montre-lui que tu l'aimes. Tout comme à Julie. Crois-moi, écoute ton cœur.

Au bout de deux heures au cours desquelles chacun vida son sac et fut apaisé par la présence de l'autre, Gabrielle prit congé d'Alex, qui lui promit de bientôt venir voir sa grand-mère, à Fontenay. Ensuite, pourquoi pas, il essayerait de parler à son père.

Pendant ce temps-là, à Lancié, le père Antoine supervisait les travaux de révision du matériel vinicole. Malgré son âge, le vieil homme noueux comme un cep n'hésitait pas à se courber sous le pressoir pour serrer davantage son moyeu.

— Passe-moi la pince, gone, demanda-t-il en agitant une main en l'air.

Il n'eut aucune réponse à ses appels. Grommelant, le père Antoine s'extirpa avec difficulté de sous l'énorme machine.

— Où est encore passé ce pisse-froid ! gronda-t-il.

Ne voyant personne dans la pièce, le vigneron se dirigea vers la cave, également déserte.

— Hé, ho, gone ! Comment s'appelle-t-il, déjà…, murmura-t-il. Rodolphe !

Il s'égosilla ainsi quelques minutes, sans succès. La colère commençait à monter. Le père Antoine n'appréciait pas le nouveau métayer, il le considérait comme un fumiste. Il s'en était souvent plaint à Gabrielle et à Marie, qui n'avaient rien trouvé de mieux à faire que de s'esclaffer, lui reprochant son mauvais caractère. Il se dirigea vers le logement de l'employé, frappa au carreau et, sans hésiter, entra. Il n'y avait personne là non plus. Avant de ressortir, le regard du vieil homme tomba sur une photo posée sur la table de chevet. Le père Antoine comprit immédiatement, sortit en trombe de la maison et s'élança à travers la cour aussi vite que ses pauvres jambes et surtout son faible cœur l'y autorisaient. Il devait téléphoner de toute urgence ! Le souffle court, il grimpa l'escalier qui conduisait au bureau de Gabrielle. Sa respiration devenait saccadée, bien plus encore à cause de la chaleur ambiante. Plus que quelques marches… Alors qu'il posait son pied sur la dernière, la porte d'entrée s'ouvrit brusquement sur Rodolphe, occupé à fourrer un calepin noir dans sa poche. Surpris, le père Antoine perdit l'équilibre et dévala l'escalier. Sa chute se termina dans un bruit sourd.

L'ambulance interrompit sa course dans un crissement de pneus, devant le service des urgences. Les infirmiers se dépêchèrent d'emporter le brancard du père Antoine, Gabrielle et Rodolphe sur leurs talons. Mais aucun des deux ne put aller plus loin ; ils furent dirigés vers la salle d'attente.

Une heure plus tôt, quand la jeune femme avait pénétré dans la cour de Lancié, elle avait trouvé le métayer un genou à terre, près du corps inerte de son oncle. Paniquée, elle s'était élancée vers eux, puis avait vérifié avec soulagement que le vieil homme respirait toujours.

— Comment est-ce arrivé ? avait-elle demandé à Rodolphe, en le toisant d'un air suspicieux.

— Je ne sais pas. J'ai entendu un grand bruit, j'ai tout de suite pensé à une chute. Il a dû perdre l'équilibre dans l'escalier. À son âge… ce n'est pas surprenant !

Gabrielle avait acquiescé en silence. Entre les marches usées, les escaliers trop raides et le mauvais éclairage, un tel malheur était fatal. Cette maison était bien trop dangereuse pour un homme âgé dont les réflexes diminuaient.

Lorsque l'ambulance avait fait son entrée et absorbé l'attention de la jeune femme, Rodolphe avait prétexté qu'il devait passer un tee-shirt propre pour mettre en lieu sûr le calepin noir.

La pendule avançait à un train de sénateur. Sur son fauteuil inconfortable, Gabrielle piaffait d'impatience. Elle détestait les salles d'attente, ces drôles d'endroits où, impuissant, on ne pouvait rien faire. Aujourd'hui plus que jamais depuis la disparition de Laurent, cet état de passivité absolue l'angoissait. Elle chercha du regard de quoi s'occuper, sans que rien parvienne à retenir son attention. Sur la table basse trônait une pile de vieux magazines cornés, les affiches collées aux murs prévenaient contre tout… sauf contre l'ennui. Elle soupira à nouveau. Le temps s'éternisait dans un silence stérile. Elle jeta encore un coup d'œil à la pendule, qui n'affichait que quelques minutes de plus que la dernière fois qu'elle l'avait consultée.

— Que c'est long ! gémit-elle.

Exaspérée, elle décida de faire quelques pas. Dans le couloir, Rodolphe venait à sa rencontre, un café à la main.

— J'ai pensé que vous en auriez besoin, dit-il aimablement.

— Merci, se contenta de répondre Gabrielle, surprise de cette délicate attention qui ressemblait si peu au métayer.

Après un bref instant, elle reprit :

— Vous n'êtes pas obligé de rester, Rodolphe. Si vous préférez…

— Non, non, s'insurgea-t-il. Je tiens à savoir comment il va. Enfin, si vous me le permettez ?

Pensive, elle considéra le jeune homme. Décidément, il était surprenant. Depuis qu'il travaillait à Lancié, il s'était montré très discret sur sa vie, ses origines. À tel point que la jeune femme s'était imaginé qu'il ne l'appréciait pas. Mais, après tout, il n'était pas tenu d'être loquace, lui aussi avait droit à son jardin secret. Néanmoins, quelque chose en lui avait toujours dérangé Gabrielle.

— Évidemment…, fit-elle enfin avant de s'asseoir.

Là, elle prit un magazine et, à sa grande surprise, tomba sur un long article consacré aux activités du groupe Dormeuil. Une interview de Maude lui permit de tuer un autre quart d'heure.

Près du distributeur de boissons, Rodolphe était aux abois. La santé du père Antoine le préoccupait bien plus que ne pouvait le soupçonner sa très chère patronne… Si le vieux s'en sortait, Rodolphe devait le voir en premier pour savoir ce qu'il avait pu deviner en entrant chez lui. Depuis quelque temps déjà, le métayer l'avait souvent trouvé sur son chemin, en train d'épier ses moindres faits et gestes. À vrai dire, dès son arrivée à Lancié, Rodolphe avait en permanence le père Antoine sur le dos. Qu'avait-il vu au juste ce matin ? Était-il au courant pour le calepin ? Allait-il le dénoncer et, surtout, ferait-il des rapprochements qui risquaient de lui être fatals ?

Une heure et demie plus tard, le médecin vint rejoindre Gabrielle. Deux pas en retrait, Rodolphe, qui tentait de dissimuler une angoisse de plus en plus profonde, ne perdit pas une miette de la conversation.

— Il s'agit bien de votre oncle ? fit le médecin.

— Oui, docteur.

— Il a fait une chute dans un escalier, c'est cela ?

— En effet.
— Quel âge a-t-il ?
— Quatre-vingt-quatre ans, mais pourquoi…
— Eh bien, il est solide comme un roc ! la coupa le médecin. Rassurez-vous, tout va bien, il vient de reprendre connaissance. Le plus surprenant, c'est qu'il ne s'est rien cassé, pas une côte, pas même le fémur, pourtant fragile chez les personnes de son âge, rien. C'est étonnant. En revanche, il semblerait que le choc ait occasionné un traumatisme crânien provoquant une amnésie temporaire.
— Est-ce grave ?
— Non, hormis quelques migraines dans les jours à venir et un trou noir de quelques heures dans son emploi du temps, il s'en remettra. Pour plus de sûreté, nous allons le garder en observation pendant les prochaines vingt-quatre heures.
Cette bonne nouvelle réjouit Gabrielle autant que Rodolphe…

Tranquillisée quant à la santé de son oncle, Gabrielle se décida à regagner Fontenay en fin d'après-midi. Tôt ou tard, elle devrait faire face aux Lambert-Duval, ces gens dont elle ne partageait désormais plus que le nom. Depuis la mort de Laurent, elle ne devait plus représenter grand-chose à leurs yeux…
Une fois là-bas, elle traversa la grande bâtisse vidée de ses occupants. Les deux seules personnes sur lesquelles elle pouvait compter ici s'étaient exilées, Maminou dans son atelier-serre, Alexandre dans l'appartement d'un ami. Dès que ces derniers avaient appris l'accident du père Antoine, ils avaient accouru à la

clinique, tombant nez à nez avec Gabrielle qui en sortait. Une fois que celle-ci les eut rassurés, ils rendirent visite au vieux monsieur avant de partir dîner ensemble, bras dessus bras dessous.

Ce soir-là, Gabrielle voulait profiter de l'absence de Maminou à table pour annoncer officiellement son installation à Lancié et avoir une discussion sérieuse avec Charles et Stéphanie.

Elle se dirigea vers le dressing. Là, ses yeux s'attardèrent sur les cintres qui supportaient encore les vêtements de Laurent, soigneusement disposés sous leurs housses transparentes. Elle reconnut son vieux tweed, celui qu'il portait lorsqu'ils s'étaient rencontrés. Chaque année, à l'automne, il le ressortait, autant par habitude que pour le plaisir de voir sa femme hurler d'effroi à la vue de cette relique. Gabrielle le fixa, tendrement émue. Dire qu'il le lui faisait porter au pressing pour son nettoyage annuel ! Comme tout cela lui paraissait loin déjà...

Brusquement, prise d'une rage incontrôlable, elle attrapa la veste et la projeta violemment sur le sol. Tout cela, sa vie, son mariage, n'était que du vent ! Comment pouvait-elle s'attendrir sur ce vieux morceau de tissu et oublier les mots de Stéphanie, l'existence de cette Miss Marion et les rendez-vous secrets inscrits dans le calepin noir ? Tout se mit soudain à tourner autour d'elle, tout devenait flou. Elle s'affaissa contre le mur et pleura à chaudes larmes.

Moins d'une demi-heure plus tard, des coups intempestifs frappés à sa porte la ramenèrent à la réalité.

Gabrielle se releva d'un bond et se retrouva face à Charles.

— Il faut que je te parle d'urgence, lança-t-il tout de go en entrant d'autorité dans la pièce.

Comme chaque fois, la jeune femme, interloquée par les manières très directes de son beau-frère, n'eut pas le temps de réagir. Obnubilé par ce qu'il avait à dire, Charles fit quelques pas dans l'antichambre, les mains jointes derrière le dos.

— Voilà, Gabrielle, commença-t-il. Notre groupe est dans une situation critique. Toi seule, aujourd'hui, peux nous sortir de cette mauvaise passe.

Tristement amusée, elle s'installa sur une bergère tandis que Charles poursuivait, sans lui accorder le moindre regard :

— Je ne tenais pas à ce que tu sois ramenée à ces basses réalités matérielles, surtout après ce nouvel accident, mais le testament de Laurent te désigne comme son héritière, avec tout ce que cela comporte de désagréments et de charges. La première est que tu le remplaces au conseil d'administration du groupe…

Gabrielle écoutait sans ciller. La prenait-il pour une idiote ? Comme si elle ne le voyait pas venir avec ses gros sabots !

Déçu qu'aucune protestation ne vienne l'interrompre, Lambert-Duval continua, de plus en plus mal à l'aise :

— … Je sais que c'est très compliqué, surtout pour toi qui ne connais rien au monde des affaires. Par ailleurs, tu as déjà Lancié, qui est lourd à gérer. Tu sais que tu peux avoir confiance en moi. Jamais je ne travaillerais contre les intérêts de la famille. C'est pour ça que je viens te demander de me signer une procuration pour gérer moi-même les voix de mon frère.

Il ne reçut qu'un profond silence en guise de réponse. Charles finit par se tourner vers Gabrielle et la fixa d'un œil sombre et interrogatif. L'expression de sa belle-sœur, qui ne réagissait toujours pas, l'effraya un peu.

— Alors ? Qu'en dis-tu ?

Il ajouta, pour justifier ses intentions :

— Nous devons prendre des décisions. Il faut absolument sortir de cette paralysie. Il n'est pas question que je m'approprie les parts de Laurent, je te propose juste de les gérer pour toi et Tristan. Comme ça, dans quelques années, s'il veut prendre la suite de son père…

Gabrielle découvrait le vrai visage de cet homme qu'elle croyait connaître. Dire qu'elle l'avait toujours admiré pour sa droiture… Aujourd'hui, Charles était livide à l'idée de perdre une once de pouvoir. Quel hypocrite ! Gabrielle se surprit à éprouver un certain plaisir à le laisser attendre.

— Tiens, je t'ai préparé tous les papiers, reprit-il d'une voix plus douce. Je te laisse y réfléchir… Décide-toi, le temps presse.

Joignant le geste à la parole, Charles posa la liasse sur un rebord du guéridon. Face au silence inquiétant de sa belle-sœur, il jugea préférable de ne plus insister et se retira.

L'heure du dîner sonna. La salle à manger de Fontenay n'accueillit ce soir-là que trois personnes à sa table, qui demeurèrent silencieuses. Gabrielle ne demanda même pas où était Stéphanie. Lorsque Tristan fut sorti, heureux d'avoir l'autorisation de rejoindre ses jeux vidéos, Gabrielle et Charles se retrouvèrent seuls.

De nouveau, Lambert-Duval attaqua. Mais cette fois, contre toute attente, l'allusion qu'il fit à la procuration mit le feu aux poudres.

— Je suis consternée, Charles, rétorqua Gabrielle, qui semblait avoir recouvré tous ses esprits, complètement affligée par ton manque profond de compassion. Mon oncle est actuellement en observation dans un service d'urgence, mon mari est enterré depuis quelques semaines, tu ne te donnes même pas la peine de savoir comment Tristan ou moi traversons ces épreuves et tu viens me parler de famille, de se serrer les coudes dans ces pénibles moments ! Mais qu'est-ce que tu connais à la famille, hein ? Regarde un peu autour de toi, Charles. Ce superbe palais n'est qu'une grande baraque vide, sans amour, où tout le monde souffre dans son coin. Et tout ça pour quoi ? Pour un peu plus de pouvoir, un peu plus d'argent ? Tu ne vois donc pas que c'est tout ça qui nous tue ! Maintenant, tu veux connaître ma décision ? Eh bien, je peux te dire qu'elle est prise.

Charles déglutit, exsangue.

— Je repars vivre à Lancié. Tristan et moi quittons cette maison sur-le-champ. Nous n'y sommes visiblement plus chez nous ! Je t'assure, j'ai tout fait pour coller à la splendide image des Lambert-Duval, mais que veux-tu… je suis une simple fille de la terre ! Une pauvre petite Provençale qui détonne dans votre univers, alors je préfère vous laisser entre vous et regagner mes vignes.

Une main sur le bouton de la porte, elle se retourna pour apporter une dernière précision :

— En ce qui concerne ta requête…

Lambert-Duval se sentait déjà mort.

— … J'avoue que je n'y ai pas encore réfléchi. Je ne sais pas ce que je souhaite. Pour une fois, tu devras faire preuve de patience.

Elle leva sur lui un regard triste et ajouta doucement :

— Mon pauvre Charles… Tu ne parles que d'efficacité et de bénéfices. C'est certainement vital en affaires, mais là, vois-tu, nous sommes en famille et les valeurs ne sont plus les mêmes. Tant que tu ne comprendras pas ça, tu resteras isolé.

Charles demeura seul pendant près de trois heures après le départ de Gabrielle et de Tristan. Seul avec ses secrets et ses incertitudes. Décidément, personne dans cette famille ne le comprenait. Sa fermeté était le prix de la survie, et pas de la sienne uniquement, celle de tous les Lambert-Duval. Le reproche était une arme si facile pour ceux qui profitaient de ce que lui réalisait au jour le jour.

Vers minuit, Stéphanie se préparait à se coucher. Dans le miroir de sa coiffeuse, elle croisa le visage tourmenté de Charles. Taciturne, il épluchait un épais dossier. Elle n'avait pas envie de lui parler. Son dîner improvisé à la dernière minute avec Alexandre et Marie, auxquels était venue se joindre Marthe, lui avait changé les idées, et tous les quatre avaient partagé un très joyeux moment. Il n'était pas question que Charles le lui gâche avec sa mauvaise humeur de P-DG préoccupé ! Son fils vivait sa passion pour la musique et sa meilleure amie allait mieux. Lors du dîner, les trois femmes avaient incité le jeune homme à parler à Charles. Père et fils devaient faire la paix. « Voilà où est l'urgence, monsieur Lambert-Duval… », songea Stéphanie en dévisageant son mari.

Cependant, Stéphanie comprenait les réticences de son fils. Dans le miroir, le père de ses enfants ressemblait à un bloc de glace ! Il lisait maintenant un journal économique et rien ne semblait pouvoir l'en détourner, pas même le démantèlement de leur famille. Elle devait tenter de ramener Charles à de meilleures dispositions. Le silence dans cette maison devenait vraiment insupportable, mais comment régler une telle situation sans heurter la susceptibilité de l'un ou de l'autre ?

Aujourd'hui, Stéphanie s'en voulait d'avoir toujours fermé les yeux sur leurs relations. Le cœur lourd et sans grande conviction, elle se décida enfin à parler :

— J'ai dîné avec Alexandre.

— Hum, hum, grommela Charles sans lever le nez de son quotidien. J'espère que tu en as profité pour essayer de ramener ton fils à la raison !

Stéphanie marqua un temps puis se retourna pour faire face à son mari. Calé sur ses oreillers, Lambert-Duval épluchait les cours de la Bourse à la lueur de sa lampe de chevet. Quelle froideur ! Quelle insensibilité ! Alexandre avait fui le domicile familial et, pour Charles, cela n'était qu'un caprice d'enfant gâté.

— Mon fils ! gronda soudain Stéphanie. Je te rappelle que c'est aussi le tien ! Et que tu as ta part de responsabilité dans cette affaire. Ma plus grande faiblesse dans l'éducation de nos enfants est de m'être toujours effacée devant toi ! Comme pour les décisions importantes de notre vie !

Charles replia ses lunettes. Leurs regards se défièrent.

— Des reproches ?

— Une constatation !

— Je serai ravi de partager le fruit de ta réflexion, siffla-t-il d'un ton aigre-doux.

Stéphanie dut faire appel à tout son courage ; elle ne pouvait plus reculer et c'était certainement mieux ainsi. Elle se mit alors à lancer à Charles toutes sortes d'invectives, s'échauffant au fur et à mesure, ne voulant surtout rien omettre de ce qu'elle avait tu durant toutes ces années de mariage.

Charles, plus surpris que révolté, considérait sa femme, un sourire amusé aux lèvres. S'étaient-elles donné le mot, avec Gabrielle ?

— Tu ne dis rien ? demanda-t-elle finalement, exaspérée de le voir sourire.

— Qu'y a-t-il à ajouter ?

— Je ne sais pas ! Qu'en penses-tu ?

Complètement désemparée, Stéphanie laissa tomber d'une voix blanche :

— Tu finiras tout seul, Charles, j'en ai bien peur…

— Nous aurons l'occasion d'en reparler, crois-moi.

Lambert-Duval se retourna et éteignit la lumière. Fin de la discussion. Plus que de la démonstration dont elle ne se serait jamais crue capable, Stéphanie était stupéfaite par la réaction de Charles.

Une parure de rosiers montait la garde devant les vignes de Lancié qui ondulaient à flanc de coteau. Les pétales de velours rouge se chargeraient de donner l'alerte au cas où une attaque d'Insinula Secator[1] aurait lieu. La noble demoiselle pouvait croître paisiblement.

Dès son épanouissement au début du printemps, la vigne fit l'objet de la plus grande vigilance. De ses mains expertes, Gabrielle l'apprêta avec autant de savoir-faire que d'amour. Elle avait coupé les pointes, puis les sarments de l'année s'étaient vus relevés en un élégant chignon, que couronneraient bientôt de petites fleurs blanches. Au fil de l'été, sa beauté s'empourprait avant que septembre ne célèbre son sacre.

De bonne heure ce matin-là, Rodolphe fourra dans la poche de sa salopette le calepin noir dont il venait de déchirer trois pages du mois d'avril. Persuadé que Gabrielle n'était pas encore arrivée à la ferme, il monta quatre à quatre la volée de marches usées par les bottes des vignerons. Mais soudain l'écho d'une conversation le fit s'immobiliser. Par la fenêtre grande ouverte, il distingua la voix de sa patronne.

— Maude, sais-tu comment je peux faire pour retrouver cette femme ?… Non, je ne connais pas son adresse…

L'employé tendit l'oreille.

— Je sais juste qu'on la surnomme Miss Marion et qu'elle est réputée comme entremetteuse… Très bien. Je te remercie…

De l'autre côté de la cour apparut le long capot de la Jaguar de Stéphanie. Rodolphe s'éclipsa aussitôt. Ce qu'il venait d'entendre lui suffisait amplement…

1. Champignon plus connu sous le nom d'oïdium qui peut se développer à des températures supérieures à 25°. Le raisin se dessèche et blanchit. Un seul cep atteint suffit à communiquer au vin de cette parcelle une mauvaise odeur et un goût désagréable de champignon. Les rosiers, très sujets à cette maladie, permettent de la repérer à temps.

— Bonjour, Gabrielle. Puis-je te parler ? lança sa belle-sœur en la rejoignant.

— Entre, je t'en prie.

— Merci.

Fait rarissime chez elle, Stéphanie ne parvenait pas à masquer son embarras. Elle était pourtant experte en la matière ! Gabrielle se garda bien d'émettre la moindre remarque.

— Voilà… Je viens te présenter mes excuses.

— À moi ? Pour quoi ?

— Je ne me suis pas toujours montrée très sympathique envers toi. Ton naturel, ton franc-parler me dérangeaient, je t'avoue que je ne les trouvais pas à la hauteur de notre famille. La spontanéité a souvent l'air d'une grossièreté quand on est habitué aux mots sans relief…

Elle marqua un temps puis reprit en fixant Gabrielle :

— Mais je me trompais. Et même si je ne voulais pas le reconnaître, j'ai toujours envié ta franchise. Toi, au moins, tu sais plaire sans fard ni artifices, moi, je dois sans cesse composer.

— Mais…

— Ne me coupe pas, sinon je ne pourrai jamais terminer ! l'interrompit Stéphanie en s'efforçant de rire. J'ai toujours joué le rôle que Charles attendait de moi. Aujourd'hui, je vois ce qu'il m'en coûte : Alexandre a quitté Fontenay et je ne sais pas s'il reviendra. Tout est ma faute.

— Non. Tu es dure avec toi-même.

— J'aurais dû intervenir, empêcher que la situation ne s'envenime, et je n'ai rien fait, je ne pense pas être trop dure, non. Toi, à ma place, tu aurais mis les choses au point avec Charles. Sans hésitation. Tu aurais fait valoir ton point de vue.

Gabrielle sourit.

— Je te remercie, mais je n'ai aucun mérite. Et, confidence pour confidence, de mon côté j'ai toujours rêvé de posséder ton flegme et ta distinction.

— Tu parles !

— Si, je t'assure ! Je n'ai pas ton aisance en société. Et on peut lire sur mon visage ce que je pense !

— Là, c'est toi qui es dure avec toi-même. Tu es quelqu'un de bien, Gabrielle, je déplore simplement de ne pas m'en être aperçue plus tôt.

Les deux femmes se dévisagèrent et surent à cet instant qu'elles pourraient être amies. Stéphanie paraissait soulagée.

— Sache que tu peux compter sur moi, si tu as besoin de parler. Au fait, comment va ton oncle ? Marie et Alexandre m'ont appris ce qu'il s'était passé.

— Plus de peur que de mal, heureusement. Il doit sortir en fin de journée.

Son interlocutrice se tut quelques instants. Elle semblait hésiter à dire autre chose. Gabrielle en profita pour évoquer ce qui lui tenait à cœur depuis trop longtemps.

— Allons nous asseoir, si tu veux bien, commença-t-elle.

Elles prirent place sur un banc. Stéphanie fut très embarrassée quand elle apprit comment Gabrielle avait eu vent de la double vie de Laurent. Elle décida alors de tout expliquer à sa belle-sœur, lui assurant que s'ils ne lui avaient rien dit, c'était d'une part parce qu'ils n'étaient sûrs de rien, et d'autre part pour la protéger.

Depuis quelques mois, Charles soupçonnait son frère d'entretenir une liaison avec une femme à la réputation sulfureuse. Fidèle à ses habitudes, l'aîné des Lambert-Duval avait essayé de savoir sans oser s'impliquer directement. Il avait fait mener une discrète enquête qui lui avait prouvé l'existence de rendez-vous à l'hôtel, de versements en liquide, de photos…

— Est-il certain qu'il s'agissait d'une aventure ?

— Je n'en sais rien. Mieux vaudrait le lui demander.

C'est précisément ce que comptait faire Gabrielle. Ce serait le prix à payer par Charles pour obtenir sa procuration.

Deux jours plus tard, tout le gotha lyonnais se donnait rendez-vous à la soirée d'inauguration de la nouvelle galerie de Stéphanie. Les toiles de Dimitri Korlinoff plurent pour leur créativité autant qu'Alexis Mutier avait su séduire la propriétaire des lieux par sa spontanéité et son humour. Non loin d'elle, son mari vivait ses pires heures. En plus de l'évidente complicité entre ce bellâtre de pacotille et Stéphanie qui lui battait froid depuis leur dernière discussion, Charles dut supporter Cassan qui vint parader devant lui, triomphant déjà, anticipant le résultat du prochain vote au conseil d'administration. Ensuite, ce fut au tour d'Alex. Son fils venait, prétendait-il, faire la paix avec lui. Présentait-il des excuses ? Reconnaissait-il son erreur ? Non, ce petit prétentieux se contenta de lui balancer sa liberté de pensée et ses choix de bonheur à la face ! En d'autres circonstances, la main de Charles n'aurait pas mis longtemps à s'abattre sur l'effronté ! Même sa mère critiqua ouvertement son entêtement. Quelle mouche les avait donc tous piqués ?

Heureusement, Clavers, qu'il n'avait pas vu de la journée, lui apprit que l'ensemble des avoirs non actifs venaient d'être cédés à divers acquéreurs. La bouffée d'oxygène dégagée par cette vente leur offrait quelques jours de répit supplémentaires.

Mais sa satisfaction fut de courte durée. À l'autre bout de la salle, la porte vitrée s'ouvrit sur Gabrielle. S'il endurait depuis plus d'une heure des mondanités et ne répondait pas à ce qu'il considérait comme des agressions, c'était dans le seul but de rencontrer la veuve de son frère. Charles avait retenu la leçon. Aucune précipitation, de la courtoisie et des marques d'affection. Ce soir, il devait à tout prix réussir à la charmer.

La jeune femme fut accueillie par la maîtresse des lieux, visiblement ravie de la voir. Charles, qui ne la lâchait pas du regard, plissa le front, perplexe, en voyant Stéphanie prendre sa belle-sœur dans ses bras. Bientôt, le mouvement de foule guida naturellement Gabrielle vers Charles.

Celle-ci s'était préparée à affronter son beau-frère. Ce soir, elle allait connaître la vérité. Elle ne doutait pas de la valeur de sa monnaie d'échange. Déterminée à tout entendre, elle s'approcha de lui en le fixant droit dans les yeux et souffla :

— La procuration est à toi…

— Pardon ?…, lança Charles, qui flairait le piège.

— À la condition que tu me dises exactement qui est Miss Marion et le genre de rapports qu'entretenait Laurent avec elle.

Charles dodelina de la tête et leva les épaules en signe d'impuissance.

Contre toute attente, la jeune femme le vit s'éloigner et sortir. Elle était complètement dépitée. Elle aurait pourtant juré pouvoir se coucher ce soir en sachant enfin qui avait été son mari !

Une petite flûte de champagne l'aiderait à y voir plus clair. Alors qu'elle s'approchait du buffet, Clavers la saisit énergiquement par l'avant-bras.

— Ne vous entêtez pas, siffla-t-il à voix basse, ce n'est pas dans votre intérêt.

— Lâchez-moi ! ordonna-t-elle sèchement, vous me faites mal.

— Ce n'est rien en comparaison de ce qui vous attend si vous vous obstinez…

Sur ces mots, Frank Clavers disparut, laissant Gabrielle sans voix.

Au cours de cette soirée, Anne-Sophie eut de son côté la chance inespérée de mettre une touche finale à sa vengeance.

Prise de remords et sans la moindre nouvelle depuis deux jours, Julie Duthier venait faire la paix avec Alex. Une aubaine pour sa rivale qui était sur son terrain et sut tirer parti de la situation, tout comme de l'avertissement de Rodolphe.

— Comment ? lança-t-elle à Julie, faussement indignée. Tu n'es pas au courant ? Alex est sorti il y a dix bonnes minutes avec une blonde plantureuse. À mon avis ils ne vont pas s'ennuyer. Personnellement, je la trouve un peu vulgaire, mais ils se sont couvés des yeux toute la soirée. Tu sais comment sont les hommes…

Julie déglutit et s'en retourna, anéantie.

Anne-Sophie salua ce départ avec une nouvelle flûte de champagne.

Ensuite, elle prit soin de s'afficher au bras de Clavers. Charles aurait souhaité voir ce couple consacré, afin qu'il entre dans la course à la succession. Mais les attentions d'Anne-Sophie envers le Dr Philippe Moraud l'empêchaient d'envisager cette union intéressée avec Clavers.

En cette nuit épaisse et tiède, la voûte céleste avait revêtu sa tenue d'apparat constellée de paillettes d'or. C'était la période où les grillons entonnaient leur hymne à l'amour. Le temps aussi où les vignes se laissaient aller à l'indolence des heures lunaires. Entre deux exhalaisons de chèvrefeuille s'élevait l'odeur roussie de la terre, rétractée sur elle-même à la suite d'une nouvelle journée écrasée de chaleur.

Alex se tenait devant la grille de Fontenay. Un Fontenay plus imposant encore sous le seul éclairage des spots bas qui délimitaient l'allée. Son ombre apparut sur la façade du château, pour disparaître dans un angle.

Tout le monde se trouvait encore à la galerie. Sauf lui, le fils indigne, le faible. Par respect pour sa mère, il n'avait pas fait d'esclandre tout à l'heure. Par lâcheté, il avait reporté à plus tard l'explication inévitable. Il avait erré dans les rues de Lyon, sans but précis, puis avait rencontré Tom par hasard. Pour noyer son mal-être, il avait avalé deux petits cachets miracle. C'est ainsi que, muni d'une belle assurance, il partait affronter ce père au charisme si impressionnant.

Les heures défilaient dans le bureau de Fontenay sans qu'aucune âme ne se manifeste. Alexandre, nerveux marchait de long en large. Il saisissait un livre, le reposait, s'immobilisait, l'oreille aux aguets, se servait un autre verre puis refaisait les cent pas.

Il appréhendait de voir son père tout autant qu'il le désirait. La peur lui nouait l'estomac car, ce soir encore, il courait certainement au-devant d'une nouvelle dispute. Qu'importe ! Il préférait cela au silence meurtrier dans lequel il vivait, terré depuis des jours dans l'appartement trop petit d'Olivier. Un rapport conflictuel est tout de même un rapport, pensait-il.

Il régnait une chaleur étouffante dans cette pièce. Alexandre se servit un autre verre de vodka. Son esprit s'échauffait, l'effet de l'alcool se voyait accru par les cachets de Tom, la tête lui tournait.

Les doigts collés sur son verre, il tituba jusqu'à la porte-fenêtre et s'escrima sur l'espagnolette dorée. Les vantaux s'ouvrirent enfin. Alex sortit prendre l'air. Sous ses jambes chancelantes, la pelouse prenait des airs de mer déchaînée. Chacun de ses pas lui semblait plus difficile. Il se concentra pour atteindre le bord de la terrasse. De là-bas, il dominerait la vallée et la Saône. Alexandre aimait la vue depuis cet endroit et y parvint avec de grandes difficultés. Le jeune homme plissa les yeux pour restaurer sa vision brouillée, et voulut s'asseoir sur la première marche. Soudain déstabilisé, il perdit l'équilibre et roula à terre, quasi inconscient. Le poids de son corps lui fit prendre de la vitesse, il dévala la pente douce, traversa l'esplanade de la piscine et, dans un bruit métallique, son crâne percuta de plein fouet la rampe de l'escalier. Le malheureux termina sa course à plat ventre dans l'eau.

Complètement dépité par la mauvaise soirée qu'il venait d'endurer, Charles préféra s'éclipser promptement et rentrer se coucher. Mais, quand il traversa le parc de Fontenay, une autre épreuve l'attendait.

Son attention fut attirée par l'étrange masse sombre qui stagnait à la surface de la piscine. Il se rapprocha, redoutant le pire. Quand il découvrit de quoi il s'agissait, il plongea immédiatement et ramena le corps inerte d'Alexandre sur la pelouse parfaitement tondue.

— Alex ? Tu m'entends ? Reviens à toi, mon fils.

Charles s'agita, en proie à une inquiétude grandissante. Il avait l'impression de perdre la raison. Après avoir essayé tous les soins de première urgence et appelé une ambulance, il resta aux côtés d'Alex, veillant sur lui, et laissa éclater sa peine.

Aux Brotteaux, Stéphanie se trouvait encore au milieu de ses invités quand elle reçut l'appel de son mari. La nouvelle lui fit l'effet d'une bombe et la panique figea ses larmes. Gabrielle, qui suivait la scène de loin, se rapprocha, inquiète de la mine décomposée de sa belle-sœur.

— Je t'emmène, décréta-t-elle sans hésitation dès qu'elle sut ce qui était arrivé.

Une demi-heure plus tard, Stéphanie jaillit de l'ascenseur de l'hôpital, Gabrielle sur ses talons. Ses pas précipités martelèrent le carrelage du service de réanimation. Indifférente au regard des infirmières, elle se mit à scruter les portes jusqu'au numéro 201. Comment allait son fils ? Le ton de Charles au téléphone ne laissait rien présager de bon…

Quand elle parvint enfin devant la chambre 201, elle inspira une longue bouffée d'air avant d'entrer. Alexandre gisait sur le lit, immobile, paupières closes. Stéphanie se pencha au-dessus de lui, tremblante. Le crâne pansé d'un énorme turban, il avait le teint livide. Ses joues privées de toute couleur rivalisaient déjà avec la blancheur du drap. Seul un léger souffle gonflait sa poitrine avec régularité, au rythme du bip bref et strident du moniteur installé à côté de lui.

Mme Lambert-Duval laissa courir un regard inquiet autour d'elle. De toutes parts, tuyaux, fils et autres câbles reliaient son fils au monde des vivants. Elle lui saisit la main, plus effrayée encore.

— C'est maman, mon chéri, murmura-t-elle des larmes plein les yeux. Je t'en prie, reviens à toi. Il le faut. Réveille-toi !

Ses prières demeurèrent sans réponse. Stéphanie fondit en larmes, caressant la main d'Alex. Pour la première fois de son existence, elle se laissait submerger par ses émotions, sans tenter de les maîtriser, sans se soucier de la présence de Charles, assis juste en face, ni de celle du médecin et de son infirmière, restés dans l'ombre de la pièce. Elle ne les avait même pas vus, tant son esprit se focalisait sur le jeune homme.

— Il vaut mieux que vous sortiez, maintenant, déclara le docteur en s'avançant.

Stéphanie lui adressa un regard de louve traquée qui défend son petit.

— Je viens juste d'arriver, lança-t-elle rudement, je veux être auprès de lui.

— Je regrette, madame, mais c'est impossible. Il en va de la santé de votre enfant.

À ces mots, Charles se redressa, semblant émerger du chagrin dans lequel il était plongé. Il quitta des yeux le visage immobile et vulnérable d'Alex pour soutenir son épouse jusque dans le couloir. Sur le pas de la porte, il demanda au médecin s'il y avait des risques cérébraux.

— Il est trop tôt pour le dire. Votre fils est dans le coma depuis plusieurs heures et nous ne savons pas combien de temps il est resté dans l'eau. Nous ne pouvons nous prononcer sur d'éventuelles lésions au cerveau.

Sonné, Charles digéra l'information avant de refermer la porte. À quelques pas derrière lui, Stéphanie le fixait, implorant le verdict et redoutant le pire. Charles se détourna, incapable de la rassurer. Il préféra passer son chemin et gagner la salle d'attente.

Gabrielle, qui avait suivi les événements derrière la cloison vitrée de la chambre d'Alex, ouvrit grands les bras à sa belle-sœur. Celle-ci vint s'y réfugier avec de lourds sanglots.

— Charles est sous le choc, fit Gabrielle, sans trop le croire elle-même.

— Non, il est froid et insensible.

— Il est impossible qu'il ne ressente rien !

— Tout ce qui arrive aujourd'hui est ma faute, se mortifia Stéphanie. Je n'aurais jamais dû les laisser se murer dans leur silence obstiné, j'aurais dû les obliger à s'entendre ! Maintenant, il est peut-être trop tard…

Quelques heures après, les portes de l'ascenseur s'ouvrirent sur Anne-Sophie en pleine discussion avec Philippe Moraud. La lueur qui brillait dans les yeux de la jeune femme aussi bien que l'évidente complicité qu'ils partageaient n'échappèrent pas au regard attentif de Charles.

— Où étais-tu ? reprocha-t-il à sa fille.

— J'ai quitté la soirée avant la fin. Quand je suis rentrée à Fontenay, Maminou m'a dit ce qu'il s'était passé.

Elle évita de préciser que, passablement ennuyée par le peu de conversation de Clavers, elle s'était fait une joie d'accepter l'invitation de Philippe. Ensemble, ils s'étaient étourdis au cours d'une tournée des grands-ducs.

— Alors ?…, s'enquit Anne-Sophie, encore grisée. Comment va-t-il ?

— Il est dans le coma.

— Je peux le voir ?

— Le docteur nous a conseillés de ne pas trop le déranger.

— Et maman ? Où est-elle ?

— Près de lui.

— J'y vais, décida-t-elle en l'embrassant. Ça va aller, toi ?

— Ne t'inquiète pas pour moi, répondit-il en souriant tristement. Tu ferais bien de te rafraîchir le visage.

Alors que Moraud s'apprêtait à suivre Anne-Sophie, Charles le retint par le bras. Surpris, le médecin le dévisagea d'un air interrogateur.

— Sachez que si vous venez à Fontenay, c'est uniquement pour apporter vos soins à Marthe Cassan. Rien d'autre ! l'avertit sèchement Lambert-Duval.

— Je ne vois pas où vous voulez en venir.

— Tiens donc… Vraiment ?

— Je vous assure.

Philippe reprit, sur un ton de défi :

— Je vais y aller, à moins que vous n'ayez une remarque très précise à me faire ?

Charles le fixait, plus menaçant que jamais. Toute la détermination de cet homme de pouvoir se lisait clairement dans son regard implacable, voilant à peine sa haine.

— J'en ai une, en effet. Ne vous approchez pas de ma fille… ou je vous brise.

De l'autre côté du couloir, Anne-Sophie eut enfin l'autorisation d'entrer voir son frère. Juste quelques minutes, avait recommandé le médecin.

À la vue de tous les tuyaux qui maintenaient fébrilement Alex en vie, elle fut particulièrement impressionnée. Une terrible onde de choc réveillait ses craintes les plus secrètes. L'air conditionné lui brûlait le fond de la gorge et lui tiraillait la peau. Vite dégrisée, elle prit conscience qu'elle pouvait perdre son frère. Une vieille angoisse remonta à la surface. Quand, toute petite, elle pleurait à chaudes larmes dès que son grand frère quittait son périmètre. Pour la première fois, Anne-Sophie se rendit compte qu'elle était beaucoup plus attachée à lui qu'elle ne le pensait. Son attitude lui parut tout à coup bien méprisable. Elle se pencha au-dessus d'Alex et se laissa aller à la confidence.

— Salut, Alex. Je sais que tu m'entends. Ce que je veux te dire n'est pas facile pour moi car je n'aime pas dire ce genre de choses. Mais je veux que tu t'en sortes, grand frère, je tiens à toi. Bien sûr, nous avons eu des différends et nous nous chamaillons sans cesse, mais c'est peut-être notre façon à nous de nous dire que nous nous aimons. Tu n'as pas le droit de me planter comme ça. Qui je vais bien pouvoir faire tourner en bourrique, hein ?

Anne-Sophie tenta de refouler les sanglots qui étreignaient sa gorge.

— Je t'en prie, Alex, ouvre les yeux, chuchota-t-elle. Je te promets qu'à l'avenir j'essayerai d'être moins peste avec toi. Juré !

Quand elle sortit de la chambre, Gabrielle lui tendit un gobelet en plastique.

— Il ne vaut pas celui de Maminou, mais ça te donnera un peu de courage.

Anne-Sophie dévisagea sa tante. C'était la première fois que la jeune femme se sentait touchée par l'humanité de Gabrielle.

— Pourquoi es-tu si gentille avec moi ? Je ne t'ai jamais facilité la vie…

— Nous sommes une famille, si nous ne nous serrons pas les coudes dans ces tristes instants, quand allons-nous le faire ?

— Tu sais, je regrette de n'avoir pas pu venir voir le père Antoine, l'autre jour…

— Je ne te fais aucun reproche, Anne-Sophie. J'ai vécu ce que tu endures aujourd'hui. Alors, je ne fais que t'apporter un café et mon amitié. Sans sous-entendu, crois-moi ! Ce genre de situation me rappelle simplement qu'il est trop bête de passer à côté de ses proches sous prétexte qu'ils le sont, justement. Vivre ensemble n'est pas facile, s'aimer, encore moins. Mais je suis certaine que l'on doit tout faire pour essayer.

Anne-Sophie sourit, amusée par cette tirade qui caractérisait si bien sa tante.

— Toujours optimiste ?

— Il le faut, même si ce n'est pas évident. Quand tu auras des enfants, tu comprendras que bien les épreuves de la vie te forcent à l'optimisme. Plus par devoir que par nature.

— Je te rassure, ce n'est pas pour tout de suite ! Leur père n'est pas encore né.

— Attention, jeune fille, l'amour vient souvent frapper à ta porte quand tu t'y attends le moins ! plaisanta Gabrielle.

— Mais c'est horrible ! fit mine de s'indigner sa nièce.

En incorrigible romantique, Gabrielle sourit à l'idée de ses récentes désillusions. Même si aujourd'hui elle doutait de la réciprocité des sentiments de l'homme qu'elle avait tant aimé, elle ne regrettait rien. Elle restait fidèle aux lois de son cœur. Elle fit un clin d'œil à sa nièce avant de rejoindre Stéphanie. Celle-ci se tordait les mains de chagrin dans un coin de la salle d'attente, face à Charles qui n'avait toujours pas bougé.

Gabrielle rentra à Fontenay, où devait dormir Tristan. Elle ne souhaitait pas le laisser seul trop longtemps. Anne-Sophie, pour sa part, eut le temps de méditer sur ce que venait de lui dire sa tante avant que Philippe ne vienne la prendre dans ses bras.

Quand Gabrielle fut auprès de Tristan, à Fontenay, Marie partit rejoindre son fils et sa bru, seuls, en salle d'attente. Comme eux, elle était incapable d'aller dormir. Tous trois se tenaient immobiles et silencieux dans la petite pièce de l'hôpital. La vieille dame dévisagea ses enfants, sans même qu'ils s'en aperçoivent. Dos à dos, à chaque extrémité de la rangée de fauteuils, ils s'isolaient dans leur mutisme. Chacun semblait camper sur ses positions, se mortifiant ou rejetant la faute sur l'autre. Bien que l'inquiétude se lût sur leurs visages, ce qui frappa le plus Maminou fut la distance qui les séparait aujourd'hui. La terrible tragédie de cette soirée accentuait le malaise de leur couple et creusait entre eux un véritable abîme.

Devant un tel constat d'échec, le cœur de Marie se serra davantage. Soudain, contre toute attente, la septuagénaire se leva, se plaça entre eux et se mit à gronder :

— Regardez-vous, tous les deux ! Vous avez déjà baissé les bras. Votre fierté vous rend ridicules ; la force des Lambert-Duval devrait nous permettre de nous soutenir dans ces moments difficiles !

Marie soupira. Elle se calma un peu et continua plus doucement :

— Hélas, je crois bien qu'aujourd'hui nous ne sommes plus une famille, seulement des êtres qui vivent les uns à côté des autres… Cela me fait plus mal encore.

La vieille dame paraissait épuisée. Elle se rassit tant bien que mal et n'ajouta rien. Charles et Stéphanie, stupéfaits, se dévisageaient, les yeux écarquillés.

Au bout de soixante-douze heures, Alexandre s'anima enfin, ses paupières clignèrent et, lentement, ses yeux s'ouvrirent complètement. Charles et Stéphanie se trouvaient de part et d'autre de son lit d'hôpital, étourdis de fatigue.

— Mon chéri, c'est maman, murmura Stéphanie.

Le jeune homme concentrait sa vision en direction de la douce voix familière.

— Maman ? lança-t-il d'un ton où perçait l'inquiétude.

— Oui, mon chéri. Je suis là. Tu as eu un accident. Tout va bien. Surtout ne bouge pas.

— Tu nous as fait une belle peur, fiston, ajouta Charles, qui s'était réveillé en sursaut dès qu'il avait entendu la voix de son fils.

— Maman ! s'écria Alex, soudain angoissé. Papa ? Où êtes-vous ? Je ne vous vois pas ! Que se passe-t-il ? Maman ? Qu'y a-t-il ?

De chaque côté du lit, le couple échangea un regard anxieux. Les larmes envahirent bientôt les yeux de Stéphanie, qui était à bout de nerfs.

Alerté par l'infirmière de garde, le médecin entra prestement dans la chambre et examina soigneusement le jeune homme pendant que l'aide-soignante invitait les parents à sortir.

— Que se passe-t-il ? demanda Marie à son fils alors que Stéphanie s'effondrait dans les bras de Gabrielle.

— Alex a perdu la vue.

À l'autre bout du couloir, Anne-Sophie, qui ignorait encore les derniers événements, tentait désespérément de joindre Philippe Moraud sur son portable. Pour la première fois de sa vie, la jeune femme avait envie de se confier à un ami sans aucune réserve ni même la moindre intention manipulatrice. Or la sonnerie retentissait dans le vide.

— Toujours cette foutue messagerie, murmura-t-elle, rageuse.

Elle se décida néanmoins à prononcer quelques mots après le bip, avant de rejoindre le reste de la famille au chevet d'Alex.

Le médecin venait de sortir de la chambre. Devant les visages livides de son entourage, Anne-Sophie s'immobilisa, s'attendant au pire.

— Qu'y a-t-il ? interrogea-t-elle d'une voix blanche.

— Alex s'est réveillé, lui expliqua Gabrielle en venant à sa rencontre. Mais il aurait perdu la vue.

— Quoi ?

Interloquée, la jeune fille suivit sa tante qui déjà rejoignait les autres Lambert-Duval, placés en demi-cercle autour de l'homme en blouse blanche.

— Il semblerait que le choc ait occasionné un œdème qui comprime le nerf optique, déclara le médecin. Voilà la cause de la cécité de votre fils. Bien sûr, des examens plus poussés pourront nous le confirmer.

— Est-ce définitif, docteur ? demanda Stéphanie.

— Il est trop tôt pour se prononcer, mais je ne le crois pas. Avec un peu de temps, l'hématome se résorbera et libérera sa pression sur le nerf optique.

— Et pour ses autres fonctions vitales ? s'enquit Charles.

— Doucement, monsieur Lambert-Duval, votre fils vient de subir un terrible choc. Nous en saurons plus dans quelques jours. Nous faisons le maximum. Vous pouvez nous faire confiance.

Tandis que le médecin retournait à ses devoirs, un silence s'abattit sur eux. Chacun s'en voulait d'une façon ou d'une autre, ils étaient épuisés et au désespoir de se voir impuissants. Finalement, Gabrielle prit la parole. Ils avaient tous besoin de se reposer et ne pouvaient rien faire de plus ici ; le plus raisonnable était de rentrer. Sans dire un mot, chacun acquiesça d'un simple hochement de tête et ils se dirigèrent vers la sortie. Charles fermait la marche, juste derrière Gabrielle. Au moment où celle-ci allait s'engouffrer dans l'ascenseur, il la retint par le bras et souffla d'une voix à peine audible où perçait une profonde lassitude :

— Je regrette…

Durant une quinzaine de jours, chacun se mobilisa à tour de rôle pour tenir compagnie à Alexandre et le rassurer. Jamais les Lambert-Duval n'avaient été aussi unis. Marie aurait pu s'en réjouir s'il n'avait fallu qu'arrive un tel drame pour réconcilier ses enfants. Pourtant, si les rapports semblaient sereins, personne ne s'était vraiment expliqué, leur seul lien étant la santé d'Alexandre. Charles avait réintégré son bureau et retrouvé ses soucis financiers sans avoir fait la moindre allusion ni aux reproches de Stéphanie ni aux paroles que sa mère avait prononcées dans la salle d'attente de l'hôpital. Désormais il prenait garde d'éviter Gabrielle, qui lui facilitait la tâche puisqu'elle était repartie à Lancié.

Enfin, l'état de santé d'Alex lui permit de rentrer chez lui, à Fontenay. Stéphanie avait entièrement fait refaire la décoration de sa chambre, comme pour un nouveau départ. Elle avait aussi besoin de s'occuper.

Le jeune homme ne gardait plus de sa chute dans la piscine que quelques migraines récurrentes. Il avait recouvré la vue et fut très vite sur pied, impatient de jouer avec son groupe.

Le premier jour où il se leva, ce fut le vieux Méphisto qui vint l'accueillir au bas du monumental escalier. Le bon labrador traversa lentement le grand hall en remuant la queue, seule manifestation de joie que ses vénérables années lui autorisaient encore.

— Mais oui, tu es un bon chien ! confirma Alex en le caressant longuement. Je sais, je t'ai manqué.

— À nous aussi ! s'exclama Marie en surgissant toute pétillante du Salon ovale.

— Maminou ! s'écria le jeune homme, surpris.

Il vint l'embrasser chaleureusement.

— Viens, mon petit. J'ai des choses à te montrer, lui glissa-t-elle avec un clin d'œil, sur le ton de la confidence.

Elle l'installa sur un canapé dans la pièce plongée dans l'obscurité.

— Il fait bien sombre ici, fit remarquer Alex.

— T'occupe ! J'en ai pour une seconde. Ne bouge pas, je reviens. Mais avant tout, je vais te chercher un plateau.

— Non, Maminou. C'est gentil mais je n'ai pas très faim.

Marie toisa son petit-fils.

— Après les frayeurs que tu nous as causées, tu dois reprendre des forces. Un bon chocolat chaud et deux petits pains au lait, comme quand tu étais petit.

— Maminou… Je ne suis plus un enfant.

— Sans doute, reprit-elle doucement, mais tu seras toujours mon petit. Et tu adores mon chocolat et les pains au lait !

Comment lui résister ? Alex finit par accepter de se laisser dorloter. Mme Lambert-Duval revint, les bras chargés d'un solide petit déjeuner. Elle déposa le plateau sur une desserte, près de son petit-fils.

— Maintenant, ouvre bien les yeux !

Sur le mur en face d'eux se dessina bientôt un carré de lumière blanche, sur lequel apparurent les premières images d'un film de la famille en huit millimètres. Alex fut frappé par ces images qui lui restituaient un passé qu'il n'avait pas, ou si peu connu. Charles n'apparaissait que très rarement devant la caméra. En revanche, petite, Anne-Sophie jouait déjà les starlettes. Alexandre, lui, faisait son éternel boudeur, tapi dans le fond des pièces, toujours en arrière-plan, la mine grimaçante. Il vit aussi ses parents se tenir par la main, Laurent et Gabrielle s'embrasser et partager un fou rire…

— Que penses-tu de ma petite projection ? interrogea Marie en s'installant près de son petit-fils.

— J'avais oublié tout ça, reconnut-il.

— La mémoire joue souvent des tours. C'est pour cela que ce genre de séance est importante.

— Comme tu as raison !

Sur l'écran, ses grands-parents fêtaient leurs noces d'or, entourés par la famille et leurs proches. Le jeune homme prit la main de sa grand-mère, il savait que cette scène devait être particulièrement émouvante pour elle. Sans un mot, ils gardèrent les yeux fixés sur le mur. Elle lui serra la main de toutes ses forces…

— Qui est-ce, Maminou, l'homme en bleu derrière le père Antoine ?

Dans la pénombre, Alex ne put voir le rictus sur les lèvres de Marie. Magimel… Il se tenait là comme une menace, juste derrière le couple qui était à l'honneur ce soir-là. Une foule de souvenirs se pressèrent dans l'esprit de Marie. Magimel et son charme captivant, son regard chaleureux et sa redoutable intelligence,

Magimel, l'homme qui avait fait basculer sa vie sans que nul à Fontenay ne le sache jamais…

Fort heureusement pour elle, Marie n'eut pas à répondre à la question de son petit-fils, déjà absorbé par la séquence suivante qui le concernait directement.

— Regarde bien, là ! s'écria Maminou. C'est une des rares fois où ton père est devant la caméra.

Sur le gazon de Fontenay, un bambin à la démarche mal assurée faisait ses premiers pas, agrippé aux mains de son père comme à une bouée de sauvetage. Peu à peu, ses foulées devenaient plus sûres. À présent, il effleurait à peine les doigts de son tuteur, visiblement très fier. Ensuite, de plus en plus assuré, le bébé s'élança. Pour la première fois, il marchait sans l'aide de personne. Il titubait, vacillait, chancelait, tant son sens de l'équilibre était encore précaire. À chaque nouveau pas, on eût pu croire qu'il allait tomber. Son père, très ému, prenait garde qu'il ne se fasse pas mal…

— Déjà à cette époque, Charles était toujours derrière toi ! s'exclama Maminou, non sans arrière-pensées.

— Mouais…, souffla Alex, pensif.

— Il y a un lien sacré qui vous unit !

Alexandre ne dit rien. Il saisissait ce que sa grand-mère essayait de lui faire comprendre, même s'il aurait aimé qu'elle fasse de même avec Charles ! Mais grâce à ces images, une vision neuve, plus objective et beaucoup plus lucide aussi, s'offrait à lui aujourd'hui. Son père l'aimait. Sur le film qu'il venait de voir, Charles ne ressemblait en rien à ce bourreau autoritaire, intransigeant, froid et exigeant. Pour la première fois et de façon évidente, Alex découvrait un père attentionné, fier des progrès de son fils, exerçant une garde vigilante sur son évolution et prêt à lui donner le meilleur de lui-même. Cet homme montrait une telle tendresse… Ce qu'Alex avait toujours pris pour de la froideur à son égard n'était peut-être en réalité qu'une très grande pudeur vis-à-vis des sentiments. Maminou lui avait assez souvent laissé entendre que le père de Charles était dur, lui aussi.

— Merci, Maminou, se contenta de dire le jeune Lambert-Duval en l'embrassant. Message reçu.

Dans l'après-midi, une autre surprise attendait Alex dans le Salon ovale. C'est Anne-Sophie qui l'avait sorti du lit. Le convalescent eut un choc agréable en découvrant Julie.

— Je suis heureux de te voir, murmura-t-il avec un sourire radieux.

Anne-Sophie s'était discrètement éclipsée. Le jeune homme s'avança vers Julie, l'enlaça et, le plus naturellement du monde, l'embrassa.

— Alex ! s'enthousiasma Julie. Tu aurais dû tomber sur la tête plus tôt.

— Exact ! J'aurais dû me jeter à l'eau bien avant…

Ils s'installèrent sur un canapé. Julie lui rapporta comment, dès le lendemain de son accident, sa sœur l'avait avertie en personne. Bien sûr, au début, elle avait émis des réserves, se méfiant des intentions d'Anne-Sophie, surtout après ce que cette dernière lui avait dit lors du vernissage. Julie avait très vite découvert qu'elle lui avait menti en discutant à cœur ouvert avec Olivier. D'un commun accord, les deux jeunes filles avaient décidé de mettre un terme à leur rivalité.

— Je suis heureux, confia Alex, des étoiles plein les yeux.

— Moi aussi.

— Viens, j'aimerais te présenter Maminou. Tu vas voir, tu vas l'adorer !

Ce soir-là, Gabrielle quitta Lancié et accepta de se joindre au reste de la famille pour dîner à Fontenay. En l'absence de Stéphanie, retenue à l'extérieur pour un repas d'affaires, elle redoutait un peu de se retrouver face à Charles, qui ne manquerait pas de la harceler une fois de plus quant au devenir des parts de Laurent. Elle n'avait encore pris aucune décision.

Pourtant, contre toute attente, c'est elle qui aborda le sujet quand ils furent seuls.

— Je sais ce que tu veux, Charles. Je suis toute disposée à te signer la procuration, mais je veux connaître la vérité à propos de Laurent, tu n'as pas le droit de me la refuser.

— Tu ne sais pas les risques que tu cours en t'entêtant de cette manière, grogna son beau-frère.

— Est-ce une menace ?

— Non. Un avertissement, rien d'autre.

Charles se radoucit, jeta un œil par-dessus l'épaule de Gabrielle afin de s'assurer qu'ils étaient seuls et la fixa droit dans les yeux.

— Écoute, ce que je vais te dire ne te plaira pas, mais j'ai de bonnes raisons de penser que mon frère n'était sans doute pas celui que nous croyions. J'ai découvert récemment d'importantes malversations sur certains dossiers qu'il gérait personnellement. Des dossiers top secret auxquels lui seul avait accès. Tout porte à penser que Laurent détournait des fonds vers

Genève… Je tiens absolument à ce que l'affaire reste entre nous, tu comprends ?

Gabrielle dévisagea son beau-frère. Charles venait de se laisser aller à la confidence mais désirait protéger la mémoire de son frère… Un frère qui n'était néanmoins plus là pour se défendre. Gabrielle demeurait sceptique.

— Je me doutais bien que tu ne me croirais pas. Lis donc ça, tu en sauras davantage.

Il lui remit un dossier. Après un dernier regard dubitatif à son beau-frère, Gabrielle l'ouvrit. Il s'agissait d'un rapport d'enquête avec des sommes, des photocopies de réservations d'hôtel ainsi que des relevés de banque. Gabrielle n'avait guère besoin d'être une experte pour s'apercevoir que le compte de Laurent était anormalement gonflé.

— Je pense qu'il était l'objet d'un complot. Je le souhaite. Mais dans le doute, je préfère dissimuler ces preuves, je ne veux pas que l'on jette des ordures sur la tombe de mon frère…

Dans un bouchon de la rue Mercière, Stéphanie réglait les derniers détails de sa prochaine livraison de tableaux avec Alexis Mutier. Ce dernier avait à nouveau insisté pour que la belle galeriste accepte de dîner en sa compagnie.

Au fil du repas, le naturel et l'humour incisif de l'homme achevèrent de briser la glace. À tel point que Stéphanie laissa tomber une à une toutes les barrières professionnelles qu'elle s'imposait d'ordinaire. Après tout, il est parfois plus facile de se confier à un inconnu. Même si le risque est grand d'être pris à son propre piège.

Au moment du dessert, Mme Lambert-Duval voulut parler de Dimitri Korlinoff.

— Nous avons tout le temps, chère Stéphanie, murmura Alexis d'une voix chaude. N'êtes-vous pas bien comme ça ?

Stéphanie sentait la situation lui échapper. Mutier venait de lui saisir la main et ne semblait guère enclin à la relâcher. Sa raison l'incitait à se méfier de cet homme si charmant.

Alors qu'ils se promenaient sur les quais de Saône, Alexis se rapprocha d'elle.

— J'ai très envie de vous, Stéphanie, avoua-t-il en l'embrassant.

Elle se recula doucement et rétorqua, s'efforçant de conserver un ton badin :

— Moi aussi. Mais à l'heure qu'il est, je ne sais pas si c'est de vous ou de ce que vous m'apportez… Je crois qu'il serait préférable d'en rester là pour ce soir.

Anne-Sophie Lambert-Duval parvenait toujours à ses fins. Le jeu de la séduction n'avait aucun mystère pour elle, et elle en usait sans restriction. Les hommes étaient si faciles à manipuler ! En grandissant, elle s'aperçut que cet exercice pouvait se révéler dangereux et, surtout, ne laissait aucune prise aux sentiments. Elle aurait d'ailleurs pu le payer très cher avec Rodolphe… À la seule pensée de l'épisode du parking, elle eut des frissons dans le dos.

Aujourd'hui, avec Philippe Moraud, les choses étaient différentes. Pour la première fois, elle ne maîtrisait pas la situation. C'est elle qui se sentait dépendante, prête à ravaler sa fierté ou son amour-propre. Dès qu'elle ouvrait les yeux, elle ne songeait qu'à lui, toute la journée. La nuit, elle rêvait de leur prochaine rencontre. Chacune de ses pensées la poussait vers cet homme et elle pouvait passer d'un état d'euphorie à celui de déprime absolue en l'espace d'un battement de cœur. Anne-Sophie détestait cet état de soumission, haïssait ce comportement qu'elle jugeait servile, et son image de femme amoureuse lui donnait la nausée. Toutefois, elle devait bien admettre aussi qu'il était doux et agréable d'aimer quelqu'un.

Cette nuit-là, il lui était impossible de trouver le sommeil. Malgré le calme de Fontenay et la fatigue de ces derniers jours, elle ne parvenait pas à s'endormir et supportait difficilement la moiteur nocturne, qui en outre attisait ses désirs.

Brusquement, agacée, elle se leva d'un bond. Son esprit venait de lui souffler une idée un peu folle. Sur la pointe des pieds, elle quitta sa chambre, traversa le couloir, redoutant à chaque nouveau pas le grincement traître du parquet, puis se dirigea vers le garage. Elle monta à bord de son Alfa et tourna la clef de contact. Il était déjà trop tard pour reculer.

Elle se rendit jusqu'au domicile de son amant et, sûre de l'effet de surprise, laissa le cabriolet rouge derrière un bosquet près de l'entrée. Des éclairs de plus en plus menaçants déchiraient la nuit. Elle pressa le pas. Au fond du jardin, la longue maison paraissait dormir paisiblement. Pourtant, elle ne tarda pas à découvrir que Philippe Moraud n'était pas chez lui.

Tour à tour inquiète, déçue puis jalouse, Anne-Sophie s'imagina les scénarios les plus invraisemblables. Finalement, n'y tenant plus, elle prit l'excuse de l'orage et pénétra dans la maison par une fenêtre mal fermée. Elle fut rassurée en écoutant la messagerie du médecin : il avait été appelé d'urgence à l'hôpital deux heures plus tôt.

Sans plus attendre, la jeune fille promena sa curiosité de pièce en pièce. À sa grande satisfaction, elle ne vit aucune trace de présence féminine.

Dans le vaste séjour, la décoration était très masculine, sobre et relativement dépouillée. Seuls quelques objets, pour la plupart chinés partout sur la planète, donnaient à la demeure un aspect personnel. Anne-Sophie laissa courir ses doigts le long des meubles. Ce contact la rapprochait davantage, lui semblait-il, de celui qu'elle espérait voir entrer d'un instant à l'autre.

À l'extérieur, la pluie attendue depuis si longtemps rafraîchissait enfin l'atmosphère. La jeune femme se servit un verre puis se lova sur le canapé dans une pause alanguie. Elle se savait désirable. Mais cette nuit-là, elle exigerait beaucoup plus. Elle voulait lire la convoitise dans les yeux du propriétaire des lieux.

Une heure plus tard, les phares d'une voiture tirèrent Anne-Sophie de la somnolence à laquelle elle s'était laissée aller. Le moteur fut coupé et la porte d'entrée s'ouvrit bientôt.

— Salut, minauda-t-elle.

Ébouriffé et ruisselant, Moraud resta immobile et muet, à tel point qu'Anne-Sophie, mal à l'aise, crut bon de se justifier :

— J'ai été surprise par le mauvais temps.

Philippe ne répondit pas afin de masquer son irritation. Après la journée qu'il venait d'endurer, il ne souhaitait rien d'autre que prendre une bonne douche et se mettre au lit. Seul. Sans un mot ni même un regard pour la jeune fille, il se débarrassa de sa chemise trempée, frictionna ses mèches rebelles gorgées d'eau et s'affaira dans sa chambre comme si elle n'était pas là. Anne-Sophie eut l'intelligence de ne pas bouger jusqu'à son retour. Elle refusait l'idée de se voir éconduite.

Quand il apparut de nouveau avec pour seul vêtement une serviette-éponge nouée autour de la taille, elle s'avança près de lui. Avant qu'il n'ait le temps de protester, la jeune intruse lui mit un verre de bourbon entre les mains.

— Viens te reposer. Je suis sûre qu'un bon massage te fera le plus grand bien.

Philippe ne se sentait pas la force de la chasser. Il la contempla fixement. Une dangereuse lueur amoureuse se lisait dans les yeux de la jeune Lambert-Duval, tout comme une sordide détermination guidait ses moindres gestes. Elle faisait preuve de la même opiniâtreté qu'il avait pu constater, l'autre jour, chez Charles. L'idée de braver les interdits de cet homme qui lui avait parlé de manière odieuse l'excita. Finalement, le médecin se prêta de bonne grâce au jeu d'Anne-Sophie.

Dès les premières lueurs du jour, Lancié révéla l'éclat de ses couleurs. La pluie avait ranimé une nature que le soleil écrasant des dernières semaines avait grillée. La terre rougie semblait revivre, prête à donner de nouveau le meilleur d'elle-même aux arbres et aux vignes qui resplendissaient. Très tôt, le père Antoine était venu les contempler, se réjouissant de cette pluie bienfaisante. Avec cet été précoce, un ensoleillement forcé et l'arrosage naturel qui était venu à temps, son gamay serait certainement des plus gouleyants cette année.

Non loin de là, sous la treille, Gabrielle remuait machinalement un petit sachet de mousseline immergé dans l'eau de sa tasse. Elle laissa courir son regard sur les vignes. Au garde-à-vous devant chaque rangée, les rosiers en faction ornaient leur uniforme d'éclatants boutons de velours.

Pourtant, ni les vertus thérapeutiques du thé vert ni même le charme fécond du paysage ne parvenaient à calmer son trouble. Plus les jours passaient, plus elle était agitée, rongée par un mal étrange, un curieux mélange de colère, d'abattement et de peine. Depuis la disparition de Laurent, l'accident du père Antoine puis celui d'Alex, son quotidien lui pesait. Bizarrement, Gabrielle tenait le coup, pour Tristan, bien sûr, mais aussi à cause de cette question qui la taraudait et l'empêchait de dormir : qui étaient réellement les frères Lambert-Duval ? Gabrielle avait de plus en plus l'impression de n'être qu'un pion sur un jeu d'échecs, que les adversaires se permettaient de déplacer selon leur humeur. Cette perspective la révoltait.

Elle songea au conseil du père Antoine. La veille, il lui avait dit d'aller voir Paul Cassan. Elle se décida donc à se rendre à la banque, elle en profiterait pour faire quelques emplettes, afin de se changer les idées.

Au moment où Gabrielle finissait de s'habiller, elle entendit un moteur dans la cour de Lancié. Elle jeta un coup d'œil par la fenêtre pour découvrir Paul Cassan.

— Je viens me faire offrir un café ! lança-t-il en l'apercevant.

Gabrielle se mit à rire et lui expliqua qu'elle s'apprêtait à aller le voir.

— Nous sommes sur la même longueur d'onde, on dirait ! fit Cassan en riant à son tour.

Tous deux prirent place autour de la table et Gabrielle prépara du café. Après que chacun eut pris des nouvelles de l'autre, la jeune femme rapporta à Paul les confidences de son beau-frère au sujet de Laurent. Son interlocuteur parut amusé.

— Ce bon vieux Charles… Il ne changera jamais ! Toujours persuadé que le monde entier complote dans son dos. La position des labos suscite la convoitise, c'est vrai, et nous pouvons être la proie de raiders, ces spécialistes des coups d'éclat en Bourse, mais il ne faut pas dramatiser. Personne n'est dépossédé comme ça du jour au lendemain ! Il te mène en bateau.

— Pourquoi ferait-il une chose pareille ?

Paul sourit de la naïveté de son amie.

— Tu ne connais pas bien Charles Lambert-Duval, je vois.

— Non. Pas du tout même…

— Sous ses dehors de brillant homme d'affaires à qui tout réussit se cachent en réalité de véritables failles, des carences énormes liées à sa mauvaise gestion, ses choix stratégiques peu ambitieux ainsi que…

Cassan hésita et s'interrompit, presque gêné.

— Quoi ? insista Gabrielle dont la curiosité était piquée au vif.

— Ce que je vais te dire maintenant doit rester entre nous, reprit-il après s'être assuré que personne ne les écoutait. Je crois Charles responsable d'un gigantesque détournement de fonds à son profit. Bien sûr, il a dû te dire qu'il voulait sauvegarder la mémoire de Laurent, n'est-ce pas ?

— C'est exactement ça, reconnut Gabrielle de plus en plus étonnée.

— Qu'est-ce que je te disais ? Je le connais par cœur. Si tu veux un bon conseil, ne te laisse pas endormir par ses grands couplets sur la famille. Il se sert de toi et sait qu'il t'impressionne.

— Ça se voit tant que ça ?

— Rassure-toi, tu n'es pas la seule. Il a essayé de me jouer cet air-là, au début où nous nous connaissions. Mais quand il a eu besoin des capitaux de ma banque, là, Charles Lambert-Duval a bien dû ravaler certaines de ses prétentions…

Gabrielle passa le reste de la journée à ressasser sa conversation avec Paul. Les conclusions de son ami s'accordaient assez bien avec ses propres recoupements. Heureusement qu'il était là, il l'épaulait et elle se sentait plus forte.

Songeuse, elle laissa courir sa main sur la couverture noire du calepin qui ne la quittait plus depuis quelques jours. Elle le feuilleta une fois de plus, sans qu'aucun nouveau détail ne l'interpelle. Elle finissait par le connaître par cœur, avec ses annotations et ses trois pages déchirées au mois d'avril.

Cette semaine encore, Gabrielle avait mis toute son énergie à retracer l'emploi du temps précis de Laurent juste avant sa mort, rendez-vous par rendez-vous, endroit par endroit. Elle avait ainsi découvert des lieux dont, pour certains, elle n'avait jamais entendu parler.

De Fourvière, la colline qui prie, à la Croix-Rousse, celle qui travaille, elle avait battu le pavé, prenant plaisir à découvrir des quartiers très divers de cette cité de Lyon à laquelle elle n'avait jamais prêté autant d'attention. Aussi complexe et tortueuse qu'un secret de famille, sans véritable centre-ville, Lyon offrait une richesse de plus de deux mille ans d'histoire. Pour la première fois, Gabrielle la voyait sous un autre angle.

Derrière les nobles façades dressées en bordure de larges avenues, elle s'engouffra dans de nombreux passages dérobés, des traboules méandreuses, visitant en quelque sorte une autre ville dans la ville, invisible pour un simple étranger de passage.

Héritage florentin ou souveraineté ? De tout temps, Lyon avait revendiqué son statut de capitale des Gaules. Les boulevards haussmanniens prenaient tout leur sens quand on savait qu'ils préservaient en fait la tranquillité des chemins de traverse.

Cependant, malgré ses pérégrinations, Gabrielle ne put rien apprendre concernant Laurent ni cette mystérieuse Marion.

Sur le calepin, certaines indications demeuraient indéchiffrables, comme ces deux lettres en date du 18, la veille de la tragédie. Laurent devait apparemment rencontrer un certain K. Z. à Genève. Qui était K. Z. ? Une société ? Une personne ? Femme ou homme ? Sans aucune piste, Gabrielle ne voyait pas l'utilité de se rendre là-bas. Le seul fil, pour le moins ténu, qu'elle avait était donc Miss Marion. Si elle ne l'avait pas aperçue lors de l'enterrement, Gabrielle aurait été prête à croire qu'elle n'existait pas.

Pourtant, quelques kilomètres plus bas en descendant le cours de la Saône, Marion Chavane se terrait depuis des semaines, la peur au ventre. Elle craignait pour sa vie à cause de ses précieuses petites fiches. Ces fiches qui lui avaient permis de gravir les échelons du pouvoir à une vitesse fulgurante. Aujourd'hui, cette cargaison de nitroglycérine risquait de lui exploser en pleine figure.

Bien sûr, elle pouvait les détruire. Les brûler. Mais le danger n'en serait pas pour autant écarté ; il était de notoriété publique que Miss Marion notait tout sur des fiches et, de ce fait, qu'elle était au courant de tout.

Parfois, elle se souvenait avec nostalgie de ses débuts, de l'ambition qui l'animait alors. Du fond de sa Drôme natale, la capitale des Gaules brillait à ses yeux d'un éclat magique tout en restant accessible et humaine. Marion rêvait de conquérir cette ville. Ce serait une première étape, histoire de se faire la main et des relations.

Lyon la lumineuse, la fière, l'insoumise, terre d'esprit, de technique et de cœur, haut lieu de la gastronomie, berceau du cinéma et de la soie, vivier de la recherche. Quand elle s'y était installée, Marion était bien loin de s'imaginer que cette même ville la prédestinait à devenir son ministre des plaisirs coquins !

Ici, les décideurs ne manquaient pas. Leur club, très fermé, régnait en secret. Rien à voir avec le clinquant d'une jet-set parisienne. En tant qu'attachée de presse, elle comptait se faire admettre par ces leaders d'opinion. Elle avait travaillé dur pour se faire un nom, mais aucun ne lui avait accordé sa confiance, jusqu'au jour où elle organisa un événement sportif pour le compte d'une fondation. Il s'agissait d'un tournoi de tennis et de golf. Politiques, écrivains et toques blanches se pressèrent pour participer à cet événement mondain qui eut lieu juste avant l'été. Marion misait beaucoup sur cette manifestation, véritable coup d'envoi de sa carrière. Elle échangea de nombreuses cartes et c'est à cette période qu'elle commença à se constituer des fiches. Qui mange quoi, l'âge des enfants, les habitudes professionnelles et personnelles… La moindre rumeur y trouvait sa place.

Mais, en 1993, la crise avait frappé de plein fouet les métiers de la communication, et Marion s'était retrouvée à la case départ. Chanceuse, la jeune femme ambitieuse vit une nouvelle opportunité se présenter à elle. Rien de bien exceptionnel, on lui demandait d'organiser le séjour d'investisseurs néo-zélandais pour le compte d'une société. Bien sûr, elle avait sauté sur l'occasion et planifié un emploi du temps coloré propre à satisfaire le plus blasé de ces hommes. Son client lui avait suggéré à mots couverts de ne pas hésiter à les « combler d'attentions »…

Le séjour se déroula à merveille. Les investisseurs ne tarirent pas d'éloges sur cette Miss Marion qui, décidément, pensait à tout. Dès lors, le message passa et Marion Chavane fut recherchée pour la qualité de ses petites fiches…

À présent, elle avait peur. Surtout depuis l'incident survenu quelques mois plus tôt. C'est là que Marion avait pris conscience d'une chose effrayante : le pouvoir de ses clients n'avait aucune limite. Leur plaisir, les moyens de l'assouvir ainsi que leurs méthodes radicales pour étouffer dans l'œuf la moindre rumeur lui glaçaient les sangs. Ces gens sans aucun scrupule, dénués de tout sentiment, disposaient des vies comme elle de ses fiches. En déchirer une, voire deux, était somme toute assez simple…

Dans un premier temps, ces hommes haut placés gardèrent confiance en elle. Leurs secrets étaient préservés. Or, à leur grande surprise, Miss Marion eut une crise de conscience. Elle osa même se montrer au grand jour, lors de l'enterrement de Laurent Lambert-Duval !

Moins de deux jours plus tard, Marion comprit qu'elle venait de rompre le pacte du silence. Son appartement avait été dévasté, son chien, tué… L'avertissement était clair. Elle était désormais finie dans cette ville.

Ce matin-là, Gabrielle ne se doutait pas que le hasard allait lui donner un coup de pouce. Après ses quelques directives à Rodolphe, histoire de vérifier une dernière fois l'état des cuves pour la prochaine vendange et faire l'inventaire des fournitures manquantes, elle se rendit au siège des laboratoires.

L'imminence du conseil d'administration du groupe Lambert-Duval l'inquiétait. Elle devrait prendre une position franche. Mais, pour cela, elle voulait consulter les dossiers de Laurent. Elle espérait secrètement trouver des réponses à ses questions dans les affaires de son défunt mari. Mais, là encore, elle fut déçue.

Lors du trajet de retour à Lancié, et face aux habituels embouteillages du quai Jules-Courmont sur le Rhône, Gabrielle préféra changer de parcours et longer la Saône. La Mini s'engagea rue Sala, au sud de la place Bellecour, traversa la Presqu'île, gagna le quai Tilsitt, passa le pont Kitchener, puis remonta la rive droite par Fulchiron. Arrivée à l'angle du pont Bonaparte, Gabrielle l'aperçut soudain. Là, sur sa gauche, se tenait la femme qu'elle recherchait depuis des semaines ! Elle aurait reconnu son visage entre mille. Depuis l'enterrement, pas une journée ne s'était écoulée sans qu'elle revoie le regard que l'inconnue lui avait adressé.

Sans réfléchir plus longtemps, elle pila pour mieux la voir. Juste derrière elle, un taxi stoppa in extremis à quelques centimètres du pare-chocs de sa petite voiture anglaise. Le conducteur, visiblement courroucé, klaxonna et gesticula en tous sens. Uniquement préoccupée de traverser le flot de voitures, Gabrielle ne lui prêta aucune attention.

La femme longeait les murs. À l'abri derrière de larges lunettes noires, elle pressait le pas, à l'instar des créatures de la nuit que la lumière agresse. Mais Marion, bien plus que le jour, fuyait la mort. Un appel anonyme venait de la mettre en garde. Elle avait décidé qu'il valait mieux lever le camp, et le plus tôt possible.

Au moment où Gabrielle la vit, Marion revenait de la banque où elle avait fermé son compte, sans aucune explication, aucun transfert, pour laisser le moins de traces possible. Elle voulait à présent rentrer au plus vite chez elle, boucler ses valises et partir loin.

Juste en face, crispée sur le volant, Gabrielle scrutait les quais. La femme semblait s'être évaporée. Peut-être avait-elle pris le funiculaire ? Dans ce cas, elle pourrait la retrouver au sommet de la colline, à Fourvière. Le cœur battant, la jeune femme accéléra brutalement sur les pavés du parvis de la Primatiale[1].

Au même moment, à l'angle de la place, Marion prit sur la gauche, rue Tramassac. Elle marchait vite, tête baissée. Quelques enjambées plus loin, deux immeubles Renaissance témoins de l'apogée du quartier[2] étranglaient la rue de part et d'autre. À cet endroit, elle serait moins exposée. Elle pressa le pas, traversa la dernière ruelle et s'arrêta net en entendant un crissement de pneus. La voiture de Gabrielle venait de lui

1. Il s'agit de la primatiale Saint-Jean, construite au pied de Fourvière entre 1180 et 1480. C'est là que fut célébré en 1600 le mariage de Marie de Médicis et Henri IV.

2. Au XVIe siècle, riche de quatre grandes foires annuelles, Lyon, surtout le quartier Saint-Jean, était extrêmement prospère. Les influences florentine et génoise sont particulièrement présentes rue Saint-Jean et rue du Bœuf. Il s'agit là du plus important ensemble Renaissance d'Europe, inscrit aujourd'hui par l'Unesco au Patrimoine mondial de l'humanité.

barrer la route. Marion demeura immobile, partagée entre le désir de fuir ou celui de tout révéler, enfin. Gabrielle sortit et fit quelques pas dans sa direction. Les deux femmes se dévisagèrent en silence.

— Pas ici ! chuchota Marion quelques secondes plus tard en lançant des regards effrayés autour d'elle.

— Pourquoi ?

— Faites-moi confiance. Nous courons un grand danger si on nous voit ensemble !

— Ah oui ? Alors pourquoi étiez-vous à l'enterrement de mon mari ?

— J'ai commis là ma plus grosse erreur.

Tout à coup, Marion devint blême.

— Qu'y a-t-il ? s'inquiéta Gabrielle que la fébrilité de son interlocutrice commençait à gagner.

— À quatre heures, murmura Miss Marion, île du Souvenir. Au parc de la Tête-d'Or. Venez seule, vous saurez tout.

Sur ces mots, la femme se retourna et disparut.

Gabrielle jeta un coup d'œil autour d'elle, se demandant ce qui avait bien pu l'épouvanter, mais la ruelle était déserte, à part un gros 4 × 4 qui, lentement, descendait rue de la Bombarde.

Pendant ce temps, au siège du groupe Lambert-Duval, les bruits de couloirs allaient bon train. Avec tous les déplorables imprévus qui arrivaient à son patron, Frank Clavers n'avait plus guère de temps à lui et ses dossiers s'entassaient. Le conseil d'administration que la naïve Gabrielle voulait réunir était un stress supplémentaire.

Frank ne parvint au bureau qu'aux alentours de dix heures trente, après deux rendez-vous extérieurs particulièrement difficiles avec des actionnaires qu'il voulait s'attacher en prévision du vote. Il éplucha le courrier du jour, examina les affaires courantes d'un œil distrait et consulta son agenda. Aujourd'hui encore, il risquait de terminer très tard.

À l'instant où il allait entasser quelques chemises dans son attaché-case, son attention fut attirée par un pli glissé dans l'une d'elles. Il ouvrit l'enveloppe, des photos de Stamidrol en tombèrent. Un mot les accompagnait :

Si ces clichés évoquent quelque chose pour vous, vous serez sûrement très intéressé par les informations que je suis prêt à vendre. Je prendrai contact avec vous dans les jours à venir.

Frank pâlit et dut s'asseoir un instant pour recouvrer ses esprits. Au bout de quelques minutes, il sortait de son bureau d'un pas décidé et lança à sa secrétaire :

— Je suis absent pour le reste de la matinée et je ne suis pas joignable.

À quatre heures moins le quart très précises, Gabrielle se garait devant l'entrée principale du parc de la Tête-d'Or. Elle allait enfin savoir ! Depuis sa rencontre inespérée avec Miss Marion, elle comptait chaque minute avec impatience. Elle avait relaté l'épisode à Paul, qui lui avait proposé de l'accompagner si elle ne se sentait pas la force d'y aller seule mais elle avait préféré refuser. À présent, la crainte de ce qu'elle allait apprendre la clouait sur le siège de sa voiture. Dans quelques secondes, les dés seraient jetés et la vérité lui réservait peut-être d'autres douleurs. Le regard perdu sur les arabesques dorées de l'imposante grille du parc, elle cherchait dans les volutes de Meysson et Bernard[1] des armes et du courage pour affronter cette rencontre.

Gabrielle sortit de l'Austin en respirant à pleins poumons. Le cœur battant, elle s'avança vers l'imposant portail qui la happa aussitôt.

La Centauresse et le Faune[2] restèrent insensibles aux tourments qui l'habitaient quand elle traversa l'allée du lac. À cette heure de la journée, le cadre idyllique d'une campagne pour ceux qui n'en ont pas, selon la formule du préfet fondateur Vaïsse, révélait lentement ses charmes sous une lumière dorée que filtraient les grands arbres.

Non loin de là, sur l'une des pelouses parfaitement entretenues, flottait encore le souvenir des premiers essais des frères Montgolfier. Dans son théâtre de bois brun, Guignol déclamait ses tirades aux enfants réjouis et, de toutes parts, promeneurs, cyclistes, amateurs de rollers, jeunes ou moins jeunes, envahissaient les allées principales.

En avance de dix bonnes minutes, Gabrielle était en proie à une inquiétude grandissante. Sur sa droite, elle vit apparaître l'entrée du souterrain conduisant à l'île aux Cygnes et y dirigea ses pas.

1. Entre 1900 et 1902, le premier dessina, le second réalisa la grille monumentale des « Enfants du Rhône » dans un style XVIIIe siècle. Ce nom, qui est aussi celui de l'entrée principale, provient de la sculpture de Pagny (1887) située à sa droite, place Leclerc.

2. Bronze de Courtet datant de 1849.

Machinalement, elle se retourna pour s'assurer que personne ne la suivait. Miss Marion lui avait paru tellement paniquée tout à l'heure que Gabrielle ne tenait pas à l'effaroucher. Étrangement calme et confiante tout à coup, elle descendit la volée de marches. Seul l'écho de ses pas l'accompagnait dans ce tunnel guère engageant.

Gabrielle fit le tour de cet endroit peu fréquenté où elle n'avait même jamais mis les pieds. Au centre de l'île, à l'écart, le monument aux morts dissimulé derrière un rideau d'arbres feuillus était l'endroit idéal pour un rendez-vous discret, quoique l'idée lui semblât assez macabre. Les passagers des rares embarcations tout comme les cygnes ne lui prêtaient aucune attention.

Un moment interminable s'écoula. Gabrielle tournait autour du mémorial de marbre gris né de l'imagination de Tony Garnier. Les dix premiers noms au tableau des victimes lui étaient désormais presque familiers. Soudain, la voix de Marion se fit entendre dans son dos.

— Madame Lambert-Duval ?

Gabrielle tressaillit puis se retourna. Miss Marion, cette femme à la réputation si sulfureuse, ne correspondait pas à l'image que s'en était faite Gabrielle. Très menue, son teint d'une blancheur aristocratique accentuait des traits fins et gracieux, et sa belle chevelure aux reflets cuivrés encadrait un visage à l'ovale parfait. D'un geste délicat, elle ôta ses larges lunettes noires, dévoilant son regard azur.

— Avant toute chose, je tiens à vous dire que votre mari était un homme bien.

Gabrielle ressentit une première pression à l'estomac.

— C'était un homme loyal et droit, une sorte de justicier des Temps modernes, ajouta-t-elle avec un sourire.

Gabrielle sentit s'évaporer toute la pression contenue depuis des semaines. Avant de ne plus en avoir le courage, car elle ressentait maintenant une espèce de sympathie envers cette femme, elle osa demander :

— Avez-vous eu une liaison avec mon mari ?

— Non ! s'indigna Marion, bien sûr que non ! Ce n'était pas du tout son genre.

Elle se radoucit et poursuivit presque avec tendresse :

— Il vous aimait plus que tout, c'était visible. Et croyez-moi, ce comportement est assez rare pour que l'on s'en souvienne…

D'insoutenables larmes se mirent à perler le long des pommettes de Gabrielle. Avec beaucoup de dignité, sans un mot, elle écouta le récit de Miss Marion.

Celle-ci lui apprit que Laurent soupçonnait un des cadres du groupe Lambert-Duval d'être impliqué dans une gigantesque machination visant à détruire les forces vives de l'entreprise. Sans entrer dans les détails, il lui avait confié qu'un chantage servait certainement de moyen de pression.

— C'est là que nos chemins se sont croisés, expliqua Miss Marion. Le rôle qui m'a été dévolu dans cette ville ne m'a jamais plu, je l'ai accepté par facilité et je le regrette. À un poste comme le mien, on ne dispose pas de sa liberté d'action et il n'est pas aisé de prendre sa retraite… J'en avais assez, mais je ne savais pas comment faire pour échapper à cette vie. L'enquête de votre mari l'a conduit jusqu'à moi. J'ai tout d'abord refusé de le rencontrer, je ne tenais pas à ce qu'on me peigne la mention « balance » sur le dos, mais il a insisté et j'ai immédiatement eu confiance en lui.

— Que voulait-il ? hasarda Gabrielle.

— Il pensait avoir une piste, mais je ne voyais pas comment l'aider. Ensuite, tout s'est emballé à la suite de l'incident…

— Quel incident ?

Marion esquissa un sourire triste. Elle leva un regard lourd et sincère vers Gabrielle.

— On m'a demandé d'organiser une soirée très privée, vous voyez ce que je veux dire…, fit-elle, un peu embarrassée. Ce genre de réunions se déroulent en général à l'extérieur de la ville. Je connaissais la plupart des participants, au moins de nom. Mais là, quelque chose ne me plaisait pas : l'un d'entre eux voulait absolument inviter des « éléments-surprises ». Par précaution, j'ai placé une petite caméra dans le décor. Au cours de la soirée, les choses ont mal tourné et une jeune fille est morte. La scène est gravée sur la bande vidéo.

Elle s'interrompit un bref instant, baissa les yeux avant de poursuivre d'une voix blanche :

— Les jours suivants, je ne pouvais plus me regarder en face. Alors j'ai décidé de conjurer le mauvais sort et ai repris contact avec votre mari. Il m'avait promis de tout mettre en œuvre pour que je me sorte de ce bourbier en échange des preuves que je possédais. Nous nous sommes mis d'accord pour effectuer une transaction après son voyage à Genève qui devait l'éclairer sur les éléments de l'affaire qui l'inquiétait. Mais il n'est jamais revenu…

— Je vois… C'est là que vous avez tenté d'entrer en contact avec moi ?

— Exactement. Mais je dois dire que ce n'était pas la meilleure idée que j'aie eue.

— Pourquoi n'avez-vous jamais réessayé de me voir ?

— Je l'ai fait. C'est moi qui ai laissé le mot sur votre pare-brise.

— Pourquoi ne pas m'avoir parlé ce jour-là ?

— Une voiture me suivait, je ne tenais pas à vous mettre en danger. Pourtant, j'ai confirmé leurs soupçons.

— Les soupçons de qui ?

Marion parut soudain très embarrassée. Elle se dandinait d'une jambe sur l'autre, hésitant à répondre.

— Si c'est de l'argent que vous voulez…, tenta naïvement Gabrielle.

— Non, la coupa Marion, plus maintenant. Cette histoire est allée beaucoup trop loin, la seule chose que je souhaite désormais, c'est que justice soit rendue. En souvenir de cette jeune fille, et de votre mari.

Elle fixa Gabrielle droit dans les yeux.

— Prenez garde, ils ne reculeront devant rien.

— Qui, « ils » ?

Miss Marion jeta un furtif coup d'œil à sa montre et sembla s'agiter.

— Ceux qui sont derrière toute cette affaire… Je connais assez cette ville pour vous dire que politique, justice, finance et industrie partagent la même couche. Vous aurez des preuves de ce que j'avance. Dès ce soir. Retrouvez-moi à vingt-deux heures, au bas de la montée du Gourguillon.

Puis, pour signifier que leur entretien était terminé, Marion lui tourna le dos et s'en fut.

Soulagée d'avoir enfin pu parler à la veuve de Laurent, elle n'avait qu'une hâte, se débarrasser au plus vite de la vidéo, puis quitter Lyon. Plus elle mettrait de distance entre son ancienne vie et elle, mieux elle se porterait. Elle regagna prestement la rive droite de la Saône, toujours aux aguets. Elle en profita pour garer sa voiture de location stationnée sur le quai près de chez elle, devant sa porte d'entrée. Personne ne semblait être sur ses traces, la chance allait peut-être lui sourire. Fébrile, elle enfonça la clef dans sa serrure, tourna. La lourde porte blindée s'ouvrit. Elle empoigna les deux sacs de voyage et se dirigea dans la pénombre vers son dressing pour récupérer ses dernières affaires.

— Tu m'as l'air bien pressée, dis-moi ? lança une voix familière dans son dos.

Un rond de lumière se dessina brusquement près de la table de nuit. Marion fit volte-face et laissa choir ses sacs.

De son côté, Gabrielle resta assise un bon moment sur les marches tièdes de l'île aux Cygnes. À présent qu'elle était rassurée sur les agissements de Laurent, elle se sentait plus lasse que réellement bouleversée. Ce que lui avait révélé Miss Marion était exactement ce qu'elle avait souhaité entendre au fond d'elle-même. Bien sûr, elle aurait pu douter de la bonne foi de Marion, mais son intuition lui soufflait qu'elle pouvait faire confiance à cette femme apeurée. Même si elle était impatiente de connaître la suite, elle avait appris l'essentiel : Laurent était bien l'homme fidèle, intègre et idéaliste qu'elle avait épousé.

Maintenant que sa rage était retombée, Gabrielle s'en voulait d'avoir douté du père de son enfant. Peut-être qu'il saurait la pardonner si elle parvenait à élucider les raisons de sa mort…

Les derniers rayons du soleil se retirèrent bientôt avec déférence derrière Fourvière. À cette heure, le turbulent quartier Saint-Jean s'apprêtait à accueillir aux terrasses de ses restaurants touristes et habitués avant de les inviter, plus tard, dans l'ambiance feutrée de ses clubs de nuit.

À l'autre extrémité plus résidentielle de la ville, Saint-Georges dormait déjà. Il n'était pourtant que vingt-deux heures quand la Mini de Gabrielle se gara juste devant la cathédrale. Gabrielle grimpa quelques mètres de la montée du Gourguillon, jusqu'à l'endroit où cette voie dessine un coude. Là, une animation toute particulière attira son attention. Guidée par un étrange pressentiment, Gabrielle s'avança vers le fourgon des pompiers immobilisé en plein milieu de la chaussée. Elle fut très vite saisie par une âpre odeur de brûlé qui s'échappait d'un appartement. Quand elle parvint à la hauteur du véhicule, elle distingua deux ambulanciers tenant un brancard.

— Que se passe-t-il ? demanda-t-elle la gorge sèche à l'un d'eux.

— Rien, m'dame, rentrez chez vous, s'il vous plaît, répliqua l'homme en prenant soin de bien dissimuler le visage sous le drap.

— C'est… Marion ?…, fit Gabrielle en criant presque. Je suis une amie, j'avais rendez-vous avec elle…

L'homme marqua un temps avant de confirmer ses craintes.

— Je suis désolé pour vous, m'dame, mais elle vient de mourir dans l'incendie de sa maison. Un court-circuit, apparemment.

LIVRE TROISIÈME

Juin se mourait dans d'accablantes fièvres, et il n'y avait guère d'espoir que juillet se montre plus clément envers Dame Nature. Au sommet de sa colline, entre le royaume verdoyant des vignes de Lancié et les pâturages gourmands, Fontenay résistait tant bien que mal aux assauts de chaleur de cette fin de journée. Calfeutrées derrière les persiennes closes, les pièces conservaient jalousement la fraîcheur. Malgré cela, les esprits s'échauffaient ; les conflits fermentaient.

Gabrielle poussa la porte du vaste hall, le feu aux joues. Elle aurait voulu hurler sa colère, son indignation. Le sort s'acharnait contre elle et la détournait chaque fois de la vérité. Comme par magie, les preuves s'évanouissaient, les témoins disparaissaient. Gabrielle n'était pas dupe, il ne s'agissait pas de simples coïncidences. Elle en avait assez de ce jeu de masques.

À présent, il ne faisait plus aucun doute que Marion avait été sincère. La pauvre avait payé de sa vie ses révélations. Gabrielle ne croyait pas à la cause officielle du décès, la femme avec qui elle avait parlé le matin même souhaitait s'amender et craignait pour ses jours. Gabrielle était désormais convaincue que Laurent avait bel et bien été assassiné, pour les mêmes raisons, voire par les mêmes individus. Son mari était sur le point de mettre au jour un important trafic au sein du groupe, dont l'instigateur, selon les confidences de Miss Marion, ne s'arrêterait pas à un simple meurtre. Malheureusement, la jeune femme ne pouvait désormais plus se procurer de preuves… Qu'importe, cette fois, elle était fermement résolue à obtenir des réponses, à commencer de Charles. Pourquoi ces mensonges ? Son explication rocambolesque au sujet des malversations de Laurent n'était pas crédible.

— Y a-t-il quelqu'un ? lança-t-elle en pénétrant dans le hall de Fontenay.

Personne ne répondit. La vieille demeure semblait désespérément vide. Marie devait être dans son atelier, Alexandre avec Julie ou en train de répéter, Stéphanie dans sa galerie, Marthe était retournée chez elle… Quant à Charles, il était fatalement dans son bureau glacial du siège de Lambert-Duval. Gabrielle eut des frissons en l'imaginant. Dans le grand salon plongé dans l'obscurité, seul un rai de lumière filtrait jusque sur le panneau d'ébène d'un cabinet Louis XVI. Les ornements de cette réalisation, attribuée à Weisweiler, représentaient avec grâce la silhouette antique d'une noble caryatide, délicatement soulignée d'un vernis désormais craquelé. Le regard de Gabrielle se posa sur le médaillon qui lui apparaissait être celui d'Athéna rendant la justice.

— Il y a quelqu'un ? s'écria-t-elle plus fort.

Elle n'obtint pas plus de réponse. Elle traversa l'enfilade de pièces endormies que perturbait seul le grincement du parquet sous ses pas. Des odeurs d'encaustique se mêlaient à de subtils effluves de lavande.

Avant de gagner l'étage, Gabrielle poussa la porte du bureau de Charles, déserté lui aussi. Là, le filet de lumière s'immisçait à travers les persiennes closes sur toute la largeur de la pièce. Une main sur le bouton de la porte, Gabrielle suivit des yeux cette trajectoire lumineuse, parfaitement rectiligne, qui s'arrêtait dans l'âtre. Dans la cheminée, d'où s'élevaient encore quelques volutes de fumée bleue, volaient de fines particules. Intriguée, la jeune femme se rapprocha et découvrit les restes d'une flambée.

Elle fut d'abord surprise qu'on puisse faire un feu par une telle chaleur mais, quand elle s'agenouilla, son attention fut immédiatement attirée par un document à demi enfoui sous les cendres incandescentes. Gabrielle le retira prestement à l'aide de la longue pince en laiton. La poussière blanche tomba et dévoila une chemise rouge portant la mention manuscrite *CONFIDENTIEL*. Elle n'eut aucun mal à reconnaître l'écriture de Laurent.

Par chance, le rapport avait été épargné. Les feuillets, roussis aux angles, ne s'étaient pas entièrement consumés et restaient parfaitement lisibles. Impatiente, Gabrielle s'assit sur l'accoudoir du chesterfield pour examiner sa trouvaille. Sur la page de garde, le titre donnait le ton du contenu : *Audit de la division export*.

Une foule de graphiques, chiffres, données statistiques et recommandations suivaient. Elle feuilleta l'ensemble, sans vraiment tout comprendre, mais persuadée de tenir entre les mains une pièce à conviction essentielle. La conclusion, en revanche, capta aussitôt son attention.

— Charles, j'étais certaine que tu mentais, souffla-t-elle, l'air pensif.

Gabrielle décrocha le téléphone tout proche et composa un numéro.

— Je voudrais parler à Maude Dormeuil. Non, ça ne fait rien. Je la rappellerai dans un moment. Savez-vous si elle doit repasser par le bureau ? Bien, je vous remercie.

Sans plus attendre, Gabrielle rassembla les feuillets à la hâte et regagna sa voiture garée devant la grille. Là, les doigts sur la clef de contact, elle se figea. Sur la droite, par la porte du garage grande ouverte, elle venait d'apercevoir la masse sombre du 4 × 4 de Charles. Soudain, la scène de sa première rencontre avec Marion, le matin même, lui revint en mémoire. Juste avant de s'éclipser, Miss Marion lui avait donné rendez-vous au parc. Gabrielle se souvint alors de l'expression de panique qui avait envahi le visage de son interlocutrice. Quand Gabrielle s'était retournée, elle n'avait rien vu, sauf… ce même 4 × 4 qui, lentement, descendait la rue de la Bombarde.

Dès que la Mini de sa tante se fut éloignée, Anne-Sophie sut qu'elle devait agir. Plongée dans un bain avec un walkman sur les oreilles, elle n'avait pas entendu les appels de Gabrielle. Se croyant seule, elle avait été très étonnée de l'apercevoir sortir précipitamment du bureau de son père, un dossier sous le bras. Sur la pointe des pieds, elle avait suivi Gabrielle jusqu'à sa voiture. Sa tante avait cette drôle d'expression déterminée qui ne lui disait rien qui vaille. Et, bien qu'Anne-Sophie ait découvert Gabrielle sous un autre jour lors de l'accident d'Alex, la loyauté de la fille irait toujours à son père.

Dans le bureau de Charles, Anne-Sophie remarqua quelques traces de cendres sur l'accoudoir en cuir du fauteuil. Dans la cheminée, des documents avaient visiblement été brûlés et, si tel était le cas, c'était qu'une bonne raison incitait Charles à agir ainsi.

L'intuition de la jeune fille l'invita à la plus grande diligence, compte tenu de l'avance de Gabrielle. Elle sauta dans une robe parme, très courte, et se rendit directement au siège du groupe Lambert-Duval, quai Augagneur.

— Je dois voir mon père immédiatement ! lança-t-elle à la secrétaire visiblement disposée à ne pas la laisser entrer. C'est très important ! martela-t-elle.

— Je regrette, mademoiselle, s'insurgea la femme au tailleur strict, mais votre père est en vidéoconférence et ne peut être dérangé sous aucun prétexte. Ses ordres sont formels.

— Vous pensez qu'il en a encore pour longtemps ?

— Non, je ne crois pas. Si vous voulez bien l'attendre en salle de réunion, je ne manquerai pas de l'informer de votre présence dès qu'il aura terminé.

Anne-Sophie se résigna et s'engagea dans le corridor. À mi-distance, elle perçut la voix de Frank. Quitte à tuer le temps, autant le faire en compagnie, songea-t-elle. Elle se rapprocha de la porte entrouverte.

— Il me semble avoir été très clair ! criait Clavers, qui était apparemment en ligne. Combien voulez-vous de plus ?

Anne-Sophie n'osa entrer et préféra se montrer discrète. Elle jeta un œil derrière elle. La secrétaire de son père venant de pénétrer dans le réfectoire, un paquet de cigarettes à la main, elle pouvait laisser traîner ses oreilles librement. À présent, Clavers poursuivait à voix basse. Ses inflexions n'en demeuraient pas moins fermes.

— Qu'est-ce qui me garantit que vous ne me ferez plus chanter ? Je vois… Où voulez-vous que l'on se retrouve ?

Anne-Sophie le vit alors griffonner une adresse. Il raccrocha puis déchira la feuille de papier avant de saisir ses affaires pour quitter les lieux. La jeune fille eut juste le temps de sauter derrière une énorme plante. Quelques secondes plus tard, quand l'ascenseur se referma sur Clavers, elle se coula dans son bureau, fondit sur le bloc-notes laissé à côté du téléphone, se saisit d'un crayon à papier et en noircit délicatement la surface. Une adresse en négatif apparut bientôt.

Pendant ce temps-là, Gabrielle regagnait Lancié. Elle parvint enfin à joindre Maude. Sans reprendre son souffle, elle lui raconta par le menu les événements de la journée.

— Écoute, ma chérie, conclut son interlocutrice, qui était pour deux jours à Paris, ne tire pas de conclusions trop hâtives. Je sais qu'actuellement tout porte à croire que Charles est mouillé jusqu'au cou dans cette affaire, mais tu n'as aucune preuve ! Tu dois essayer de le confondre. Parle-lui, sans pour autant éveiller ses soupçons. Tu verras bien comment il réagit. Si tu veux, je peux me charger d'engager un privé pour mener une enquête discrète.

— Je ne sais pas, hésita Gabrielle.

— Surtout, fais attention à toi, tu ignores qui est derrière tout cela. Et si tes doutes se révèlent exacts, n'oublie pas qu'ils ont déjà supprimé Laurent et cette malheureuse femme.

— Je sais. Je te faxe le rapport tout de suite.

— Parfait. Je te dirai ce qu'il en est. Pour l'heure, tâche de te comporter le plus normalement possible.

— Merci, Maude. Je ne sais pas ce que je ferais sans toi.

— Les amies sont faites pour ça, non ?

Quand elle eut raccroché, Gabrielle se rendit compte que Maude avait raison. Au stade de ses découvertes, la jeune femme ne pouvait se permettre de remettre en cause l'intégrité des Lambert-Duval, trop de personnes innocentes risquaient d'en souffrir, à commencer par Tristan, déjà suffisamment perturbé par le décès tragique de Laurent. Comment réagirait-il si Gabrielle accusait Charles d'avoir tué son père ? De plus, son instinct lui imposait davantage de vigilance. Même si sa vie lui importait peu, désormais.

Alors qu'elle roulait à vive allure sur la voie sur berge en direction de Vaise, Gabrielle se reprochait son attitude au cours de ces dernières semaines. Trop préoccupée par son chagrin et son besoin de savoir, elle avait délaissé son fils. Lui aussi voyait son univers s'effondrer. Les yeux rivés sur l'asphalte qu'engloutissait le capot de la Mini, Gabrielle devait reconnaître que cette folle course vengeresse à la vérité lui avait surtout permis de ne pas avoir à affronter le regard et les questions de son fils. Une larme amère perla le long de sa joue tandis qu'elle s'engageait sous le tunnel de la Croix-Rousse.

Comment avait-elle pu se laisser embarquer dans une telle histoire sans réfléchir aux conséquences ? Il lui semblait maintenant si simple de jeter toutes ses affaires dans une valise et d'emmener Tristan loin de tout cela. Rien ne ramènerait son époux, son entêtement lui apparut soudain chimérique…

Quand elle poussa la porte de la galerie des Brotteaux, un large sourire illumina le visage de Tristan, qui s'élança dans ses bras.

— Bonsoir, mon chéri, fit-elle en l'embrassant affectueusement. Comme tu m'as manqué !

— Mais, m'man, on s'est vus ce matin !

— Je sais. Allez, fais-moi un gros câlin, j'en ai bien besoin.

Tristan ne se fit pas prier et s'accrocha de toutes ses forces au cou de sa mère.

— As-tu été sage avec ta tante ?

— Un amour ! répondit Stéphanie qui vint à sa rencontre. J'ai eu quelques frayeurs avec cette balle de latex, ajouta-t-elle en rendant l'objet à son neveu, mais rien de bien méchant.

— Tristan, gronda Gabrielle, tu es dans une galerie, ici, tu dois te montrer prudent. De plus, je crois t'avoir déjà demandé de ne pas jouer à l'intérieur avec tes balles.

— Oui, m'man, souffla le garçonnet. Mais je m'embête…

— Bien. Rassemble tes affaires, nous rentrons.

Pendant que Tristan s'exécutait, Gabrielle remercia Stéphanie pour son aide. Celle-ci voulut savoir ce qu'avait fait Gabrielle de sa journée, et se rendit immédiatement compte de la gêne de sa belle-sœur. À un moment, Gabrielle eut envie de se confier, de vider tout ce qu'elle avait sur le cœur. Elle hésita une fraction de seconde puis se ravisa bien vite, détournant les yeux.

— Toi, tu ne me dis pas tout…, fit Stéphanie.

Gabrielle soupira et parut sur le point de lui raconter ce qu'elle avait découvert. Mais, au moment où elle allait répondre, un bruit sourd retentit à l'autre extrémité de la galerie. Les deux femmes accoururent auprès de Tristan. Le garçonnet demeurait interdit. À ses pieds, un cadre venait de glisser du mur. La balle de latex s'immobilisa un peu plus loin.

— Pardon, tante Stéphanie, elle est partie toute seule…

— C'est bon, je te crois. Tu ne t'es pas blessé au moins ?

— Non, ça va. Pardon.

— Ce n'est pas grave. Aide-moi plutôt à le relever.

Confuse, Gabrielle vint leur prêter main-forte. La peinture fut redressée. Un rapide coup d'œil les rassura, ni la toile ni le cadre ne semblaient endommagés.

— Quoi qu'il en soit, ce tableau n'est plus à moi. Il doit partir demain matin chez son nouveau propriétaire. C'était mon dernier Korlinoff… Je les ai tous vendus !

Alors qu'elle prononçait ces mots, le regard expert de Stéphanie se porta sur l'angle inférieur droit du tableau. Elle se pencha, soudain intriguée.

— Tiens…, murmura-t-elle d'un air mystérieux.

— Qu'y a-t-il ? demanda Gabrielle, très embarrassée. S'il est abîmé, je suis toute disposée…

— Ça alors ! s'écria sa belle-sœur, apparemment plus médusée que contrariée.

D'un geste vif, elle ôta sa bague de fiançailles et se mit à racler délicatement l'angle du tableau à l'aide de son diamant. Au passage de la pierre, la fine pellicule de peinture s'écailla, découvrant les couleurs éclatantes d'une autre toile dissimulée dessous.

— Que se passe-t-il ? hasarda Gabrielle.

Stéphanie restait silencieuse. Elle gratta encore un peu, recula. Gabrielle comprit alors.

— Y a un autre tableau dessous ? s'enquit Tristan.

— Oui, et pas n'importe lequel, conclut Stéphanie d'un ton où perçait déjà l'inquiétude.

Elle leva un regard lourd de sens vers sa belle-sœur avant d'ajouter gravement :

— Je suis presque certaine qu'il s'agit d'un Matisse. Début XXe.

Dans le parc de Fontenay, la chaleur alourdissait l'atmosphère et ne semblait guère encline à céder la place à la fraîcheur en ce début de soirée. Parfois, un vague souffle, très faible, s'élevait au passage de la Saône, amaigrie par la canicule.

Fidèles à un rituel instauré depuis de longues années, Marie et le père Antoine prenaient l'air, assis sur un banc de pierre à la limite de leurs deux mondes. Là, au sommet de la colline, ils assistaient au coucher de l'Astre-Roy sur un ciel rougissant mais désespérément vierge de tout nuage. Immobiles, ils partageaient en silence leurs secrets. Leur amitié infaillible avait surmonté tous les obstacles, y compris le piège d'une relation plus intime. Tous deux avaient accepté les hasards de la vie qui ne les avaient jamais poussés plus loin l'un vers l'autre. Le temps s'était chargé de consolider une histoire de plus en plus fraternelle au fil des jours.

Un soir comme celui-là, des années auparavant, ils s'étaient retrouvés sur ce même banc ; depuis, chacun avait pris l'habitude de la présence rassurante de l'autre. Au fil du temps, de réels liens d'amitié s'étaient tissés au pied du jeune rideau d'arbres.

À cette époque, Marie voyait chaque jour l'état de santé de son époux se dégrader. Ce dernier avait dû renoncer à se rendre quai Augagneur, et ses fils tenaient désormais les rênes du groupe Lambert-Duval. Toutefois, si la transition entre les générations semblait s'effectuer le plus sereinement du monde, la situation à Fontenay était des plus tendues à cause d'un certain Magimel…

Magimel, ce chercheur que les laboratoires avaient recruté quelques années plus tôt, s'était révélé un homme brillant ; il avait su séduire la famille par ses ambitieux projets autant que par son bel esprit. Pendant près de cinq ans, il dépensa de véritables fortunes pour stabiliser la formule de son principe actif, cette molécule miracle destinée à la fabrication d'un antihistaminique révolutionnaire, destiné à vaincre bon nombre d'allergies. Charles senior, qui avait toujours prôné une sorte de paternalisme avec ses proches collaborateurs, permit à Magimel d'entrer dans leur vie de famille.

Bien vite, le patriarche l'avait regretté : il ne faisait aucun doute que le scientifique visait beaucoup plus haut que sa condition. Malgré son âge, Lambert-Duval père avait vu d'un mauvais œil les desseins à peine voilés de son employé vis-à-vis de sa femme. Il y avait eu des explications, puis des mises en garde plus sévères, jusqu'à une violente rupture. C'est à cette période que l'état de santé de Charles s'était considérablement détérioré. De son côté, Marie s'était sentie profondément humiliée du manque de confiance que lui témoignait son époux. Elle qui avait toujours veillé à ne pas le froisser et qui l'aimait sincèrement lui en voulait de son injuste jalousie. Pourtant, elle se montrait indulgente, consciente que la maladie contribuait à rendre son mari acariâtre. Mais comment lui expliquer que Magimel ne représentait rien pour elle ? Il était son cadet de quinze ans, il aurait presque pu être son fils. Certes, il la faisait rire, il lui confiait ces ambitions folles au parfum exotique que seuls savent susciter les rêveurs idéalistes, mais Marie ne l'avait jamais vu autrement que comme le collaborateur de son mari et ami.

Puis vint le fameux soir où les Lambert-Duval rendirent leur verdict. D'un commun accord, ils congédièrent Magimel, pour le plus grand soulagement de Charles. Cette sentence blessa Marie, qui quitta le grand salon, le cœur au bord des lèvres, et partit faire quelques pas dans le parc. Se croyant seule sur un banc à l'écart, elle laissa éclater sa rage. À ce moment-là, une voix se fit entendre, juste derrière elle : « Une oreille jalouse entend tout et le bruit des murmures ne lui échappe pas. » Mme Lambert-Duval tressaillit et se retourna, à la fois intriguée et agacée d'avoir été surprise. Elle vit alors le père Antoine s'approcher, une pipe à la main.

— Ah, c'est vous, souffla-t-elle.

Ce fameux soir avait marqué le début de leurs rendez-vous nocturnes secrets.

À Fontenay, Charles agonisait lentement. Pour son épouse, le plus terrible était de voir diminuer l'homme puissant et ingénieux qu'elle avait connu et aimé. Elle ne pouvait qu'assister, impuissante, à sa fin. Un soir d'automne, le père Antoine la retrouva sur ce banc, plus droite et plus digne que d'habitude. D'une voix blanche elle lui annonça que tout était terminé.

Des mois plus tard, au cours d'un vernissage, elle rencontra par hasard Magimel. Leur complicité était toujours vivace, même si Marie se montra très directe afin d'éviter tout malentendu. Magimel accepta volontiers son amitié et lui promit de lui être loyal. Depuis son départ du groupe Lambert-Duval, il avait poursuivit ses recherches pour stabiliser sa molécule. Les premiers résultats s'étaient révélés très encourageants. Bien sûr, les fonds manquaient toujours… Magimel affichait un tel optimisme que Marie se laissa convaincre et accepta de financer en secret ses expériences. À deux conditions. La première : que ses fils ne soient jamais informés de leur association tant que la formule ne serait pas au point, la seconde, qu'en cas de succès les laboratoires Lambert-Duval aient le privilège de cette fabuleuse découverte.

Au cours des trois années suivantes, Marie engloutit toutes ses liquidités, sans grand résultat. À court d'argent, elle décida même de se séparer discrètement des soieries Aymard qui lui venaient de son père.

— Cet homme est un escroc, lui disait souvent le père Antoine. Tu ne vas pas vendre pour lui ?

— Non, je t'en prie, pas toi ! Cet argent est le mien et je sais que nous allons bientôt trouver la formule. Et puis mon cousin Louis s'est porté acquéreur, les soieries resteront dans la famille.

Le père Antoine ne répliquait rien, hochant la tête en soupirant.

Peu de temps après la vente, le vieux vigneron alla trouver Magimel pour discuter. Le chercheur le prit de haut et le chassa. Le père Antoine n'insista pas afin que Marie ne souffre pas de cette initiative. Alors qu'il quittait le laboratoire, il surprit une conversation téléphonique qui ne laissait guère de doute quant aux intentions de Magimel.

Le soir même, il fit part de sa découverte à son amie. Celle-ci n'en parut pas même surprise. Elle lui annonça que, de toute façon, elle se voyait dans l'obligation de couper tout crédit : ses fils, empêtrés dans des problèmes de restructuration, devaient réinjecter des fonds dans l'entreprise familiale.

Magimel accueillit très mal la nouvelle. Une fois de plus, il devait s'effacer devant les puissants Lambert-Duval ! Un soir, poussé par la colère et l'ivresse, il se rendit dans la serre de Fontenay, pour intimider « la vieille », comme il surnommait Marie. Il fit preuve de grossièreté, puis la violence s'empara de toute sa raison. Il bouscula les tables et prit un plaisir sadique à perforer les toiles. Après avoir tout renversé, il fit face à Marie, les yeux injectés de sang sous l'effet de la rage, et menaça de la tuer.

Acculée, Mme Lambert-Duval pensait vivre sa dernière heure. Magimel fondit sur elle, ses larges mains près de serrer son frêle cou, quand une planche vint lui frapper la nuque. Magimel s'écroula à terre. Marie rouvrit les yeux pour découvrir le père Antoine qui lui souriait, fier de son intervention. Il avait été alerté par les bruits de casse et les éclats de voix. Il expliqua à Marie que depuis quelque temps il s'y attendait et qu'il surveillait les lieux. Marie ne sut comment lui exprimer sa reconnaissance et son amitié. Ce soir-là, elle put se coucher sans aucune crainte, tandis que le père Antoine se chargeait de déposer chez lui un Magimel complètement sonné, qu'ils ne revirent plus jamais. Ils apprirent par la suite que Magimel était mort durant cette même nuit, lors de l'incendie de sa maison.

Sur les quais du Rhône, le trafic, plus fluide à cette heure avancée de la soirée, n'en demeurait pas moins dangereux. Quelques pilotes en herbe et en manque de sensations fortes mesuraient la capacité de leurs cylindrées. Dès que le feu passait au vert, ils s'élançaient dans un crissement de gomme fondue. Le macadam se métamorphosait alors en une véritable piste d'une course dont seules les silhouettes haut perchées qui traînaient du côté du pont Gallieni étaient les témoins.

Afin de ne pas éveiller les soupçons, Anne-Sophie loua une voiture pour poursuivre son investigation. Selon les informations subtilisées dans le bureau de Frank, celui-ci avait rendez-vous pour sa transaction dans moins d'un quart d'heure. En tout cas, c'est ce qu'elle avait cru comprendre. Elle pensa en souriant à ce cher Clavers, si ennuyeux et si dévoué à son père… Lorsqu'elle l'aurait confondu, Charles la considérerait enfin d'une autre manière. Peut-être même lui offrirait-il la place toute chaude de son collaborateur.

La conductrice dépassa la halle Tony-Garnier dont un savant éclairage couleur miel léchait la façade. Quelques minutes plus tard, elle s'engageait sur le périphérique jusqu'à la sortie du port pétrolier. Là, son véhicule sombre longea une allée ponctuée de hauts lampadaires en col de cygne. De toutes parts, d'énormes cuves autour desquelles s'enroulait un escalier métallique plombaient la vue sur le Rhône. Leur masse trapue et circulaire se parait sur leur façade en béton d'un beau ciel bleu peint. Était-ce pour rendre plus supportables ces horribles constructions depuis les événements de 1967[1] qui avaient laissé de profonds stigmates dans les esprits lyonnais ?

Près du quatrième réservoir en bordure de fleuve, Anne-Sophie éteignit ses phares avant d'arrêter sa voiture quelques mètres plus loin. Tout en restant sur ses gardes, elle se risqua à poursuivre à pied jusqu'au parking, le lieu du rendez-vous, et se dissimula derrière une armoire électrique.

L'attente fut de courte durée. Un faisceau lumineux ne tarda pas à apparaître. Anne-Sophie jeta un coup d'œil furtif pour découvrir la Saab de Clavers. Elle vit Frank en descendre et fumer une cigarette, assis sur l'aile avant de sa voiture.

— Pauvre crétin, maugréa la jeune femme à voix basse. Il va flanquer le feu !

Le bras droit de son père tendit l'oreille, il avait cru percevoir un bruit. Lentement, il s'approcha de l'armoire électrique et la contourna. Ne voyant rien, il secoua la tête et retourna à sa voiture.

Anne-Sophie avait tout juste eu le temps de se glisser derrière le véhicule, côté passager. Son cœur

1. Cette année-là, un terrible incendie se déclencha dans la raffinerie de Feyzin, au sud de Lyon, où dix-huit personnes trouvèrent la mort.

battait si fort qu'elle avait l'impression qu'on pouvait l'entendre à des kilomètres.

Tout à coup, le ronronnement d'un moteur perturba le silence chaud de cette nuit aux effluves d'essence. Clavers s'avança à la rencontre d'un homme d'une cinquantaine d'années. De son poste d'observation, la jeune femme avait un panorama imprenable. Le visage du nouvel arrivant ne lui était pas inconnu… Où l'avait-elle vu ? Elle suivit attentivement toute la conversation.

— Avez-vous les négatifs ? jappa Clavers.

— Ils sont dans l'enveloppe. Et mon argent ?

— Le voici. Tout y est.

Frank reprit d'un ton menaçant :

— Je vous avertis, il n'y aura pas de prochaine fois, c'est bien compris ?

— Sinon ? rétorqua le maître chanteur.

— Le Rhône n'est guère hospitalier avec les nageurs nocturnes… surtout quand ceux-ci ont pour palmes des blocs de ciment…

— Inutile de me menacer. L'argent va me servir à refaire ma vie loin de cette ville pourrie. Quant à l'incendie dans les labos, il remonte déjà à deux ans, et je vous assure que je ne tiens pas à en parler.

— Je ne vous le conseille pas, en effet.

Les deux hommes se séparèrent. Tandis que l'autre véhicule s'en allait, Clavers ouvrit l'enveloppe. Anne-Sophie eut le temps d'apercevoir des clichés, avant qu'il les lance sur le siège avant. Frank alluma une autre cigarette, dessinant des cercles de fumée dans le ciel étoilé.

Anne-Sophie, dévorée par la curiosité, s'approcha dangereusement de la portière. Clavers était assis sur le capot. Elle tendit le cou par la fenêtre grande ouverte et vit les photos, pêle-mêle. Mais, à l'instant où elle allait s'emparer de l'une d'elles, Frank aspira sa dernière bouffée et bougea. Aussitôt, la jeune femme se coula de nouveau derrière l'armoire électrique. Soudain, elle entendit les pas se rapprocher. Prise d'une peur panique, elle s'élança sans plus réfléchir vers la zone d'ombre toute proche.

Clavers, qu'une envie pressante avait amené jusque-là, fut le premier surpris par le bruit que fit la jeune femme en s'enfuyant. Il ne comprit que quelques secondes plus tard ce qu'il se passait en distinguant une silhouette au loin, puis en entendant le bruit d'un démarrage forcé. Immédiatement, il bondit dans sa voiture et quitta le parking en trombe. Néanmoins, il était trop tard, Clavers avait perdu la trace de la mystérieuse voiture. Son regard se fit plus noir ; il devait à tout prix retrouver ce témoin gênant…

Anne-Sophie soupira en constatant que Clavers faisait demi-tour et s'éloignait. Pourtant, elle était juste à côté. Consciente de sa faible chance de le semer avec le genre de voiture qu'elle possédait, elle avait rusé et s'était arrêtée quelques mètres plus loin. Le cabriolet du collaborateur de son père était passé à vive allure devant elle.

Tremblante, la jeune femme ferma les yeux et tenta de retrouver une respiration normale. Qu'allait-elle faire maintenant ? Elle n'avait aucune preuve… Elle jeta un œil sur sa montre, il était tard, elle aviserait le lendemain. Un peu de réconfort lui ferait le plus grand bien. Elle décida de se rendre chez son amant.

Après des mois de convalescence, le Dr Frémond retrouvait enfin son appartement de la rue Joséphin-Soulary. Il pestait encore contre cet accident si stupide, dans son propre escalier de surcroît ! Le plus étrange était que le coup de téléphone qui l'avait tiré de chez lui ce soir-là ne provenait d'aucun de ses confrères de l'hôpital…

Annie, l'infirmière en chef de son service, avait eu la gentillesse de lui apporter les dossiers de ses patients dont il prenait à présent connaissance. En son absence, les progrès de certains, comme Marthe Cassan, étaient stupéfiants. C'était une très belle réussite.

Frémond replia le dossier et chaussa ses lunettes afin de savoir qui l'avait suivie.

— Dr Philippe Moraud…

Ce nom lui disait quelque chose.

— Moraud… Moraud… Dr Philippe Moraud…, répétait-il d'un air songeur. Où ai-je vu son nom ?

Puis, d'un coup, la mémoire lui revint. Sans plus attendre, il plongea vers le téléphone.

— Annie, je voudrais que vous fassiez une recherche pour moi… Sur les deux dernières années… J'ai besoin de connaître l'identité des chirurgiens qui ont perdu des malades, s'il vous plaît… Oui, c'est ça, dans tout le département. Merci, Annie.

Le psychiatre s'installa à nouveau dans son canapé. La pluie ruisselait contre la baie vitrée de l'appartement suspendu qui, à cette heure, faisait presque songer à un bateau en pleine tempête. L'esprit du médecin était en alerte, intrigué par ce qu'il soupçonnait. Il cherchait des réponses tandis que la Beruti entonnait *Un bel di vedremo*…

Cette fois-ci, Philippe était là et accueillit Anne-Sophie avec un large sourire.

— Fais comme chez toi, lui dit-il alors qu'il sortait tout juste de la douche, j'arrive dans une minute.

Dans le salon, la jeune femme laissa courir son regard sur les objets désormais familiers. Elle se sentait bien ici et aurait aimé y être chez elle. Pour l'heure, elle semblait la seule à nourrir ce désir ; Philippe se montrait beaucoup plus réservé.

Sur les étagères de la bibliothèque, divers ouvrages étaient alignés avec une rigueur chirurgicale. Sauf, peut-être, ce livre : *Entretiens avec le général Massu*[1], qui attira son attention. Comme elle l'ouvrait, une photo en tomba. Anne-Sophie la ramassa et blêmit à la vue d'un portrait de Vanessa, l'une de ses meilleures amies.

La jeune Lambert-Duval se souvint du tragique retour de soirée. Avec Vanessa et Élodie, elles venaient de faire chavirer plusieurs cœurs au cours d'une fête bien arrosée. Dans la voiture qui les ramenait, toutes trois buvaient et riaient de leurs prochains défis. Mais leurs rires se brisèrent bientôt. Leur coupé venait de quitter la route et avait été brutalement arrêté par un platane. Élodie était morte sur le coup. Depuis, les deux survivantes ne s'étaient jamais revues.

Philippe la rejoignit au moment où elle se perdait dans ses tristes souvenirs. Elle leva sur lui un regard lourd de questions.

— Repose ça tout de suite ! s'écria-t-il d'un ton où perçait la colère quand il la vit la photo à la main.

— Que fais-tu avec ça ? Tu connaissais Vanessa ?

1. Alain-Gilles Minella, *Entretiens avec le général Massu, le soldat méconnu.*

Philippe plissa les yeux et la fixa d'un regard mauvais. Anne-Sophie le détailla, yeux dans les yeux. Un long moment se passa jusqu'à ce que l'esprit de la jeune Lambert-Duval superpose l'image de Vanessa à celle de Philippe… La ressemblance était frappante. Elle reconnaissait maintenant les traits, le nez, le front volontaire… Elle comprit alors d'où était venu ce sentiment de le connaître, le jour où elle l'avait rencontré pour la première fois dans le couloir de Fontenay.

— Tu es le frère de Vanessa ? fit-elle. C'est ça ?

Son amant, muré dans le silence, lui ôta sans ménagement la photo des mains.

— Très bien, conclut la jeune femme, vexée. Je croyais que tu me faisais confiance, que c'était sérieux entre nous, mais je vois que je me suis trompée. Je pense que nous n'avons plus rien à faire ensemble !

Toujours silencieux, Philippe la regarda s'en aller sans esquisser le moindre geste pour la retenir.

La porte claqua. Philippe, apparemment soulagé, s'assit sur l'accoudoir d'un fauteuil. Oui, il était bien le frère de Vanessa, qui avait été, avec Élodie, la meilleure amie d'Anne-Sophie. Depuis ce terrible accident qui les avait fait se perdre de vue, Vanessa était morte. Lui, de quinze ans son aîné, l'avait élevée au décès de leurs parents et avait découvert que sa sœur n'était pas morte comme on l'avait prétendu à l'époque. Mais comment se livrer à l'une des principales protagonistes de cette disparition dont il ne guérirait jamais ?

Il était presque minuit quand Anne-Sophie pénétra dans le hall de Fontenay. Elle fut surprise d'y trouver sa mère, qui semblait l'attendre.

— Où étais-tu ? J'ai essayé de te joindre toute la journée !

— Qu'y a-t-il ?

— Marthe a reçu un appel de son ancien médecin, celui que remplace le Dr Moraud…

— Ce n'est plus la peine de me parler de lui, la coupa sèchement Anne-Sophie.

Stéphanie la dévisagea d'un air étonné, puis, remarquant les larmes qui perlaient au coin des yeux de sa fille, elle s'avança et reprit, d'une voix plus douce :

— C'est sûrement une très bonne chose, tu sais… Le Dr Frémond a dit à Marthe qu'il avait eu un accident inexplicable, ce qui avait permis à Moraud de prendre sa place…

— Où veux-tu en venir ?

— Frémond n'a aucune preuve, seulement des soupçons ; en revanche, ce dont il est sûr c'est que Philippe Moraud est le frère de ton amie Vanessa…

— Je le sais, l'interrompit une nouvelle fois Anne-Sophie en grimaçant.

— … et qu'il s'est juré de la venger.

Anne-Sophie ne répondit pas et détourna le regard. La jeune fille n'avait absolument pas l'intention de se confier à sa mère ; celle-ci s'en rendit compte et ajouta simplement, avant de rejoindre sa chambre :

— Bon, je suis rassurée que tu sois au courant, et que tu ne voies plus cet homme. D'après Frémond, il vaut mieux se méfier de lui.

Cette nuit encore, dans sa chambre de Lancié, Gabrielle ne parvenait pas à fermer l'œil. La chaleur étouffante renforçait le poids de cette folle journée. La jeune femme avait du mal à prendre la mesure de ce qui lui arrivait. Les événements défilaient dans son esprit, sans lui laisser de répit : les révélations de Miss Marion, puis sa mort, la découverte des papiers dans la cheminée de Charles, la présence du 4 × 4… et enfin cette histoire de tableau chez Stéphanie ! Pourquoi le sort s'acharnait-il ainsi à la placer au milieu des drames ?

Après s'être tournée et retournée dans tous les sens, Gabrielle sauta de son lit et descendit sur la pointe des pieds afin de ne pas réveiller Tristan. Dans la cuisine, elle se servit un grand verre d'eau fraîche et vint le boire à califourchon sur le rebord de la fenêtre comme elle le faisait étant petite.

Là, elle se surprit à songer à son enfance, à Lou Triadou… Comme le mas de sa jeunesse lui manquait ! À cet instant, elle aurait donné cher pour le revoir. Là-bas, tout paraissait si simple ; la vie était si douce avec son père. Bien sûr, ils n'étaient pas riches, et la tyrannie de Montauban ne leur rendait pas le quotidien toujours rose. Néanmoins, la Provence savait adoucir les épreuves, et la magie du mistral avait tôt fait de balayer les sombres pensées.

Gabrielle revoyait sa chambre, à l'étage. Elle songea aux tièdes heures de sieste qu'elle passait à s'inventer mille histoires romanesques avec les ombres chinoises dessinées par le feuillage du figuier sur la patine ocre des murs. Qu'était devenue cette modeste bergerie où elle avait été si heureuse ? Sans doute rasée ou propriété de Montauban, à présent…

Le regard de Gabrielle se voila, au fur et à mesure que ses pensées la ramenaient vers le temps présent. L'amour de Laurent lui manquait et elle laissa libre cours à son chagrin, trop longtemps retenu.

Quand elle retrouva son souffle, Gabrielle chercha un mouchoir en papier. Tandis qu'elle séchait ses larmes, son attention fut attirée par le courrier du jour, des enveloppes et un paquet qu'elle avait oubliés dans son sac. Elle mit de côté les factures et observa le drôle d'emballage d'une vingtaine de centimètres de long. Quand elle l'eut ouvert, elle découvrit une cassette vidéo, accompagnée d'une lettre :

Gabrielle,

Si vous lisez ce mot, c'est que je ne serai plus là pour témoigner. D'une façon ou d'une autre, ils m'auront eue. Cependant, je ne veux pas que ma mort soit inutile, c'est pour cette raison que j'ai confié à une amie le soin de vous faire parvenir cette bande dès l'annonce de mon décès.

Bien peu de coïncidences sont accidentelles, ce bon vieux Freud avait entièrement raison. Sachez que le film que vous vous apprêtez à visionner est la preuve que recherchait votre mari, celle sans doute qui lui a coûté la vie. Je sais que vous en ferez bon usage. Prenez garde à vous, et surtout ne faites confiance à personne.

Bonne chance.

Marion

Gabrielle replia la feuille et contempla la vidéo, indécise mais bien consciente de ce qu'elle tenait entre les mains.

D'un revers de la main, Philippe essuya la buée sur le miroir de la salle de bains. Il se trouva une très mauvaise mine. Il venait de passer une nuit affreuse, à culpabiliser.

Il s'en voulait de n'avoir rien dit, rien fait pour s'expliquer avec Anne-Sophie, la veille. Il s'attendait si peu à la voir avec cette photo de Vanessa, et encore moins à ce qu'elle fasse le rapprochement entre eux !

D'un geste machinal, il saisit la bombe de mousse à raser qui lui glissa des doigts en projetant de longs traits bleus dans l'évier.

— La journée commence bien, pesta-t-il.

Tandis qu'il étalait le gel, Moraud prit la décision d'aller voir sa jeune maîtresse. Peut-être parviendrait-il par la même occasion à mettre un terme à une relation vouée à l'échec ?

À cet instant, le miroir lui renvoya un reflet sans concession, celui d'un homme d'âge mûr, qui n'avait aucune chance avec une si fraîche jeune fille. Il devait se rendre à l'évidence : Anne-Sophie n'était pas pour lui, même si cette idée ne lui plaisait pas. Pour la première fois depuis fort longtemps, il éprouvait des sentiments pour une femme. Certes, celle-ci était jeune, et issue d'un milieu totalement différent du sien, mais son esprit vif comme le feu, son tempérament volcanique, sans parler de son corps, souple et ferme à damner un saint, le subjuguaient. Il devait rompre avec elle, même s'il savait qu'il était trop tard… Il était déjà profondément épris de la jeune Lambert-Duval.

L'eau froide de la douche calma ses pulsions tout comme elle chassa ses fantasmes, immédiatement remplacés par de sombres pensées.

Vanessa, comme d'habitude, le hantait. Comment oublier sa silhouette longiligne, ses gestes empreints de grâce, son visage d'opale aux grands yeux vert émeraude, ses fréquents éclats de rire ? Le frère, tout comme le tuteur que les hasards de la vie voulurent qu'il devienne, n'était pas dupe pour autant. Derrière ce séduisant portrait se dissimulait une véritable garce, méchante et horriblement égoïste. Il lui semblait parfois que toutes les fées avaient concentré leur énergie à rendre sa sœur aussi mauvaise que belle. Combien de fois l'avait-il mise en garde contre ses excès ? Bien sûr, la jeune fille n'avait jamais rien voulu entendre, lui crachant à la figure qu'il n'était pas son père et que, majeure, elle faisait ce qu'elle désirait. Avec Anne-Sophie et Élodie, ses meilleures amies du lycée, elle s'étourdissait dans des soirées où circulaient alcool et euphorisants. Philippe ne pouvait rien faire pour le lui interdire et s'était résolu, la mort dans l'âme, à accepter que sa sœur fasse ses propres choix. Elle ne l'écoutait plus de toute façon et, s'il s'avisait de lui donner le moindre conseil, elle fonçait tête baissée à contresens. Jamais elle ne daigna lui présenter ses fréquentations, encore moins ses meilleures copines.

Pour le plus grand malheur de Philippe, Vanessa paraissait cultiver un goût particulièrement prononcé pour une sexualité débridée ; elle collectionnait les amants et les torturait avec délices. Ses caprices ne connaissaient aucune limite. À travers ce comportement, Philippe avait l'impression que Vanessa prenait un malin plaisir à l'humilier. Le pauvre ne sut jamais vraiment pourquoi sa sœur lui en voulait de la sorte. Il avait essayé de l'aimer, mais le manque affectif des parents devait être trop grand à combler. Finalement, il décida de ne plus se préoccuper de Vanessa et de vivre pour lui. Il ne se le pardonna jamais…

Un soir, alors qu'il venait de finir ses visites à l'hôpital de Villeurbanne où il travaillait à cette époque et qu'il regagnait la salle de repos pour se changer, son bip lui signala une urgence. Il fut très surpris qu'on lui demande de se rendre directement à la morgue, en sous-sol. Là, un de ses confrères au visage aussi gris que celui de ses patients lui annonça la terrible nouvelle : Vanessa se trouvait parmi eux.

Quatre heures plus tôt, une brigade de gendarmerie qui terminait sa patrouille avait découvert son corps, à la sortie du village de Tramoye. C'était une nuit glaciale de décembre. Le froid figeait les joncs, le vent soulevait de violentes bourrasques qui fouettaient rageusement l'épaisse croûte de glace formée à la surface des eaux gelées de l'étang des Dombes.

Les gendarmes avaient été attirés par le ronronnement lointain d'un moteur et avaient trouvé un véhicule près du vieux ponton éventré. La calandre chromée de la Mercedes piquait du nez dans la boue. La portière du conducteur était grande ouverte ; ils ne virent personne à son bord, mais la lueur provenant du plafonnier révélait de larges taches d'un incarnat profond sur le cuir des sièges. Un foulard Hermès reposait en partie sur la moquette épaisse. L'autre extrémité trempait dans la vase, là où, au milieu des joncs et à demi camouflé par le carré de soie, gisait le cadavre de Vanessa Moraud.

Depuis, il ne se passait pas un jour sans que Philippe ne revive cette scène, décrite dans le rapport de gendarmerie. Il ne pouvait effacer de son esprit les images de sa sœur, légèrement vêtue, étendue, inconsciente à jamais dans cet environnement hostile…

La brève enquête qui suivit conclut à une mort accidentelle : la conductrice, ayant perdu le contrôle de son véhicule, était morte sur le coup. Philippe ne comprit jamais pourquoi les experts ne s'étaient pas intéressés aux traces violacées apparentes sur le cou de Vanessa. Il n'eut de cesse de découvrir la vérité, bien décidé à en faire payer l'addition…

Philippe secoua la tête pour chasser ces pensées douloureuses. Pour l'heure, il souhaitait s'expliquer avec Anne-Sophie.

Le médecin sortit de la douche, enfila un jean et un tee-shirt, ramassa ses clefs et roula jusqu'à Fontenay. Près de la grande grille, il remarqua qu'il n'y avait qu'une voiture dans le garage, l'Alfa rouge de sa maîtresse. Il en fut soulagé, ne tenant pas à rencontrer d'autres membres de la famille Lambert-Duval. Après un bref coup d'œil dans le rétroviseur, il remit un peu d'ordre dans ses cheveux en bataille et traversa la terrasse.

Quand il poussa la porte du hall dallé, il manqua bousculer Anne-Sophie, qui, le nez dans son minuscule sac à main, cherchait ses clefs de voiture.

— Bonjour, fit-il avec un grand sourire.

— Salut, rétorqua-t-elle, glaciale, les lèvres pincées et la mine boudeuse.

Ses yeux azur lui lançaient des éclairs. Il la trouva alors plus belle que jamais. Une cascade de cheveux blonds indisciplinés retombait sur ses épaules et s'immisçait dans son décolleté plongeant.

Anne-Sophie le toisait, cambrée de façon provocante.

— Tu voulais me dire quelque chose ? le nargua-t-elle en repoussant une mèche rebelle de sa frange.

— Oui, fit-il en se rapprochant.

Il allait lui saisir la main, mais le regard peu engageant d'Anne-Sophie l'en dissuada.

— Tu as deux minutes. Je suis très en retard, lâcha-t-elle.

— Très bien. J'irai donc droit au but : je me suis comporté comme un imbécile avec toi, hier soir. Je n'ai pas pu te parler. Je porte ça en moi depuis tellement longtemps…

La jeune fille ne cilla pas, attendant la suite.

— Tu as raison, je suis le frère de Vanessa, reprit Philippe. Je sais que les circonstances de sa mort ne sont pas claires et je cherche désespérément à trouver les coupables, mais voilà… je n'avais pas prévu qu'en cours de route je tomberais amoureux. J'ai été bête et j'espère que tu sauras me pardonner. Je le regrette, crois-moi. Je ne te mentirai plus.

Anne-Sophie se radoucit. Elle sentait fondre ses dernières résistances devant la détresse de cet homme.

— Parce que tu es amoureux ?

— Oui, lâcha-t-il simplement.

Impulsivement, Anne-Sophie se colla contre lui, et l'embrassa avec fougue. Un long baiser plus tard, elle lui murmura à l'oreille :

— Je veux être là pour toi. Fais-moi confiance. Je me fiche pas mal de notre différence d'âge, ni même de ce que pourront penser les gens. Pour la première fois, j'aime quelqu'un et je veux tout faire pour qu'il soit heureux !

Oubliant sa seconde résolution sous les douces caresses de la jeune femme, Moraud laissa parler son cœur autant que ses gestes.

Leur étreinte se fit plus passionnée. Anne-Sophie laissa tomber son sac et chercha d'une main fébrile le bouton de la porte du salon, dans son dos. Son amant, toujours collé contre ses lèvres, entra dans son jeu et la guida d'un œil rieur.

Dès qu'ils eurent pénétré dans la pièce, il s'immobilisa, délaissant Anne-Sophie, figé de stupeur. Dans l'obscurité, un écran projetait des éclairs lumineux. Moraud fut pétrifié par les images qu'il venait d'entrapercevoir.

— Stop ! hurla-t-il.

Le film s'arrêta et Anne-Sophie éclaira le salon. Au même instant, la tête de Gabrielle émergea du profond canapé.

Visiblement très gênée d'être surprise, celle-ci bredouilla quelques justifications.

— Je suis désolée, je pensais être seule. Le magnétoscope de Lancié ne fonctionne plus, alors…

Tout en parlant, elle n'avait pas lâché sa nièce des yeux. Quand elle tourna la tête vers le psychiatre, elle s'interrompit net. Anne-Sophie suivit le regard de sa tante. Les yeux de Philippe transfiguré semblaient exorbités de douleur, sa bouche paralysée en un profond rictus de souffrance. D'une voix atone, il demanda si elle voulait bien repasser le film.

Gabrielle hésita, trop écœurée par toutes les horreurs qu'elle venait de visionner.

— Remettez-le ! insista-t-il.

Elle se résigna.

La bobine défila. La scène se déroulait dans un hôtel particulier. Dans les salons feutrés, la lueur de hauts candélabres soulignait les ors d'une décoration baroque, un cadre chic et raffiné, propice aux plaisirs des sens. On n'entendait que quelques ricanements furtifs, des murmures par-ci par-là, un gémissement ou deux, bien vite étouffés par un attroupement d'ombres. Dans le hall, un grand cerbère au garde-à-vous exhibait ses muscles saillants, bardés de cuir. Son regard noir n'invitait guère à emprunter le monumental escalier d'ébène à la rampe sculptée de nymphes et de Bacchus qui se trouvait derrière lui. Sur la dernière marche, deux lourds piliers en bois plein avec une débauche de moulures bizarrement chantournées soutenaient une arcade drapée de damas rouge. Le long corridor impressionnait davantage encore, seulement ponctué par quelques cercles de lumière. À l'extrémité de la galerie, la psalmodie d'un chant grégorien s'échappait par une porte entrebâillée. À l'intérieur avait été construit un donjon aux murs rouge sang. Au centre de la pièce, ligotée sur une croix de Saint-André[1] par des lanières de cuir, une jeune femme gémissait. Un collier de chien serrait son cou d'albâtre. Elle était presque nue et ses cuisses accusaient déjà des marques de coups de fouet. Voilà quel était l'univers quotidien de Miss Marion, songea Gabrielle avec tristesse en revoyant ces images.

1. Croix en forme de X.

De lourdes larmes silencieuses roulèrent sur les joues de Philippe. Sous ses yeux, Vanessa se débattait. Bien qu'il eût envie de vomir, il trouva le courage de regarder jusqu'au bout et de subir, impuissant, les cris de Vanessa qui redoublaient.

Philippe connaissait sa petite sœur. Malgré son sale caractère, ses jeux pervers et son ingratitude, elle ne méritait pas de finir de manière aussi humiliante. Car Moraud savait très bien qu'il assistait aux dernières minutes de Vanessa. Elle qui aimait tant jouer avec le feu s'était laissé entraîner vers l'irréparable.

Chaque nouvelle image dévoilait toute la bestialité humaine. En arc de cercle, une assistance restreinte se délectait de cette séance de « dressage » – des « privilégiés », triés sur le volet. Tous portaient un masque.

Gabrielle sortit, prise de nausées. Elle ne pourrait pas supporter une deuxième fois la violence de la scène qui allait suivre.

Sur l'écran, la jeune fille ligotée ne bougeait plus. Soudain paniqué, l'homme à la cagoule desserra l'emprise de ses mains autour de son cou et se redressa d'un bond.

— Elle est morte ! hurla-t-il. Aidez-moi !

Comme pour marquer la fin du jeu, il ôta sa cagoule et se retourna.

— Vous m'entendez ? Elle est morte !

Le film s'arrêtait sur le visage du bourreau. Il s'agissait de Frank Clavers.

— Quel monstre ! s'écria Anne-Sophie, bouleversée.

Prostré de douleur, Philippe pleurait en silence. Anne-Sophie se rapprocha tendrement de lui et glissa la main sur son épaule. Contre toute attente, Moraud eut un mouvement de recul.

— Tu le savais, hein ? Tu étais au courant ? fulmina-t-il, hargneux.

— Mais non, je te jure ! s'indigna la jeune Lambert-Duval. Je t'assure que non !

Il se leva et fit mine de s'en aller.

— Où vas-tu ?

Il quitta la pièce sans un mot. Anne-Sophie jugea préférable de le laisser seul.

— Que se passe-t-il ? demanda Gabrielle à la jeune fille, en croisant Philippe sur le pas de la porte.

— C'est le film. Où as-tu eu ça ?

— Miss Marion me l'a fait parvenir par courrier.

— Quoi ! Cette scène a été tournée chez Miss Marion ? Tu sais qui est la fille sur la vidéo ?

— Non.

— Eh bien, c'est Vanessa, la sœur de Philippe Moraud. Mon amie d'enfance.

— Tu ignorais qu'elle s'adonnait à ce genre de pratiques ?

— Bien sûr que oui ! Vanessa me disait tout. À mon avis, c'était sa première expérience SM. Mais, les derniers temps, nous ne nous parlions plus beaucoup, elle et moi, elle avait changé…

Gabrielle se dirigea vers le téléphone et demanda le commissaire de police.

— Qu'est-ce que tu fais ? cria Anne-Sophie, prise d'un coup de sang.

— Ce qui aurait dû être fait depuis très longtemps ! J'appelle la police pour qu'ils mettent Clavers sous les verrous.

— Tu es folle ! s'écria la jeune Lambert-Duval en coupant la communication.

— Ah oui ? Et je peux savoir pourquoi ? Tu crois peut-être que Moraud va gentiment aller pleurer dans son coin après ce qu'il vient de voir ? Tu veux qu'il y ait d'autres morts ? À moins que tu ne cherches à protéger ton père ?

Anne-Sophie considéra sa tante avec consternation.

— Ma pauvre Gabrielle ! Tu es vraiment trop impulsive. Laisse-moi t'exposer mon point de vue : ce film prouve que les gens à qui nous avons affaire n'ont rien d'angélique. Par ailleurs, je suis certaine que ce n'est pas la première fois que ce genre d'incident se produit. Et qui, à ton avis, peut agir en toute impunité, si ce ne sont des personnalités particulièrement influentes ? Dans cette affaire, la police ne pourra rien, elle est certainement bâillonnée ou à la solde de personnes haut placées. Clavers n'est qu'une marionnette, ceux qui tirent les ficelles se sont servis de lui…

Silencieuse, Gabrielle écoutait, sans parvenir à quitter des yeux l'air hébété de Clavers figé sur l'écran. Elle repensait à ce que lui avait confié Marion juste avant sa mort, au sujet de l'enquête que menait Laurent. Pour lui, l'identité de la taupe infiltrée au sein du groupe Lambert-Duval ne faisait plus aucun doute.

— Que proposes-tu ? se décida-t-elle enfin à dire.

— Le seul capable de nous sortir de cette situation est mon père.

— C'est hors de question ! s'écria Gabrielle. Je n'ai aucune confiance en lui. Dois-je te rappeler que Clavers est son bras droit ? Je préfère avertir la police.

— Tu as tort. Je ne pense pas que mon père se montre complaisant, il risque au contraire d'être très déçu. Et puis, où crois-tu que Philippe va aller à cette heure ? Clavers est au bureau et seul mon père pourra l'intercepter !

Sans attendre la réponse de Gabrielle, Anne-Sophie s'empara du téléphone. Mais elle n'obtint aucune réponse. Elle réussit à joindre une collaboratrice de Charles qui lui apprit qu'il se trouvait en réunion extraordinaire. Juste avant de raccrocher, la femme ajouta qu'elle n'avait pas encore aperçu M. Clavers ce matin.

— Nous n'avons plus une minute à perdre, fit Anne-Sophie en reposant le combiné. Suis-moi !

Gabrielle fut impressionnée par le sang-froid de sa nièce. Elle aussi voyait son univers s'écrouler. Le bras droit de son père avait étranglé sa meilleure amie et, au lieu d'être anéantie, la jeune Lambert-Duval puisait dans ses peurs l'énergie d'agir. Gabrielle comprit pourquoi : les deux hommes qu'Anne-Sophie aimait le plus étaient en danger…

Quai Augagneur, le bureau de Frank était désert et personne ne semblait avoir vu Moraud.

— Je te dis que nous devons alerter la police ! insista Gabrielle, qui tenait son sac à main serré contre sa poitrine.

Elle tressaillit à la vue de Charles, qui apparut soudain sur le pas de la porte.

— La police ? À quel sujet ?

Gabrielle fit un pas en arrière, serrant plus fort contre elle la précieuse cassette. Elle fixait son beau-frère sans ciller. Anne-Sophie vint à la rencontre de son père, le poussa dans son bureau, où tous trois s'enfermèrent. Là, très calmement, elle l'informa des derniers événements. Quand sa fille eut terminé son rapide exposé, Charles lâcha, atterré :

— Je n'en reviens pas ! Frank… Je ne voulais tellement pas le suspecter… C'est comme ça que ce petit crétin s'est fait pincer ! Laurent avait donc raison sur toute la ligne ! Quand je pense que je n'ai pas voulu croire mon propre frère…

Puis il reprit, avec le ton ferme d'un général en campagne :

— Je veux la peau de ce fumier de Clavers ! Il est impliqué dans la mort de Laurent et il va me le payer ! Mais il n'a pas agi seul… et si ton petit copain psy le trouve avant nous, je crains fort que nous ne puissions le faire parler ensuite.

Charles se leva d'un air décidé.

— Alerte la sécurité, je descends au sous-sol. Je suis sûr que Moraud l'attend là-bas.

Dans son coin, Gabrielle était désemparée. Elle finit par suivre son beau-frère d'un pas hésitant.

Quand ils arrivèrent au garage, en évitant de faire le moindre bruit, leur attention fut attirée par des éclats de voix sur leur gauche. Charles fit signe à Gabrielle de se cacher derrière un véhicule de fonction et il lui demanda de ne pas bouger. Elle acquiesça, de plus en plus inquiète.

Puis Charles glissa jusqu'au pilier de béton tout proche. De ce point d'observation, il découvrit avec effroi son plus proche collaborateur en train de braquer une arme sur la tempe de Moraud et l'entendit siffler avec sadisme :

— Tu sais qu'elle aimait ça, ta chienne de sœur.

N'y tenant plus, Gabrielle vint rejoindre Charles. Quand elle se baissa, la cassette tomba à terre avec un bruit sourd.

— Qui est là ? s'écria Frank, alerté.

Sans ménagement, il empoigna le psy et le traîna en direction du bruit.

Charles sortit alors de sa cachette, mains en l'air, tandis que Gabrielle fourrait en hâte la vidéo dans son sac.

Le visage de Clavers se fit plus sombre mais l'homme ne perdit pas sa contenance pour autant et lâcha d'un ton sarcastique :

— Tiens, tiens, mon cher patron… Comme je vous reconnais bien là, toujours prêt à défendre la veuve et l'orphelin… Vous et vos beaux principes. C'est eux qui m'ont enfoncé la tête sous l'eau !

Très digne, Lambert-Duval ne se laissa nullement impressionné.

— Chacun est maître de son destin. Si tu en es là aujourd'hui, dis-toi que tu es le seul à blâmer !

Après un silence de réflexion, Charles sourit, narquois, et ajouta avec défiance :

— Et maintenant, que comptes-tu faire ? Nous tuer l'un après l'autre ?

— C'est une idée, ça ! lança Clavers, dont le visage se tordait sous l'effet de la colère.

Charles n'en croyait pas ses yeux. Il était menacé par cet homme en qui il fondait tant d'espoirs depuis plus d'une décennie !

— Pourquoi, Frank ? demanda-t-il, le cœur lourd. Comment as-tu pu en arriver là ? J'avais confiance en toi… Qui a bien pu te pousser à de telles extrémités ?

— Vous, bien sûr ! C'est vous le responsable ! vociféra Frank, agitant son arme en direction de Charles. Sans votre entêtement et votre foutu code de la morale, je ne me serais certainement pas laissé entraîner. Comprenez-moi, je ne pouvais pas refuser la somme que l'on me proposait, je devais assurer mes arrières.

Dans le groupe, je n'aurais toujours été qu'un fidèle second, bien docile.

— Qui t'a proposé de l'argent ?

— Comme si vous ne le saviez pas, le nargua Frank, qui paraissait à présent amusé par la situation. Vous aimeriez que je vous le confirme, hein ? Mais vous pouvez toujours rêver !

Une fois qu'il eut prononcé ces mots, il poussa Moraud dans les bras de Charles. L'effet de surprise fit chanceler les deux hommes. Clavers en profita pour sauter dans une voiture et prendre la fuite dans un crissement de pneus.

— Nous devons prévenir la police, trancha Charles en se redressant. Maintenant, je sais ce que je voulais savoir.

Lentement, Gabrielle se releva à son tour. Elle ne parvenait pas à détacher son regard de son beau-frère, ne sachant plus ce qu'elle devait penser de lui.

Le dernier break de la police s'éloigna après que les gendarmes eurent pris la déposition de Charles. Ils allaient mettre en place des barrages sur les routes et diffuser partout le signalement de Clavers. Philippe, vidé de toute sensation, rentra chez lui, accompagné d'Anne-Sophie.

Quand Gabrielle se retrouva seule avec son beau-frère, elle demanda :

— Qui es-tu réellement, Charles Lambert-Duval ?

En parfait gentilhomme, il proposa son bras à la jeune femme puis, calmement, lui confia qu'il était grand temps qu'elle soit mise au courant de certaines choses…

Pendant ce temps-là, dans sa galerie des Brotteaux, la tentative de Stéphanie pour entrer en contact avec Alexis Mutier venait une fois de plus d'échouer.

— Alors ? demanda Marthe, inquète pour son amie. Toujours personne ?

— Non. Je n'arrive pas à le joindre à la boutique ni sur son portable. Il s'est volatilisé dans la nature, on dirait.

— C'est tout de même incroyable !

— Pas tellement, murmura Stéphanie, pensive.

Elle ouvrit le tiroir de son bureau et feuilleta un dossier.

Quelques heures au préalable, Mme Lambert-Duval s'était vu confirmer ses craintes quant au Korlinoff abîmé par Tristan la veille. Grâce à ses relations, elle avait fait passer la toile aux rayons X. L'analyse avait révélé ce qu'elle savait déjà : une peinture plus ancienne était dissimulée sous la toile qu'Alexis Mutier lui avait vendue… et il s'agissait d'une œuvre exceptionnelle de Matisse ! Stéphanie était devenue exsangue quand elle avait découvert la célèbre *Vue de Saint-Tropez*.

Elle avait immédiatement appelé Marthe pour lui faire part de ses craintes. Cette huile sur carton, réalisée par le père du mouvement fauve en 1904, comptait parmi les œuvres-clefs du maître. Elle se retrouvait mêlée à une histoire de recel…

Mme Lambert-Duval revint avec le dossier. Elle le déposa devant son amie et pointa une des fiches.

— Voilà ! C'est ce qu'il me semblait. Cette toile a été dérobée au musée de Bagnols-sur-Cèze, le 12 novembre 1972, ainsi que huit autres pièces majeures de l'impressionnisme, dont deux Renoir.

— Que comptes-tu faire ?

— Je ne sais pas. En tout cas, je ne vais pas rester comme ça, les bras croisés. J'ai travaillé trop dur pour voir ma réputation salie.

Moins de trois heures plus tard, elle se trouvait place des Vosges, à Paris. Sous les arcades Louis XIII, l'ombre fraîche de cet après-midi ensoleillé ne parvenait pas à la calmer. Stéphanie vérifia une nouvelle fois le numéro sur la carte de visite à en-tête d'Alexis. L'adresse mentionnée désignait bel et bien ce local, face à elle. Stéphanie s'approcha. Maçons et électriciens buvaient une bière, assis au milieu de gravats.

— S'il vous plaît, demanda-t-elle, savez-vous où je peux trouver l'ancien propriétaire de cette galerie ?

— Non, ma p'tite dame, lui répliqua un ouvrier au visage buriné et maculé de poussière.

— Tant pis, merci, fit-elle, déçue.

Elle s'était attendue à cette réponse. Venir jusqu'ici était une pure folie, doublée d'une perte de temps. Alors qu'elle composait le numéro de Marthe pour lui indiquer son retour par le premier TGV, une petite dame qui vendait des statues sur le trottoir lui fit signe.

— Vous cherchez M. Mutier ?

— Oui ! s'écria Stéphanie qui reprit aussitôt espoir. Savez-vous où il est ?

— Il m'a juste dit qu'il avait décidé de tout vendre pour faire le tour du monde.

— Pardon ?

— Oui, oui, insista la femme. Il était tout fier de nous apprendre qu'il venait de faire fortune grâce à un collectionneur.

— Vous a-t-il laissé une adresse ?

— Non. Il m'a juste dit qu'il voyagerait sur son voilier !

— Quand est-il parti ?

— Il y a un ou deux jours, tout au plus. Un monsieur bien, ce M. Mutier. Regardez ce qu'il m'a apporté peu avant son départ, continua-t-elle en désignant une belle composition florale que Stéphanie ne regarda même pas.

En fin d'après-midi, lorsqu'elle regagna les Brotteaux, elle fondit sur le fichier clients. Pendant tout le trajet du retour, elle s'était torturé l'esprit. La fuite de Mutier la plaçait dans une situation des plus inconfortables. Elle devait se mettre en contact avec chacun des acheteurs de Korlinoff et inspecter les toiles. Elle commença donc par celle de Marthe, qui avait pris soin de la rapporter à son amie. Stéphanie la dépouilla du cadre et, avec une précaution religieuse, déposa la toile sur son bureau de verre. Elle jeta un bref coup d'œil sur Marthe avant de saisir son diamant et de gratter la peinture.

— Mais…, souffla-t-elle brusquement.

— Que se passe-t-il ?

La galeriste saisit la grosse loupe carrée à manche de palissandre.

— C'est une copie !

— Comment ça ?

— Ce n'est pas le Korlinoff d'origine. La technique de marouflage n'est pas la même !

Elle poursuivit son inspection et gratta un peu plus bas. Seules les fibres couleur crème de la toile d'origine apparurent. Les deux femmes se dévisagèrent en silence, songeant à la même chose. Si ce Korlinoff était un faux, cela signifiait qu'un vrai se trouvait quelque part dans la nature. Et, selon toute vraisemblance, il dissimulait lui aussi une toile de maître…

Le soleil déclinait par-delà les Alpes. À leur point culminant, seul le massif du Salève profitait des derniers rayons aux reflets rosés. Les conifères cerclant la vallée nimbée d'ombres bleuissantes étiraient leurs pointes émeraude.

L'autoroute déroulait son ruban sombre et sinueux vers la Suisse toute proche. Clavers roulait vite. Une main sur le volant, l'autre sur son portable, il fuyait vers Genève et Kurt Zender qui l'accueilleraient à bras ouverts. Du moins l'espérait-il car, pour l'heure, rien ne le laissait vraiment présager. Après tous les risques qu'il avait pris pour Zender, il allait de soi que le puissant homme d'affaires le protège. Grâce à Frank, les laboratoires Lambert-Duval se voyaient dans une bien mauvaise posture et plus que jamais à portée de main de leur concurrent.

Pied au plancher, Clavers pianotait nerveusement sur le clavier de son téléphone. À l'instant où il parvint enfin à joindre son correspondant, le petit cellulaire lui glissa des doigts. Il tâtonna pour le récupérer, quittant la route des yeux une poignée de secondes. Quand il mit la main dessus, son véhicule n'était plus qu'à quelques centimètres du camion qui le précédait. Clavers donna un coup de volant sur la gauche, mais la manœuvre trop brutale déporta dangereusement le véhicule, et la vitesse accentua le mouvement de glissade. Le cabriolet commença à chasser de l'arrière, partit bientôt en toupie avant de heurter la glissière de sécurité et de dévaler la pente en de spectaculaires tonneaux. Dans un concert de tôles froissées, la voiture finit sa course au pied du pilier d'un pont dans une impressionnante explosion.

Cet été-là, on ne parlait plus que de canicule. Une sorte de psychose surmédiatisée s'empara de toutes les rédactions, plongeant le pays dans une frénésie compulsive de course à la fraîcheur. Il fallut rationner l'eau et la campagne semblait se recroqueviller sur elle-même pour supporter les assauts de la chaleur.

À Fontenay, seul le bureau du rez-de-chaussée était allumé. À l'intérieur, Gabrielle, aussi intriguée que méfiante, écoutait son beau-frère et Anne-Sophie rassembler les pièces de l'incroyable puzzle des mois écoulés. Elle avait beaucoup de mal à croire ce qu'elle entendait, tant l'affaire était démesurée.

Soudain, la sonnerie du téléphone les fit sursauter. Anne-Sophie décrocha puis, le visage sombre, se tourna vers son père et Gabrielle pour leur annoncer d'une voix blanche :

— Clavers est mort. Il vient de se tuer sur l'autoroute de Genève.

— Quoi ? s'écria Lambert-Duval, choqué.

— Il roulait trop vite et aurait perdu le contrôle de sa voiture. Il est mort sur le coup.

Charles n'eut pas d'autre réaction. À cet instant, Gabrielle ressentit de la compassion pour son beau-frère. Frank avait été comme un fils pour lui, nul à Fontenay n'était dupe sur ce point. Et, bien que les événements de la journée aient révélé le véritable visage de Clavers, sa mort subite tournait une page de manière très brutale. Peut-être ce malheureux événement permettrait-il à Alexandre et son père de se retrouver, songea-t-elle.

Toujours silencieux, Charles se servit un verre, s'assit sur un coin du bureau et but le liquide brun d'une traite. Toutefois, son chagrin ne parvenait à balayer ni la trahison ni ses désillusions au sujet de Clavers. Il se rendait compte que l'exercice du pouvoir et le poids de ses responsabilités l'avaient isolé de son entourage… Comme le lui avaient prédit Gabrielle, sa mère et Stéphanie. Pas une fois il n'avait confié ses doutes ou ses sentiments à qui que ce soit. Il avait, à tort, pensé que seule sa force de caractère pourrait rassurer les siens. Charles Lambert-Duval se devait d'être un roc inébranlable. Inévitablement, il était passé pour un homme hautain, glacial et autoritaire…

Pour la première fois de sa vie, il acceptait son échec et voulait se racheter. Le regard de Gabrielle et de ceux qu'il aimait lui pesait. Il devait leur faire comprendre à tous qu'il n'était pas le monstre qu'ils imaginaient, qu'il n'avait jamais rien manigancé pour évincer Laurent de la direction de leur groupe, même si leurs avis divergeaient parfois. Charles termina son verre, prit soin de le reposer délicatement sur le plateau d'argent à ses côtés, chercha les mots justes puis se lança.

Il expliqua alors à Gabrielle que depuis plusieurs années les laboratoires Lambert-Duval produisaient du

Stamidrol, un antihistaminique aussi prisé sur le marché que convoité par la concurrence. C'était sur ce seul principe actif que reposait la stabilité financière du groupe. Cependant, deux ans auparavant, une regrettable erreur, un surdosage, avait affecté un stock important de médicament. Après analyse des coûts, les frères Lambert-Duval avaient jugé préférable de détruire cette réserve non conforme au cahier des charges initial, et cela malgré la perte sèche que cette décision entraînerait. Or, la nuit précédant la destruction, un curieux incendie avait ravagé les entrepôts. Après enquête, les experts avaient conclu à une défaillance du système électrique. La direction du groupe avait cru le Stamidrol défectueux à jamais réduit en cendres.

Dans les mois qui suivirent, la division export que dirigeait Laurent enregistra un brusque recul de ses commandes. Aucun indicateur marketing ou économique ne justifiait un tel fléchissement des ventes. De plus, un rapport d'enquête tchèque accusait les laboratoires occidentaux d'écouler certaines molécules frelatées sur ce territoire et d'alimenter ainsi le marché des stupéfiants. Bien que les laboratoires Lambert-Duval ne fussent pas directement impliqués, Laurent prit l'accusation très au sérieux et commanda un discret complément d'enquête. À la lecture de celui-ci, il découvrit qu'une fois réduit en poudre puis mélangé à du permanganate de potassium et du vinaigre le Stamidrol devenait une drogue proche de l'héroïne. L'oxydation de la molécule par le permanganate renforçait même l'effet hallucinogène. Cette recette, nommée Dief, avait été mise au point par des centres de détention soviétiques au milieu des années cinquante avant d'être popularisée par les hommes de main des mafias.

Immédiatement, Laurent eut des doutes quant à la destruction du stock de Stamidrol. Dans le plus grand secret, il rechercha activement le veilleur de nuit en poste ce soir-là, mais son seul témoin semblait s'être volatilisé. Alors, il se demanda qui pouvait avoir intérêt à récupérer un tel stock et ses soupçons tombèrent très vite sur Zender Organix, un concurrent aux ramifications mafieuses reconnues mais jamais établies.

Désormais, Charles reconnaissait que son frère avait eu raison : une taupe était infiltrée au siège, et il s'agissait de Clavers. Kurt Zender, un homme aussi mystérieux que redoutable, se servait de lui, ayant compris l'ambition sans limites du bras droit de Lambert-Duval et, surtout, son appétit immodéré pour les jeunes Slaves des quais Gailleton et Courmont.

Au stade où il en était de son enquête, Laurent avait préféré se terrer dans un mutisme absolu. Depuis plusieurs semaines, les rapports tendus qu'il entretenait avec son frère ne l'incitaient guère aux confidences, d'autant qu'à plusieurs reprises Charles avait officiellement pris le parti de son protégé. Pourtant, celui-ci cachait mal ses vues sur la direction de la division export. Mais Charles n'avait rien voulu voir.

Si Laurent Lambert-Duval avait fait en sorte de demeurer discret, sa curiosité n'était malheureusement pas passée inaperçue dans le monde très fermé de la nuit. On savait qu'il avait contacté Miss Marion et c'était là que Charles s'était mépris sur les agissements de son frère. Il comprenait aujourd'hui, en faisant les recoupements avec Gabrielle, que Miss Marion l'avait aidé à trouver des preuves et que c'était pour cette même raison que Laurent s'était envolé pour Genève…

À ce moment du récit de Charles, un voile sombre tomba devant les yeux de Gabrielle. Elle se souvenait parfaitement de l'avion personnel de son mari, un petit appareil blanc à flancs rouges. Laurent prenait tant de plaisir à le piloter lui-même, alors qu'elle avait une peur bleue à bord de cet engin ! Mais elle avait aussi tellement confiance en Laurent. Elle revit le dernier cliché qu'elle avait pris de lui avec Tristan dans le cockpit juste avant son départ… Tout à coup, une idée frappa son esprit. Elle glissa la main dans sa poche, à la recherche du calepin noir qui, depuis des semaines, ne la quittait plus. Elle se rendit directement aux dernières pages.

— Voilà… K. Z. ! lança-t-elle, triomphante. Je savais bien que je finirais par savoir. Le dernier rendez-vous de Laurent a été avec ce Kurt Zender.

— Où as-tu trouvé ça ?

— Dans ses affaires.

— Eh bien, il semblerait que M. Zender soit notre principal suspect.

Charles eut un haussement d'épaules et soupira, soudain très las.

— Nous ne nous sommes pas compris, avec Laurent, lâcha-t-il. Dire que je le pensais empêtré dans des liaisons dangereuses pendant que lui me soupçonnait de le trahir… Si j'avais seulement su lui parler, il serait peut-être encore en vie !

— Tu croyais bien faire, rétorqua Gabrielle avec indulgence. D'après la description de Zender, rien ne prouve que cela aurait changé quoi que ce soit.

— Peut-être.

Le regard de Charles se fit dur et menaçant.

— Je te promets que Kurt Zender croupira au fond d'une cellule ! Reste à savoir comment nous allons pouvoir le coincer…

Anne-Sophie, qui était demeurée jusque-là silencieuse, sortit de sa réserve pour livrer son avis :

— Si Kurt Zender est parvenu à détourner le Stamidrol pour le vendre dans les pays de l'Est, il y a forcément des traces de règlements, des transferts vers des « blanchisseries », non ?

— Certainement ! Mais nous risquons d'en avoir pour des années avant de trouver la moindre preuve ; tu penses bien que ces réseaux sont organisés !

— Eux, peut-être… Mais pas Clavers !

— Comment ça ?

— C'est pourtant simple ! Il suffit juste de découvrir par quel moyen le règlement du Stamidrol s'est effectué…

Gabrielle ne suivait pas. Charles, pour sa part, paraissait trouver le raisonnement de sa fille parfaitement lumineux. En effet, pour rendre la chose officielle, les Lambert-Duval devaient déposer une plainte pour détournement de biens sociaux. Une enquête contre X lèverait le secret bancaire et permettrait alors aux inspecteurs d'aller fouiller dans les affaires de l'ancien bras droit de Charles.

Ils en étaient à ce point de réflexion lorsque Stéphanie traversa la terrasse. Charles l'interpella, bien décidé à ne pas attendre pour se réconcilier avec sa femme. Devinant ses intentions, Gabrielle se mit à sourire.

— Tu te joins à nous ? fit Charles, en entraînant Stéphanie par le bras.

— Alors, le tableau ? ne put s'empêcher de demander Gabrielle avec impatience. J'ai essayé de te joindre toute la journée.

— Ma pauvre… si tu savais, fit sa belle-sœur d'un air désespéré.

Et, sans se faire prier davantage, elle leur révéla les préoccupations qui la tiraillaient et sa visite inutile à Paris. À la fin de son exposé, Charles, Anne-Sophie et sa tante se dévisagèrent d'un air entendu.

— Puis-je savoir ce qu'il se passe ? reprocha Stéphanie, les questionnant du regard l'un après l'autre. Pour une fois que vous me semblez sur la même longueur d'onde, tous les trois, j'aimerais être dans la confidence !

— Rassure-toi, répondit Charles, mystérieux, en lançant une œillade complice à Gabrielle, nous allons t'expliquer. Nous cherchions juste un moyen de transport… et tu viens de nous l'indiquer, je crois.

Alors que chacun s'apprêtait à regagner sa chambre après cette journée épuisante, ils furent très surpris de voir Marie descendre le grand escalier dans sa plus belle tenue.

— Nous te croyions couchée, maman.

— Ne soit pas sot, mon fils ! Comment pourrais-je me coucher un soir comme celui-là !

D'un air agacé, la doyenne poursuivit avant que son fils n'ait le temps de répliquer.

— Tu sais bien qu'Alexandre joue ce soir au Dizzy. Je ne tiens pas à manquer la première représentation de mon petit-fils, je ne l'ai jamais vu sur scène… C'est le moment ou jamais, non ?

— Maman… tu as entièrement raison ! Puis-je t'accompagner ?

— Avec grand plaisir, jubila Marie, très fière d'elle.

Charles tendit son bras droit. Maminou y déposa une menue main gantée. Ils firent quelques pas vers la porte avant que l'aîné des Lambert-Duval ne se retourne vers son épouse.

— Tu viens avec nous ? s'enquit-il avec un sourire tendre.

Compte tenu des rapports de son mari et de son fils, Stéphanie se demandait s'il n'était pas préférable de les laisser entre hommes, mais le brusque changement de comportement de Charles lui faisait tellement plaisir qu'elle accepta l'invitation, ravie.

— Gabrielle ?

— Non. Allez-y en famille.

— Mais tu es de la famille, voyons !

— Merci, dit simplement la jeune femme, très touchée.

— Et toi, Anne-Sophie ?

— Tu ne comptais tout de même pas me laisser seule dans cette grande baraque, non ? Et puis, j'ai hâte d'entendre les canards de mon frère…

À l'heure où les restaurateurs achevaient leur dernier service, Lyon se laissait aller peu à peu à une douce somnolence. Les fenêtres des riches immeubles haussmanniens s'éteignaient une à une, les quais retrouvaient un semblant de calme.

Dans le quartier Saint-Jean, seuls quelques bastions animés fêtaient dignement la nuit. Au Dizzy, la lumière de poursuite éclaira un point sur scène. Dans la salle, le silence se fit. Le rond blanc s'élargit, découvrant progressivement Alexandre Lambert-Duval. Vêtu d'une chemise sombre, il avait tout du jeune héros romantique avec ses cheveux un peu trop longs qui lui arrivaient sur la nuque et sa barbe mal rasée. Derrière lui, le groupe n'attendait qu'un signe de sa part, devant lui, la salle, voilée d'un écran de fumée, baignait dans le noir absolu. Alex se rapprocha du micro, puis entama les premières notes d'un morceau dédié à son père.

Alex termina sa chanson, très ému. Comment allait réagir le public ? Il ne tarda pas à le savoir. Avant même qu'Olivier et les autres aient pu jouer les derniers accords, un crépitement d'applaudissements résonna. La lumière réapparut. La salle, en liesse, se leva. Alex, le regard fixe, ne voyait ni n'entendait personne.

Dans le fond du cabaret, sa famille au grand complet était présente, y compris son père. Debout, les larmes aux yeux, Charles applaudissait avec enthousiasme. Parfois, il s'écriait fièrement vers les tables voisines :

— C'est mon fils ! C'est mon fils !

Alexandre traversa le public, serrant des mains ou remerciant ses fans, mais son regard ne parvenait pas à se détacher de la haute stature de cet homme au fond de la salle. Incapables tous deux de prononcer un mot, ils tombèrent dans les bras l'un de l'autre. Ce fut l'un des plus beaux instants qu'Alexandre ait jamais vécus. Il retrouvait son père, celui des jeux de son enfance, celui qui veillait sur lui, comme dans les vieux films de Maminou.

Quand il eut repris un peu ses esprits, le jeune chanteur se retourna et fit signe à Julie, toujours derrière le piano, de les rejoindre.

— Papa, je tiens à te présenter quelqu'un de très important pour moi. C'est Julie.

Charles sourit et embrassa chaleureusement la jeune femme.

Sous les voûtes en pierre d'un immense caveau dédié à Bacchus, les fûts en chêne attendaient patiemment dans la sombre fraîcheur la nouvelle récolte. L'odeur âpre si caractéristique de fruits et de poussière flottait dans l'air. C'est dans ce lieu insolite, loin de l'agitation, qu'Alexis Mutier venait chercher les ultimes recommandations de son patron. Le galeriste en fuite n'avait qu'une envie : gagner au plus vite un pays qui n'avait pas signé de protocole d'extradition avec la France.

La promesse d'aide avait fait sortir Mutier de sa cachette. Dès qu'il avait appris que Stéphanie avait découvert la supercherie des Korlinoff, il avait déménagé sa boutique de la place des Vosges, fermé ses comptes et disparu.

Un peu impressionné, Alexis s'engagea dans l'allée centrale, bordée par de hautes rangées de tonneaux. L'écho de ses pas résonnait sur les larges dalles romaines.

— Il y a quelqu'un ? lança-t-il d'une voix mal assurée.

— Ne vous retournez pas, lui ordonna-t-on sur sa droite.

Mutier tressaillit. Il obéit, n'osant ciller.

— Voici vos instructions, poursuivit son mystérieux interlocuteur. Vous quitterez Lyon dans deux heures, par un vol spécial. Avez-vous récupéré les deux derniers Korlinoff ?

— Juste un, hélas, répondit-il en risquant un mouvement de tête.

Derrière un énorme foudre de chêne, une ombre humaine se dessinait sur la voûte en pierre brute.

— Voilà qui est navrant, lui reprocha la voix. Vraiment navrant… Quel est le tableau manquant ?

— La *Vue de Saint-Tropez.*

— Un Matisse, en plus !

— Voulez-vous que je le récupère ? Il se trouve dans la galerie de Mme Lambert-Duval.

— Non ! trancha sèchement son interlocuteur. Vous en avez assez fait comme ça. Nous nous chargerons de rapatrier la marchandise, occupez-vous de disparaître. Prenez cette enveloppe et filez. Je ne veux plus jamais entendre parler de vous, est-ce bien compris ?

— Parfaitement, monsieur Zender, répliqua le trafiquant d'art en s'emparant du pli et en partant sans demander son reste.

De lourds nuages envahissaient l'ouest lyonnais, des rais lumineux perçaient le ciel. Très vite, le bloc ténébreux engloutit le sommet des monts d'Or, s'apprêtant à fondre sur la ville encore indolente.

Bien qu'amaigri au fil de ces dernières semaines, le Rhône voyait sa parade contrariée. Ses eaux se troublaient d'une multitude de reflets moirés, se soulevaient, enflées, et se jetaient furieusement contre les quais de pierre.

En cette fin d'après-midi, le vote venait de se conclure dans la grande salle d'acajou du groupe Lambert-Duval. La cession extraordinaire demandée par certains actionnaires avait enfin tranché. Jamais Gabrielle n'avait connu une telle pression. Tous ces yeux braqués sur elle, scrutant le moindre mouvement de sourcil, le plus infime signe qui aurait pu trahir sa pensée, l'avaient déstabilisée.

Dès son arrivée, les chuchotements s'étaient étouffés sur son passage, pour mieux redoubler dans son dos. Les plus folles rumeurs devaient courir sur son compte, elle s'en doutait bien, et, après de longues semaines d'hésitation, elle savait maintenant à qui donner sa confiance. Le matin même, une conversation avec Maude Dormeuil lui avait permis de démêler l'écheveau des récents événements. Et, pour la première fois depuis la mort de Laurent, son horizon s'éclaircissait quelque peu, bien qu'elle se sentît encore tiraillée et indécise sur la manière de conduire sa vie à présent. D'un côté, il y avait les Lambert-Duval, auxquels elle se savait désormais liée ; de l'autre, cette envie tenace de repartir de zéro, ailleurs, dans un lieu qui n'appartiendrait qu'à elle et son fils. Bien sûr, elle pouvait s'installer à Lancié de manière définitive, mais elle se rendait compte que cela perturbait Tristan : on ne vit pas en face de sa maison ! Dans le désordre de ses pensées, Gabrielle s'adressait souvent à son père, parfois à voix haute. Comme il lui manquait… Lui et son bon sens terrien auraient su lui souffler les mots justes et pleins d'amour dont elle avait tant besoin ces derniers temps. S'il n'y avait eu Lancié et le père Antoine, Gabrielle aurait probablement pris son fils, bouclé un sac, sauté dans une voiture et longé le Rhône à la descise[1] jusqu'à sa Provence. Quel bonheur ç'aurait été de regagner sa terre natale où l'olive foisonne et le soleil danse ! Pourtant, chaque fois à contrecœur, Gabrielle était revenue à la réalité : ses devoirs envers la société, la pression d'avant le vote, les silences meurtriers des Lambert-Duval, le carcan capitonné de Fontenay…

1. Descente du fleuve, en langage condrillot des anciens mariniers du Rhône.

— Je vous remercie de la confiance que vous me témoignez, conclut Charles. La séance est levée.

Dans la salle du conseil, le verdict venait de tomber : Charles Lambert-Duval se succédait à lui-même. Malgré quelques regards en coin, la mine sombre de Cassan, personne n'osa contredire le vote, nul ne s'éleva contre la décision de Gabrielle. Les membres de l'assemblée quittèrent la pièce. Charles, sa femme et sa belle-sœur s'apprêtaient à faire de même. Paul, face à eux, ne semblait guère enclin à clore la discussion. Calé au fond de son fauteuil, il arborait son éternel sourire de satisfaction.

— Alors, Charly… Tu as ce que tu voulais, non ?

— En effet, assura son adversaire, fermement, et je suis ravi que nos actionnaires n'aient pas été influencés par tes manœuvres.

Sans un mot, le banquier s'avança, le regard braqué sur Charles.

— Pense que tu n'as gagné qu'une bataille, le menaça-t-il à voix basse. Je reste sur mes positions.

Les deux hommes se défièrent du regard pendant quelques secondes, puis Charles sortit en secouant la tête. Seul, Paul se mit à arpenter la salle, ruminant sa rancœur. Bien sûr, les actionnaires n'avaient pas voulu entendre parler d'une association avec Zender Organix et sa défense l'avait placé dans une position délicate. Dans les semaines à venir, Charles mettrait tout en œuvre pour récupérer les titres de son associé… Cassan se laissa tomber sur un siège. Le fauteuil présidentiel… Sans y prêter attention, il venait de se couler au fond du trône qu'il avait manqué de si peu. Paul avait évidemment un plan de secours.

Comme si les dieux s'accordaient avec lui à cet instant, le ciel se déchira d'un large éclair. Quelques secondes plus tard, le tremblement sourd du tonnerre couvrit le bruit de la porte qui s'ouvrait sur Stéphanie. Cassan releva le nez. Sans un mot, il contempla la femme de Charles, qu'il trouva aussi désirable qu'à leur première rencontre. Quand elle s'avança, d'obsédants souvenirs s'imposèrent à lui. De torrides images, refoulées par sa mémoire, jaillissaient du tréfonds du passé : cette peau douce, si parfaite et délicatement parfumée, si envoûtante, à laquelle il n'avait goûté que trop fugitivement…

Stéphanie était à présent devant lui. Paul secoua la tête pour reprendre ses esprits et, d'un geste galant, tendit la main pour l'inviter près de lui.

— Stéphanie…, avoua-t-il dans un souffle. Depuis le temps que j'attends cet instant…

Puis il poursuivit, plus sincère que jamais :

— Tous ces efforts étaient pour toi, tu sais. Nous sommes faits l'un pour l'autre.

Mme Lambert-Duval esquissa un sourire tendre, s'installa sur un coin du bureau et lui répondit d'une voix douce :

— Écoute, Paul, je t'aime beaucoup… mais j'ai déjà mis les choses au point : je n'ai jamais été amoureuse de toi. Nous n'avons connu qu'une très brève aventure tous les deux, il y a plus de vingt-cinq ans ! Depuis, je suis mariée, j'aime mon mari et, surtout, tu es marié à ma meilleure amie.

— À ta guise, se contenta-t-il de grogner, vexé.

— Je suis contente que tu le prennes de cette manière, ainsi pourrons-nous demeurer amis.

Sur ces mots, Stéphanie fit volte-face, soulagée d'avoir réglé une situation qu'elle pensait oubliée depuis longtemps. Paul Cassan la regarda sortir, une lueur cruelle au fond des yeux.

— Je comprends, chère Stéphanie, mais je crains que tu ne commettes là ta deuxième erreur…, murmura-t-il entre ses dents, si bas que Mme Lambert-Duval ne l'entendit pas en refermant la porte.

L'orage battait son plein. Par trombes, de puissantes gouttes d'eau percutaient le sol. Le ciel, si noir, aurait pu faire penser que le jour s'était retiré. Très vite, une joyeuse anarchie régna dans les rues. De véritables ruisseaux se formaient de part et d'autre du boulevard des Belges ; leur cours trop abondant stagnait à l'entrée des bouches d'égout, laissant de larges flaques sur la chaussée. Derrière les massifs délicats terrassés par les rafales de pluie, l'hôtel particulier des Cassan voyait les ornements de sa façade lessivés. Marthe donna son congé à Térésa, trop heureuse de rentrer se calfeutrer chez elle.

Au dernier étage, Mme Cassan essayait en vain de forcer la porte du grenier dont elle avait perdu la clef. À l'aide d'un couteau pointu, elle parvint à lever la targette avant de la rejeter d'un coup sec en arrière. À tâtons, elle chercha le bouton de l'interrupteur dissimulé derrière une pile de caisses en bois.

— Quelle idée stupide ! maugréa Marthe, les cheveux empêtrés dans une toile d'araignée. Pourquoi ai-je rangé les photos ici !

La lumière jaillit enfin, faible et pâle au bout d'une simple douille. Marthe balaya du regard les objets divers qui jonchaient le sol jusque dans les recoins les plus sombres. Elle soupira devant un tel désordre. Elle n'avait pas remis les pieds dans cette pièce depuis le dernier anniversaire d'Élodie. Marthe s'était disputée avec sa fille au sujet de ses vieilles peluches qui remplissaient une armoire entière de sa chambre alors qu'elle se plaignait de ne plus avoir assez de place. La jeune fille refusait de s'en séparer. Marthe s'était permis de jeter les saintes reliques dans un coffre et de l'entreposer sous les toits…

Le soir même, ç'avait été un véritable drame. Sous l'impulsion de la colère, mère et fille laissèrent les mots dépasser leur pensée. Élodie, furieuse, était partie dormir chez Anne-Sophie ; le lendemain soir, les jeunes filles avaient un accident de voiture…

Depuis son retour chez elle, Marthe avait entrepris de remettre de l'ordre dans sa tête et de faire la paix avec le passé. Elle ne voyait plus le Dr Moraud qu'une fois par semaine et voulait retrouver un semblant de vie. L'idée d'épauler Stéphanie à la galerie lui plaisait.

En fin d'après-midi, quand le ciel s'était couvert, la femme du banquier s'était dit que c'était le bon moment pour ranger les albums de famille.

Dans la pénombre, Marthe aperçut le carton de photos. Quand elle tenta de l'atteindre, elle fit tomber, sur sa gauche, un coffre d'où s'échappèrent quelques peluches aux teintes pastel. Elle marqua un temps d'arrêt, s'agenouilla. Un sourire triste s'esquissa sur ses lèvres. Puis, doucement, elle murmura, la voix chargée d'émotion :

— Il est grand temps que vous retrouviez de gentilles petites filles pour s'occuper de vous plutôt que de prendre la poussière ici.

Marthe rassembla les jouets épars. Tandis qu'elle attrapait un dernier nounours derrière une chaise, une sorte de poignée dans la plinthe attira son regard. Intriguée, elle appuya dessus puis tira, mais rien ne se produisit. Pourtant, une fente minuscule qu'elle n'avait jamais vue courait se dissimuler sous une penderie.

L'armoire fut plus facile à déplacer qu'elle ne le pensait. Sur le mur, les interstices géométriques laissaient deviner une porte secrète. Une deuxième poignée symétrique se trouvait à égale distance de l'autre côté. Marthe les empoigna et fit pivoter le pan de mur, qui glissa vers elle, découvrant, à sa grande surprise, une entrée.

Le gros de l'orage semblait s'atténuer. À présent, la pluie, plus fine, tombait de façon plus régulière. Par endroits, quelques traînées de ciel rougeoyant déchiraient le voile sombre qui enveloppait encore les monts d'Or.

De temps à autre, un éclair resurgissait, agitant le rideau d'arbres. Sur la terrasse de Fontenay, les gouttes pianotaient à la surface du bassin dont le niveau atteignait déjà la dernière marche. Alentour, les pâturages et les vignes profitaient de cette pluie providentielle.

Dans le Salon ovale, l'heure était aux retrouvailles. Les Lambert-Duval se félicitaient de l'issue de cette journée ; les laboratoires faisaient peau neuve et chacun avait l'air à nouveau heureux autour de la large table du dîner.

— Zender a voulu notre peau, lança Charles d'une voix déterminée. Maintenant, nous allons voir comment il va réagir à notre attaque.

— Que veux-tu dire par là ? s'inquiéta Stéphanie, toujours préoccupée par ses tableaux volés.

— Nous allons le démasquer et le mettre hors jeu. Pour cela, nous allons l'attaquer sur tous les fronts, et en premier lieu sur le plan juridique…

— Mais nous n'avons aucune preuve…, fit observer Gabrielle.

— Nous déposerons une plainte contre X, uniquement pour ouvrir l'enquête, lui répondit Anne-Sophie, de plus en plus passionnée par cette affaire, d'autant que son père paraissait trouver son aide précieuse.

— Tout à fait, reprit Charles. Ensuite, nous passerons au plan financier. Comme on le dit souvent, la meilleure défense, c'est l'attaque. Le groupe Lambert-Duval va lancer dès demain une OPA sur Zender Organix !

Dans la pièce, tous se dévisagèrent. Ce qu'ils venaient d'entendre les laissait pantois, pour deux raisons. Charles les informait de ses projets, ce qui était décidément une grande première ! Mais, surtout, le concurrent helvétique était quatre à cinq fois plus grand que leur entreprise ; cela rendait une telle démarche plus que présomptueuse.

Gabrielle fut la première à émettre un avis.

— N'est-ce pas trop risqué ?

— Bien sûr que ça l'est ! Cependant, si nous voulons rester indépendants, nous devons devenir gigantesques, sans quoi nous nous ferons dévorer.

— Je croyais que tu ne tenais pas à faire affaire avec eux ?

— Je refuse toujours d'avoir à traiter avec Zender. Aujourd'hui encore plus qu'hier ! Mais il faudrait être fou pour négliger son implantation, en particulier dans les pays de l'Est.

— Crois-tu que Paul nous suivra dans une telle opération ? Surtout après ce qui s'est passé aujourd'hui ?

Charles arbora brusquement un air sombre. Il marqua un temps avant de rétorquer :

— À compter de ce soir, je ne tiens pas à ce que Cassan soit mis au courant de nos agissements. Avec ton aval, Gabrielle, nous gardons la majorité. Je vais m'arranger pour trouver des accords avec d'autres partenaires. J'aimerais le soutien d'une banque nationale qui nous garantirait une plus grande indépendance. Nous devrons racler les fonds de tiroir, c'est sûr, et montrer patte blanche, mais ce sera le prix de notre liberté.

Bien droite sur sa chaise, Marie fixait, à travers l'immense baie vitrée, le bassin sur la terrasse. Elle semblait totalement absorbée par ses pensées.

L'histoire se répétait, comme dix-sept ans plus tôt… Mme Lambert-Duval songeait qu'aujourd'hui ses enfants allaient avoir besoin de son aide, une aide qu'elle serait cependant dans l'incapacité de leur donner, faute de moyens… Les erreurs du passé lui paraissaient encore plus lourdes à présent, et elle se demandait comment parler de tout cela, si longtemps après.

Soudain, elle fut tirée de sa rêverie par la silhouette familière qui se dessinait derrière le carreau. Mme Lambert-Duval se redressa puis quitta la pièce sans un mot. Surpris, tous la virent partir à la rencontre du père Antoine, près du bassin en pierre.

— Qu'en penses-tu, Gabrielle ? reprit Charles. Hé, ho ! Gabrielle…

Prise d'une angoisse qu'elle n'aurait su expliquer, la jeune femme suivait du regard la scène silencieuse qui se déroulait à l'extérieur. Pour connaître parfaitement le vieil homme, elle soupçonnait autre chose qu'une simple visite de courtoisie. Maminou, le visage grave, semblait absorbée par les propos du père Antoine et, après qu'ils eurent échangé quelques mots de plus, la vieille dame, visiblement pétrifiée, joignit ses mains contre son visage. Quand elle les abaissa enfin, elle avait l'air complètement exsangue. Elle tourna la tête en direction du salon, puis, toujours droite, prit appui sur son compagnon et s'avança à l'intérieur, résignée. On aurait cru une condamnée s'apprêtant à comparaître devant un tribunal.

Gabrielle s'apprêtait à répondre à Charles quand la porte s'ouvrit.

— Je dois vous parler, mes enfants, déclara alors la vieille dame, très gênée.

— Que se passe-t-il, maman ? s'inquiéta tout de suite son fils en lui désignant le siège à côté d'Alexandre.

— Ce que j'ai à vous dire est très personnel et particulièrement délicat. Mais je crois le moment venu de vous raconter certaines choses. Antoine vient de m'apprendre une nouvelle importante. Je ne tiens pas à ce qu'une triste histoire se reproduise et, puisque l'heure est aux confidences…

Tout en s'asseyant, Marie inspira profondément avant de se lancer, sous les regards étonnés de toute sa famille :

— Si Paul Cassan siège au conseil aujourd'hui, c'est par ma faute, car je n'ai pas pu vous aider à l'époque et il a fallu recourir à sa banque. Je ne pourrai vous soutenir davantage aujourd'hui. J'espère seulement qu'un jour vous me comprendrez.

Au fil des mots, d'une franchise dont elle ne se serait jamais crue capable, Marie révéla l'amitié qui l'avait liée à Magimel, l'employé maudit des Lambert-Duval. Elle dévoila comment, en ayant accordé sa confiance à cet homme qui la faisait rêver, elle avait dilapidé son héritage, et comment elle avait perdu ses illusions.

— Voilà… Vous savez maintenant pourquoi je n'ai pas pu vous aider il y a dix-sept ans et pourquoi je ne le puis pas davantage aujourd'hui, souffla-t-elle en baissant les yeux, une fois son long discours terminé.

Alexandre glissa une main rassurante sur celle de sa grand-mère, Gabrielle adressa un sourire tendre à la vieille dame, puis les regards convergèrent sur Charles.

— Comment as-tu pu ! s'écria celui-ci avant de s'interrompre net.

Il venait de croiser la moue réprobatrice de sa belle-sœur, puis celle de tous les autres membres de sa famille. En l'espace d'une minute, son humeur s'apaisa, car il n'avait pas oublié ses bonnes résolutions.

— Excuse-moi, maman…, se ravisa-t-il immédiatement. J'avoue tout de même que je tombe des nues… Tu aurais pu nous en parler avant !

À peine venait-il de prononcer ces derniers mots qu'il les regrettait déjà et reprit sans attendre :

— D'accord, je reconnais que je ne t'aurais pas écoutée… Et puis, après tout, le passé est le passé, chacun a fait des erreurs, il est inutile de remuer le couteau dans la plaie. Tu dis souvent que c'est de cela que nous tirons notre expérience, n'est-ce pas ?

Un pâle sourire se dessina sur les lèvres de sa mère. Celle-ci posa un regard sur le père Antoine, qui hocha lentement la tête.

— Il y a plus grave…, poursuivit-elle.

Là, Marie invita d'un geste le père Antoine à expliquer la suite. Le vieil homme se leva, toussa un peu et, après s'être assuré de l'attention de tous, commença d'un ton grave :

— C'était juste avant mon accident, à Lancié. Je voulais parler à Rodolphe et me suis rendu chez lui. Il n'y était pas, mais j'ai vu une photo sur sa table de nuit, qui représentait Magimel, et sous laquelle était écrit « Papa, 1972 »…

Cette révélation tomba comme un couperet. Rodolphe était le fils de Magimel… S'il s'était tu à ce sujet, cela ne laissait rien présager de bon. Sans doute Rodolphe s'était-il fait embaucher pour se venger, peut-être même existait-il un lien entre lui et les récents événements.

— Mais alors… il ne s'agissait pas d'un accident dans les escaliers ? s'enquit Gabrielle, soudain effrayée. Je comprends mieux, tout d'un coup, son insistance à vouloir rester à ton chevet quand tu te trouvais à l'hôpital…

— Je ne sais pas, répliqua le père Antoine, je suis vraiment tombé quand Rodolphe est entré chez moi, j'ai été surpris. Mais une chute mortelle l'aurait sûrement arrangé…

— En effet, fit Charles, pensif. Votre amnésie, père Antoine, vous a probablement sauvé la vie.

Autour de la table, chacun retournait la nouvelle dans sa tête. Personne ne s'était aperçu du teint brusquement livide d'Anne-Sophie. La jeune fille se garda bien d'attirer l'attention sur elle et se servit un autre verre d'eau minérale.

Tandis que les Lambert-Duval assimilaient cette dernière information et discutaient de ce qu'il convenait de faire, un coup de fil les tira de leurs réflexions.

Alexis Mutier venait d'être arrêté par les douanes volantes lors d'un banal contrôle d'identité. Le galeriste, un peu trop sous pression, n'avait pas mis longtemps à déballer tous ses petits secrets. Sa mission consistait à faire passer en France des œuvres de maîtres dérobées dans les musées internationaux. Les tableaux, recelés dans des collections privées russes, servaient de monnaie d'échange pour divers règlements. À l'aide d'un habile maquillage par un artiste ingénieux et tenu au silence par l'héroïne, Matisse, Renoir, Dufy ou Marquet se vendaient au prix d'un simple Korlinoff !

Cette idée géniale aurait pu fonctionner à la perfection sans la découverte de Stéphanie Lambert-Duval. Pour remonter la filière, les douaniers n'avaient eu qu'à évoquer une remise de peine pour qu'en contrepartie Mutier leur livre le nom de son fournisseur : Kurt Zender… Quand ils apprirent la nouvelle, tous furent aussi soulagés qu'effrayés. Zender croisait décidément tous leurs chemins… Cet homme redoutable savait être présent sur tous les fronts. Les Lambert-Duval prirent alors la mesure du combat qu'ils s'étaient décidés à mener.

La demie de neuf heures sonna au cartel de la cheminée.

— Je vais coucher Tristan, déclara Gabrielle, que plus rien ne semblait impressionner à présent.

— Je m'en vais aussi, s'empressa d'ajouter Anne-Sophie.

— Passe le bonsoir à ce cher Philippe, la taquina Alexandre.

— Je n'y manquerai pas.

— Tu sais, papa, reprit le jeune homme, embarrassé, que je dois aller répéter, maintenant…

— Vas-y, mon fils, fit Charles avec un grand sourire.

— Je voulais te dire… Si tu as besoin de moi… je peux rester si tu veux…

Charles parut très touché par cette proposition, mais la déclina, assurant qu'il n'y avait plus rien à faire ce soir, hormis se reposer et se détendre.

Le salon se vida peu à peu. Marie annonça à son tour qu'elle allait se coucher, visiblement épuisée par tous ces rebondissements. Avant de s'en aller, elle embrassa affectueusement sa belle-fille et son fils.

— Merci de m'avoir comprise, murmura-t-elle à ce dernier. Tu vois, finalement, de tous les membres de cette famille, je suis certainement celle qui a le plus de difficulté à se confier.

— Ne te blâme pas, maman, tu as toujours agi selon ton cœur.

— Je suis touchée par ton indulgence, mais tes projets de conquête… Zender et les parts que tu veux racheter à Cassan… tout cela m'inquiète un peu.

— Ne t'en fais pas ! Il se pourrait bien que l'inertie soit notre plus grande force.

— Là, j'avoue que je ne te suis plus.

— Avec la tournure que prennent les événements, Zender semble désormais impliqué dans ce trafic de tableaux. Nous n'aurons sans doute pas besoin de passer à l'attaque. La justice s'en chargera elle-même. Zender aura probablement trop à faire pour consolider les positions de son propre groupe et ne s'intéressera même pas à nous.

— Si tu le dis…

Elle quitta la pièce, le père Antoine sur ses talons.

Un ciel de traîne dévoilait les premières étoiles. La pleine lune luisait déjà. Les deux amis se dirigèrent vers leur banc fétiche, que le vieux vigneron essuya à l'aide de son grand mouchoir à carreaux. Mais, ce soir-là, contrairement à leur habitude, ils ne demeurèrent pas silencieux. Marie fut soulagée quand le père

Antoine lui apprit qu'il avait retrouvé ses lettres chez Rodolphe et, pour la première fois, ils parlèrent de cette fameuse soirée, juste avant que Magimel ne décède.

— Comment ? s'écria Marie, surprise. Quand tu l'as quitté, il était vivant ?

— Pour sûr que oui ! Tu ne croyais tout de même pas…

— Mon Dieu… dire que pendant toutes ces années, j'hésitais à aborder le sujet de peur de remuer le couteau dans la plaie. J'étais certaine que votre explication avait mal tourné !

— Quant à moi, je pensais que c'était toi ! Je t'avais vue traverser la terrasse au beau milieu de la nuit.

— Je voulais y aller. Puis je me suis dit que c'était de la folie. Je suis restée là, sur ce banc, un long moment. J'avais décidé de parler à mes fils à la première heure, le lendemain. Quand j'ai appris le drame, je me suis tue, pour que tu n'aies pas d'ennuis.

— Ma petite a raison… On devrait pouvoir tout se dire.

— Gabrielle est une fille bien, fit Marie en saisissant la main ridée de son compagnon. Nous avons beaucoup de chance de vivre avec elle.

La vieille dame inspira profondément l'air humide de ce crépuscule. Elle se sentait délestée d'un poids. À cet instant, si Laurent n'avait pas disparu, elle aurait pu prétendre au bonheur.

— Dis-moi, Antoine, reprit-elle soudain soucieuse. Si ce n'est pas toi… comment est mort Magimel ? Est-ce vraiment un accident ?

— Sans doute… mais je crois qu'on ne le saura jamais.

Non loin de là, dans le bureau du rez-de-chaussée, le cartel marqua dix heures. Sur la dernière note aiguë, la sonnerie du téléphone retentit de nouveau. Charles décrocha et tendit le combiné à son épouse.

— C'est Marthe. Elle veut te parler.

— Que se passe-t-il, ma belle ? demanda Stéphanie, le cœur palpitant.

Elle n'avait pas osé déranger son amie si tard pour lui raconter l'arrestation de Mutier, mais elle se rendit bien vite compte que Marthe était préoccupée par autre chose. Elle semblait avoir du mal à reprendre son souffle pour expliquer clairement à Stéphanie ce qu'elle venait de découvrir. Brièvement, elle relata son envie de faire la paix avec le passé en rangeant les vieilles photos remisées au grenier puis elle lui parla de la porte dérobée qu'elle avait ouverte.

— Et alors ? Qu'y a-t-il dans cette pièce ?

— Je te le donne en mille ! Des tableaux ! Une dizaine de tableaux. Écoute un peu…

Stéphanie l'entendit se saisir d'un papier.

— *Rose dans un verre* et le *Portrait de madame Albert André* de Renoir, *Composition* de Dufy, *Le Vieux-Port de Marseille* de Marquet, et j'en passe. Ils sont tous là ! Toutes les toiles qui figurent sur le fax que tu m'as remis l'autre jour. Il y a même l'original de mon Korlinoff. J'ai gratté un angle, comme tu l'as fait l'autre jour… Il y a une autre toile dessous.

— Chez toi ? Tout ça est chez toi ? répétait Mme Lambert-Duval, incrédule. Ce qui veut dire que…

— … Paul est derrière ce trafic !

— Ce qui expliquerait bien des choses…

— Mais attends un peu, reprit Marthe. Il y a mieux ! Je viens de trouver par la même occasion sa boîte aux trésors. Outre des photos de toi, je suis tombée sur ses déclarations enflammées que tu lui as visiblement retournées…

— Je peux tout t'expliquer, Marthe, souffla Stéphanie.

— C'est inutile, je sais, j'ai toujours su. Mais ça remonte à loin, tout ça. Sache que j'ai beaucoup plus confiance en toi qu'en lui. Si je ne connaissais pas aussi bien mon mari, je dirais qu'il s'agit d'une simple coïncidence. Seulement, voilà… Je le connais. Je suis certaine qu'il prépare ce coup depuis des années dans le seul but de détruire votre famille et de te récupérer. À la lecture de ces lettres, on peut en déduire qu'il est assez fou pour ça !

— Mais comme tu l'as dit, c'était avant. Je ne pense pas qu'il soit dans un tel état d'esprit aujourd'hui, essaya de la convaincre Stéphanie tout en repensant aux propos de Paul, le matin même, dans la salle de conférences.

— Pardonne-moi, ma chérie, reprit Marthe, mais, dans ce cas, peux-tu me dire pourquoi mon grenier ressemble à une succursale du musée Saint-Pierre ?

Son amie avait raison, tout cela n'était pas clair du tout. Stéphanie eut soudain un mauvais pressentiment.

— Prends tes affaires et viens immédiatement à Fontenay. Je ne suis pas sûre que tu sois en sécurité chez toi.

— J'attendais que tu me le proposes… À tout de suite.

Marthe reposa le combiné, bien consciente des conséquences que pouvaient entraîner ses découvertes. Brusquement, elle eut peur et se dirigea rapidement vers sa chambre. Elle pouvait compter sur Stéphanie et ferait mieux de partir avant le retour de Paul. Elle jeta quelques effets dans un sac, le feu aux joues. Alors qu'elle s'apprêtait à quitter la pièce, elle entendit du bruit à l'étage. Elle leva les yeux vers le grenier, dont la trappe était entrouverte.

Après quelques hésitations, elle décida de bien la refermer. Elle grimpa prestement au dernier étage, passa la tête par l'ouverture, mais elle ne vit rien. Elle poussa alors un peu le vantail, qui grinça sur ses gonds, osa un pas dans la pénombre, puis s'avança, toujours sur ses gardes. Soudain, la porte claqua d'un coup sec derrière elle. Marthe ne put retenir un petit cri apeuré. La lumière jaillit, faible et blanchâtre au bout de sa douille. Pétrifiée, elle se retourna lentement. Plaqué contre la seule issue du grenier, Paul lui souriait d'un air sardonique.

À Fontenay, Stéphanie et Charles faisaient les cent pas dans le bureau, ressassant les propos de Marthe, quand ils aperçurent la silhouette de Julie Duthier. Alexandre, qui s'apprêtait à rejoindre le groupe, vint à sa rencontre et l'embrassa tendrement sous le regard complice de ses parents. Ceux-ci se détournèrent, sans s'apercevoir de l'air contrarié de la jeune fille. Alexandre, lui, s'en rendit compte sur-le-champ.

— Qu'y a-t-il ? demanda le jeune Lambert-Duval, vaguement inquiet.

— C'est Tom, répondit-elle, essoufflée.

— Quoi, Tom ?

— J'étais en train de lire, à l'appart. Il a sonné. Je lui ai ouvert. J'ai tout de suite vu qu'il avait une drôle de tête.

— Et ?

— Il m'a fait très peur, tu sais. Il te cherchait, il paraissait très énervé, disait que tu nous montais les uns contre les autres, que tu te servais de moi… Enfin, des choses qui n'avaient ni queue ni tête.

— Il est jaloux, rien de plus, la rassura Alex.

— Sans doute. Mais quand il est parti, il a dit qu'il voulait te faire la peau. J'ai eu peur, c'est pour ça que je suis venue.

— Ne t'inquiète pas. Nous lui parlerons ensemble et tout va s'arranger. Viens.

Dans le grand salon, Stéphanie raccrochait le combiné et annonça à Alexandre :

— C'était Olivier, il te demande de le retrouver sur les quais du Rhône, près du parc. Il a dit que c'était très important.

— Je t'accompagne, décida Julie. Je suis certaine que c'est un coup de Tom.

— Bien, comme ça, nous aurons l'occasion de nous expliquer, fit Alexandre en tournant les talons.

Une demi-heure plus tard, Alex descendait sur les berges désertes. Il avait préféré que Julie l'attende dans la voiture. Le clapotis de l'eau claquait contre le quai. Le jeune homme avança en direction de la plage de sable, semée de hauts arbustes. Près d'un pilier du pont, il repéra une silhouette.

— Surprise ! entendit-il tout à coup en découvrant Tom.

— Pas vraiment. Je me doutais bien que c'était toi.

— Ah ouais ?

— Je suis venu pour que nous mettions les choses au point tous les deux.

— Tu crois ça ?

À cet instant, Tom fondit sur Alex et tenta de lui fourrer un paquet entre les mains. À peine eut-il fait un pas qu'une lumière blanche les aveugla.

— Plus un geste ! s'écria une voix sur leur droite tandis qu'une escouade armée les encerclait. Mains en l'air ! Doucement…

Alexandre s'exécuta sans comprendre ce qu'il lui arrivait. Il avait beau plisser les yeux, il ne parvenait pas à discerner le visage de la personne qui le tenait en joue.

— Brigade des stups. Vous êtes en état d'arrestation pour trafic de stupéfiants.

Quand Julie vit reparaître Alex, celui-ci était fermement escorté vers un fourgon de police, les mains attachées dans le dos, comme un vulgaire criminel.

À l'hôtel particulier des Cassan, Marthe affrontait son mari du regard, redoutant sa réaction. Elle en savait trop et venait de percevoir ce qui se cachait derrière ce sourire si avenant.

— Tu pars en voyage, on dirait, fit-il en grinçant des dents.

Après avoir envisagé un bref instant de lui mentir, Marthe lâcha :

— Oui. Et je vais même te quitter, Paul. Je prends conscience aujourd'hui que nous n'avons jamais été vraiment heureux ensemble. À quoi bon nous cacher la vérité ? Je suis passée sur bon nombre de choses, mais là, j'estime que tu es allé trop loin. Je ne tiens pas à être complice de ta folie. Je sais que tu fais tout ça pour Stéphanie… Tu n'as pas encore compris qu'elle ne t'aimait pas, Paul ? Elle ne t'a jamais aimé. C'est Charles qui fait battre son cœur.

Ces mots semblèrent attiser une véritable haine chez Cassan, qui se rua sur sa femme, l'empoigna et la traîna devant le miroir en pied.

— Pour qui te prends-tu, hein ? Regarde-toi un peu ! hurla-t-il en lui tirant les cheveux. Tu n'es qu'un vilain petit canard, comparée à Stéphanie. Si je t'ai épousée, c'est uniquement pour pouvoir la côtoyer. Je sais très bien que vous autres, les femmes, n'êtes attirées que par le pouvoir. Je vais ruiner Charles et, tôt ou tard, elle me reviendra.

Paul avait des yeux de fou, exorbités. De rage, une veine enflait sur sa tempe droite pendant qu'il serrait sa prise sur sa femme.

— Mon pauvre, articula Marthe avec peine, je te plains. Tu crois que les gens sont aussi fourbes que toi, tu te sers d'eux comme tu t'es servi de moi. J'aurais dû écouter mon père.

— Ton père ! jappa-t-il à son oreille, il fallait toujours qu'il fourre son nez partout, celui-là. Ç'a été un jeu d'enfant pour moi de faire croire que le détournement de fonds venait de lui, et encore bien davantage de l'en innocenter. Bien sûr, le père de Stéphanie en a fait les frais… Mais moi, j'ai pu prendre le contrôle de ma première banque. Tu devrais savoir que j'obtiens toujours ce que je veux.

— Pauvre Paul, ton orgueil te perdra.

Puis, avant même d'attendre une quelconque réponse, elle lui envoya un violent coup de coude dans l'estomac, comme elle l'avait si souvent vu dans les séries policières devant lesquelles elle s'abrutissait durant sa convalescence. Elle parvint à s'échapper de son étreinte et s'élança vers la sortie. À l'instant où elle passait la porte, Paul lui agrippa la cheville. Marthe perdit l'équilibre et bascula dans l'escalier de marbre. Elle dévala tout l'étage la tête la première, avant que sa course prenne fin dans un bruit sourd. Tout à coup paniqué, Cassan dévala quatre à quatre les marches. Sur la dernière, la tête de sa femme baignait dans son sang. Les lèvres serrées, il arpenta le hall à la recherche d'une solution. Une seule s'imposa à son esprit : il devait appeler l'unique personne capable de l'aider…

Ce soir-là encore, il fut difficile à Gabrielle d'endormir Tristan. Le garçonnet manifestait une telle surexcitation juste avant d'aller au lit qu'il avait un mal fou à trouver le sommeil. Enfin, entre deux bâillements, la jeune femme redescendit saluer son beau-frère et sa belle-sœur. Elle ne rêvait de rien d'autre que de se plonger dans un grand bain chaud en écoutant Puccini sur son walkman. Quand elle atteignit la dernière marche de l'escalier, elle surprit bien malgré elle la conversation entre Charles et son épouse.

— Si je suis ton raisonnement, concluait Stéphanie, tout est lié. Cassan vend le stock de Stamidrol à Zender, qui le règle avec des toiles volées.

— En résumé, c'est exactement ça.

— Dans ce cas…, reprit Stéphanie, qui n'osait aller jusqu'au bout de sa pensée, ce serait lui le responsable de la mort de Laurent ?…

— Je ne sais pas, mais il est certain qu'il est impliqué. J'appelle la police.

Le sang de Gabrielle ne fit qu'un tour. Elle n'hésita pas une seconde et s'élança au-dehors. Charles et Stéphanie ne mirent pas longtemps à comprendre qu'elle avait tout entendu ; ils essayèrent de la rattraper, mais déjà elle avait sauté dans le coupé de Laurent et franchi la grille de Fontenay.

Gabrielle fonçait droit devant, freinant le moins possible dans les méandres que dessinaient les quais de la Saône. Son cœur battait à se rompre, elle se heurtait à une nouvelle désillusion. Cassan, cet ami de longue date en qui elle avait pleine confiance… Il s'était joué d'elle, l'avait manipulée, comme il avait dû le faire avec Laurent.

Les mains agrippées sur le volant, elle ne pensait qu'à une seule chose : l'instant où elle se trouverait face à lui et où elle le pousserait à avouer son rôle dans la mort de Laurent. Quelle serait sa réaction ? Elle n'en avait aucune idée, mais sentait un besoin irrésistible de se libérer du poids de la colère qui sommeillait en elle.

Dans un grand crissement de pneus, Gabrielle traversa la bande blanche qui coupait le boulevard des Belges et se gara sur le trottoir, juste devant la grille entrouverte de l'hôtel Cassan. Sans prendre la peine de sonner ni de s'annoncer, elle entra, s'efforçant de ne pas se faire remarquer, par réflexe autant que par intuition. Elle grimpa les trois marches du perron et avança vers la porte vitrée.

Là, quelques éclats de voix lui parvinrent de la fenêtre grande ouverte du salon. Elle tendit l'oreille.

— Je veux être payé ! C'était notre accord.

Gabrielle connaissait cette voix… Elle plissa le front comme pour mieux réfléchir puis entendit alors Paul rétorquer :

— Les Lambert-Duval ne sont pas encore à terre, que je sache.

La jeune femme faillit vaciller, ses jambes ne la soutenaient presque plus. Elle avait désormais la preuve de la trahison de Paul. Quant à son interlocuteur…

— C'est chose faite, je n'aurai aucun mal à les saigner.

— Je le sais. C'est bien ça qui m'inquiète : rien de tel pour semer le doute. Ma méthode est plus longue, mais aussi plus sûre.

— Personne ne m'a suspecté après la mort de Laurent Lambert-Duval.

Gabrielle se retint à temps de crier. En osant jeter un œil sur la scène qui se déroulait dans le salon, elle venait de reconnaître Rodolphe.

— Comment ? manqua de s'étrangler Paul. Mais vous êtes complètement fou, qu'est-ce qui vous a pris de le supprimer ?

— Il devenait dangereux. Lui et cette roulure de Miss Marion avaient fait le lien avec Clavers.

— Ce n'était pas dans les termes de notre arrangement !

— L'esprit d'initiative…

— Notre accord est rompu.

— Avec tous les morts qui s'entassent autour de vous, je crains que vous n'ayez pas vraiment le choix, monsieur Cassan… ou devrais-je vous appeler monsieur Zender ?

Horrifiée, Gabrielle ne parvenait plus à détacher les yeux des deux hommes, ne se rendant même pas compte que si l'un d'eux tournait la tête il pourrait la voir.

Cassan marqua un temps. Il fixait le métayer avec une haine non dissimulée. Il semblait réfléchir à la manière la plus simple et propre de faire taire le gêneur…

En effet, Paul Cassan se retenait de ne pas étrangler de ses mains l'homme qui se trouvait face à lui. Leurs chemins s'étaient croisés deux ans plus tôt. À cette époque, le jeune homme était entré comme jardinier au service des Cassan. Un matin, croyant l'hôtel du banquier désert, Rodolphe s'était aventuré dans la chambre à coucher du maître des lieux, au premier étage. Il voulait des renseignements sur les Lambert-Duval, auxquels le banquier était lié. Ces gens étaient responsables de la mort tragique de son père. Celui-ci, après des années de recherche, avait vu le fruit de ses travaux volé par cette puissante famille qui depuis exploitait la formule sous le nom de Stamidrol.

Paul l'avait surpris en flagrant délit. Après quelques confessions et une rapide enquête, le banquier avait vu le formidable avantage d'un partenariat avec un tel individu. Leurs motivations se rejoignaient : la destruction des Lambert-Duval. Quand le moment fut venu, Rodolphe fut embauché chez les Lambert-Duval, sur la seule recommandation de Marthe, qui bien sûr ne se savait pas manipulée. Le loup était ainsi entré dans la bergerie pour mieux surveiller Laurent, puis plus tard Gabrielle.

— Comment avez-vous découvert que j'étais Zender ? reprit Paul d'un ton qu'il voulait plus calme.

— C'est fou ce que les gens sont prêts à révéler quand ils savent qu'ils vont mourir. Grâce à Miss Marion, j'ai appris plein de choses sur votre compte. Mais, vous voyez, ce qui nous distingue le mieux, c'est que moi, je ne laisse à personne le privilège de ma vengeance. Vous vous êtes arrangé pour que Clavers tue la jeune Vanessa, qui était responsable de l'accident de voiture de votre fille, n'est-ce pas ?

— Est-ce encore une révélation de Miss Marion ?

— Disons que j'ai aussi beaucoup appris chez les Lambert-Duval. Le plus drôle dans cette histoire, c'est que ce n'était pas Vanessa qui conduisait la voiture, mais Anne-Sophie Lambert-Duval. Vous voyez pourquoi il faut exterminer cette famille. Et pour cela, je ne peux compter que sur ça.

Joignant le geste à la parole, Rodolphe sortit un revolver, dissimulé sous son tee-shirt.

— Vous êtes complètement fou ! souffla Paul, qui se sentait brusquement dépassé par les événements.

À l'extérieur, Gabrielle ne savait plus quoi faire. Tétanisée et complètement hébétée par les propos qu'elle avait surpris, elle n'avait pas encore aperçu le corps de Marthe, un peu en retrait derrière Rodolphe. Quand son regard se posa dessus, elle faillit hurler et comprit alors qu'elle s'était elle-même jetée dans la gueule du loup. Elle fit un pas en arrière, mais, à cet instant, son pied poussa un pot en terre qui tomba avec fracas. Gabrielle retint son souffle. N'entendant aucune réaction dans le salon, elle soupira et s'apprêta à quitter les lieux au plus vite. Cependant, quand elle recula à nouveau, elle devina une présence derrière elle. Rodolphe, le revolver à la main, l'attira contre lui, puis la repoussa violemment. Elle s'effondra au pied d'une commode. Tout en essayant de ne pas céder à la panique, elle s'assit par terre. Face à elle, Rodolphe la tenait en joue.

— Je crois qu'on va commencer par toi, déclara-t-il d'un ton sadique en enlevant le cran de sécurité.

Gabrielle fixait le petit trou noir, à un mètre à peine de son visage. Derrière, elle voyait la lueur cruelle qui brillait dans le regard du métayer.

Il pointa son arme, le bras tendu, mit son index sur la détente. Au moment où il allait tirer, Paul se rua sur lui et le fit basculer. Sans réfléchir davantage à ce qu'il se passait, Gabrielle profita de cette diversion pour fuir. Elle courut à toutes jambes vers la porte d'entrée, cependant intimement convaincue qu'elle n'y parviendrait pas. Tandis qu'elle posait une main sur la grille du parc, elle perçut un coup de feu. Surprise que ce ne soit pas pour elle, elle détala plus vite encore.

Comme elle démarrait dans une gerbe de fumée, elle manqua écraser Rodolphe, qui vint se jeter sur le capot. Le métayer roula sur le bas-côté.

Il se releva précipitamment, ne quittant pas la voiture des yeux. Après une seconde d'hésitation, il décida de la prendre en chasse. De toute façon, il n'y avait aucune urgence chez les Cassan, puisqu'ils étaient morts tous les deux. Quand il en aurait terminé avec cette fouineuse de Gabrielle Lambert-Duval, il reviendrait ici faire un peu de ménage.

Gabrielle conduisait sur les chapeaux de roues, sans réfléchir à la direction qu'elle prenait. La seule chose qui lui importait était de fuir ce cauchemar.

Elle coupa l'avenue bordée de feux rouges et emprunta la voie sur berge. Alors qu'elle reprenait lentement son souffle tout comme ses esprits, son sang se figea une nouvelle fois dans ses veines. Dans le rétroviseur, elle venait d'apercevoir les phares menaçants du pick-up de Rodolphe remonter, sur la gauche, toute la file de voitures qui les séparaient. Elle appuya sur l'accélérateur et roula à tombeau ouvert vers Rillieux, au nord de Lyon.

Quand elle atteignit enfin le village, qu'elle connaissait bien pour y avoir souvent rencontré un fournisseur de levure, elle se sentit soulagée. Derrière elle, le 4 × 4 s'était laissé distancer. La jeune femme eut l'idée de contourner le centre par les chemins de campagne. Son véhicule passerait inaperçu au milieu des champs de tournesol. Elle gagnerait ensuite Sathonay, descendrait sur Fontaine, traverserait la Saône avant de gagner Saint-Cyr-au-Mont-d'Or, sur l'autre versant, puis Fontenay. Elle sourit à l'idée, qui lui aurait paru complètement folle peu de temps auparavant, que, là-bas, elle serait en sécurité…

Tout à coup, il y eut un bruit sourd sur la gauche, puis le volant se mit à vriller violemment, l'obligeant à s'y accrocher. La Peugeot fit une embardée avant de s'immobiliser sur le bas-côté, au pied de hauts maïs. Des larmes de panique jaillirent des yeux de Gabrielle. Toujours sur ses gardes, elle descendit de voiture. Dehors, il faisait chaud ; la lune éclairait de son disque parfait la nature endormie. Tout était calme.

Une main sur le capot encore chaud, elle se pencha pour découvrir qu'un pneu avant était à plat et l'autre à moitié enfoncé dans la terre grasse, rendue plus boueuse encore par le récent orage. Elle pesta et tapa du pied dans la roue. Que pouvait-elle faire, à présent ? À cet endroit, aucun relais satellite ne lui permettait de téléphoner, et elle n'avait pas intérêt à rester près du véhicule ; Rodolphe n'avait sûrement pas abandonné la poursuite. Avec ce qu'elle savait, il était évident qu'il ne la laisserait pas s'enfuir.

Prudente, le cœur battant, elle fit quelques pas sur la route déserte. Elle avait un vague souvenir du village de Vancia. Jadis, il lui semblait avoir vu une cabine téléphonique sur la place, devant l'église. Tout en marchant, elle séchait ses larmes, vite remplacées par une irrépressible colère. Soudain, à quelques mètres du sommet de la colline qui redescendait vers le clocher lui parvint un bruit de moteur, grandissant et régulier. Elle s'élança à contresens, mais déjà les phares se rapprochaient, le 4 × 4 fondait droit sur elle. Sachant qu'elle était perdue si elle demeurait sur la route, elle sauta dans les maïs sur sa droite et courut à perdre haleine parmi les hautes feuilles qui lui fouettaient le visage. Au bout du champ, un chemin conduisait au fort de Vancia[1]. Elle jeta un œil par-dessus son épaule. Rodolphe avait opéré une marche arrière et s'était engagé dans l'allée de marronniers qui conduisait au bastion militaire.

Hors d'haleine, complètement paniquée, Gabrielle secouait la haute grille fermée par un cadenas.

— Allez, ouvre-toi ! gémissait-elle, rageuse.

Elle était coincée. Maintenant, derrière le pare-brise du 4 × 4, elle distinguait le visage sardonique de Rodolphe. La jeune femme voyait tous ses espoirs l'abandonner, les uns après les autres quand, tout à coup, elle discerna un sentier escarpé sur sa droite. Elle s'y rua. La peur démultipliait ses forces, la faisait avancer à travers des ronces enchevêtrées sans qu'elle ressente la moindre douleur. Elle parvint à gravir un monticule herbeux au sommet duquel un sentier cheminait vers une clairière de frênes qu'elle traversa sans se retourner. Elle entendait toutefois derrière elle le métayer qui la poursuivait, semblant se rapprocher. Affolée, la jeune femme courut plus vite, mais en abordant un virage elle se prit les pieds dans une racine et perdit l'équilibre. Elle roula à terre sur quelques mètres avant de disparaître dans un bruit de feuilles mortes.

L'homme avança avec précaution. Il tendit le cou. À dix mètres en contrebas, la douve du fort était dissimulée sous la végétation. Un faible gémissement attira son attention. Accrochée à une solide branche de

1. Ouvrage militaire construit entre 1872 et 1876 afin de préserver Lyon des attaques allemandes, mais aussi pour surveiller la ville souvent rebelle au pouvoir parisien.

lierre, Gabrielle se balançait dans le vide. La jeune femme releva le visage. Rodolphe avait le regard d'un dément. Il s'approcha très près du bord et, de la pointe de sa chaussure, commença à écraser la liane en ricanant.

— Rodolphe, je vous en prie ! Non, Rodolphe, non.

Gabrielle ne lâchait pas des yeux la liane qui la soutenait, sans oser le moindre mouvement. Quand elle leva à nouveau les yeux sur le métayer, elle le vit brusquement s'effondrer et basculer au-dessus d'elle sans un bruit. Les sanglots de la jeune femme redoublèrent. Elle ferma les yeux, serra les dents, essayant de se convaincre que tout cela n'était qu'un horrible cauchemar et qu'elle allait se réveiller. Pourtant, quand elle rouvrit les paupières, ce fut pour constater qu'elle se tenait toujours désespérément accrochée à une branche de lierre.

Une paire de chaussures apparut au bord du gouffre, puis la haute stature d'un homme se dévoila. Charles la regarda, plus impassible que jamais. Là, sans savoir pourquoi, tous les doutes de Gabrielle resurgirent dans son esprit. Elle ne savait plus du tout que penser, ses certitudes ayant été balayées une à une. Mais le sourire de son beau-frère qui lui tendait la main la rassura très vite.

Au petit matin, Gabrielle regagna Fontenay, saine et sauve, au bras de Charles. Le père Antoine fut tellement soulagé en la voyant qu'il en oublia les remontrances qu'il s'était juré de faire à sa nièce sur son impulsivité.

La veille, réveillée par les cris de Charles et de Stéphanie, Marie avait fini par sortir de sa chambre. Dès qu'elle avait appris ce qu'il se passait, elle avait couru prévenir son vieil ami. Celui-ci s'était tout de suite mis à maugréer contre sa nièce, qui ne faisait jamais comme tout le monde et qu'il traita de bourrique pour s'être précipitée chez Cassan. Il avait toujours su qu'il fallait se méfier de cet homme, mais bien sûr Gabrielle n'en faisait qu'à sa tête ! Marie l'avait laissé ronchonner pendant un bon quart d'heure, sachant que cet accès de mauvaise humeur masquait en réalité une grande inquiétude. Tous deux avaient passé la nuit à attendre dans le Salon ovale de Fontenay en se rongeant les sangs, incapables de fermer l'œil.

De son côté, Charles n'avait pas hésité longtemps à poursuivre sa belle-sœur, mais il avait perdu du temps à convaincre Stéphanie de rester à Fontenay pour prévenir la police. Mme Lambert-Duval, folle d'inquiétude pour Gabrielle et pour Marthe, ne voulait rien entendre et l'avait supplié de l'emmener à l'hôtel des Cassan. Elle se doutait que quelque chose était arrivé ; Marthe aurait dû les avoir rejoints depuis longtemps. Sur le point de partir, Charles avait encore été retenu par un coup de fil du commissariat qui le prévenait de l'arrestation de son fils. Quand il avait enfin quitté Fontenay et était parvenu chez Cassan, ç'avait été pour voir la voiture de Gabrielle démarrer en trombe, suivie de près par un autre véhicule, qu'il n'avait pas reconnu. Il les avait pris aussitôt en filature, se doutant que Gabrielle était en danger, et il était arrivé à temps !

De retour à Fontenay après cette nuit éprouvante, M. Lambert-Duval n'eut que le temps de confier sa belle-sœur aux bons soins de Maminou avant de repartir pour le commissariat. Alex était toujours en garde à vue. Il fut assez facile aux enquêteurs de constater que le jeune Lambert-Duval n'était en rien mêlé au commerce de Tom, qu'ils surveillaient étroitement depuis plusieurs mois pour trafic de stupéfiants. Charles et Alex quittèrent le commissariat aux alentours de midi. Julie les attendait avec impatience. Dès que la jeune fille avait compris ce qu'il s'était passé sur les quais, la veille, elle avait averti Olivier, puis Anne-Sophie, qui se trouvait chez le Dr Philippe Moraud. Quand tous avaient débarqué à Fontenay, Charles venait de partir et Stéphanie semblait en pleine crise d'angoisse. Une fois qu'elle les eut mis au courant des derniers événements, ils avaient décidé de se rendre ensemble à la propriété des Cassan, où ils avaient trouvé le cadavre de Paul et Marthe, allongée dans une mare de sang, qui respirait encore.

Épuisée, Gabrielle remit les explications à plus tard pour aller dormir. Marie et le père Antoine en firent autant, les nuits blanches n'étant vraiment plus de leur âge ! De son côté, Stéphanie, rassurée pour son mari et sa belle-sœur, se rendit à l'hôpital, où Marthe se débattait entre vie et trépas. On lui refusa l'entrée aux soins intensifs, mais elle put tout de même obtenir des informations sur l'état de santé de son amie grâce à Philippe, venu la rejoindre avec Anne-Sophie. Les nouvelles étaient très encourageantes. Marthe venait de reprendre conscience.

Épilogue

Cinq ans plus tard…

Comme chaque année à cette date, le vieux pressoir était à l'honneur en cette fin d'après-midi-là. En effet, sitôt les vendanges terminées, chacun oubliait ses courbatures pour célébrer la traditionnelle fête du Paradis.

En évidence sur la place du village, le pressoir voyait converger vers lui des quatre coins de la commune des charrettes qui ployaient sous la charge des bennes de bois gorgées jusqu'à la lie de raisin fraîchement cueilli. Là, quelques vignerons, vêtus du tablier noir et du canotier à ruban grenat, versaient la précieuse cargaison dans le réceptacle avant d'actionner son bras articulé. Presque instantanément, le jus coulait dans une rigole creusée à même un tronc. Après être filtré par un simple panier d'osier, il était recueilli dans une large seille, déjà légèrement alcoolisé et délicieusement fruité. Touristes ou villageois avançaient alors leurs tasses argentées sous cette source miraculeuse et goûtaient le précieux liquide pourpré, accompagné du saucisson chaud qui mijotait dans de hauts chaudrons fumants.

Derrière une longue tablée improvisée sur deux tonneaux, Anne-Sophie déposa une assiette de charcuterie devant la frimousse d'une fillette de trois ans. La cadette des Lambert-Duval semblait ravie de participer à cette fête.

Bien que ses activités professionnelles au sein du groupe familial l'occupent intensément, Anne-Sophie Moraud n'hésitait pas à faire l'impasse sur certaines réunions afin de profiter de sa famille, de son mari et de leur fille, Emma.

Philippe parut amusé par la mine grimaçante de sa fille à la vue du repas qu'on lui avait servi. Elle avait le même petit nez retroussé que sa mère. Le psychiatre porta un regard vers celle qui avait accepté de l'épouser, quatre ans auparavant. Elle rayonnait. Grâce à elle, il avait enfin trouvé la paix et le bonheur qu'il cherchait depuis si longtemps. Et Anne-Sophie avait perdu ses habitudes d'enfant gâtée.

Philippe avait vécu des heures difficiles juste avant son mariage. Lorsqu'il avait découvert comment était morte sa sœur, il avait passé de nombreuses nuits blanches. Sans le soutien et l'amour d'Anne-Sophie, il aurait sans doute sombré. Il avait également pu s'expliquer avec le Dr Frémond, dont il s'était finalement fait un ami.

Emma boudait toujours devant son assiette, au grand désespoir de sa mère, qui aurait tant aimé que sa fille apprécie cette spécialité.

— C'est comme un barbecue, ma chérie. Goûte, je suis certaine que tu vas adorer.

— À son âge, tu faisais la moue de la même façon, intervint Marie en riant.

— Ah bon ? Je croyais avoir toujours aimé ça…

— C'est tout de même spécial.

— C'est vrai, reconnut Anne-Sophie.

Sa grand-mère prit la petite Emma sur les genoux, coupa une rondelle de pomme de terre qu'elle immergea dans le jus ambré. Dès la première bouchée, le petit nez d'Emma se fronça, mais très vite elle fut fière de tremper les lèvres dans la tasse de sa mère.

Depuis ce fameux été torride, cinq ans plus tôt, Maminou avait cessé de s'isoler dans son atelier. Bien que toujours discrète et fidèle à sa serre comme à la peinture, elle n'hésitait plus à donner son point de vue sur les sujets qui lui tenaient à cœur. Tristan et Emma comblaient son quotidien et, chaque soir, elle allait sur le banc en lisière de propriété, rejoindre, sous le rideau de peupliers, son fidèle ami.

Le père Antoine était heureux, à présent. Sous l'influence de Marie, il avait même accepté de prendre soin de sa santé et de se plier aux recommandations des médecins. Il pouvait être tranquille pour ses vignes, le nouveau métayer lui plaisait et partageait volontiers ses repas avec lui, au cours desquels ils évoquaient le traitement des vignes et leurs espoirs à chaque millésime.

Les premières notes de musique s'élevant du côté de l'estrade sous les fanions multicolores les invitèrent sur la piste. Le père Antoine se tenait droit comme un jeune homme, très fier d'entamer une valse avec Marie. Derrière le micro, Alexandre entonna un vieux refrain, sitôt repris en cœur par Julie, son frère Olivier et les membres de son groupe. Depuis qu'ils n'étaient plus dirigés par Tom, ils ne jouaient plus que ce qu'ils aimaient, uniquement pour leur plaisir. Alex et Julie avaient emménagé dans un appartement de Saint-Jean et songeaient de plus en plus à fonder une famille, sans toutefois se marier, ce que regrettait beaucoup Marie, qui rêvait d'une belle cérémonie.

Sur la piste de danse, les premiers couples se formèrent. Marthe enchaîna les danses au bras de son séduisant cavalier. Elle ne semblait pas moins décidée que lui à laisser passer l'opportunité du bonheur.

Lors de cette horrible nuit, cinq ans auparavant, elle avait failli mourir. Quand les secours étaient arrivés, elle avait déjà perdu beaucoup de sang et ne parvenait plus que difficilement à respirer. Heureusement, Stéphanie avait été là, comme toujours, et les soins des Drs Moraud et Frémond lui avaient permis de vite se rétablir. Paul n'avait pas eu cette chance, il n'avait pas survécu à la balle de Rodolphe, tirée à bout portant.

Au fil des semaines suivantes, Marthe avait fait preuve d'un courage et d'une dignité exemplaires. Elle s'était efforcée de réparer les injustices commises par son mari et avait voulu redistribuer elle-même les tableaux volés aux musées d'origine.

Tous avaient été atterrés de constater jusqu'où l'appât du gain, la convoitise et la jalousie pouvaient mener un homme.

Marthe n'aimait pas le monde des affaires. Elle céda toutes ses parts du groupe à Charles et n'accepta qu'un poste fictif de présidente de la banque Cassan, comme l'avait fait son père quelques décennies plus tôt. À la cinquantaine, elle menait enfin sa vie et s'impliquait dans de nombreuses associations, parallèlement à son travail passionné dans sa nouvelle galerie d'art, ouverte avec Stéphanie.

Charles et son épouse revinrent s'installer autour de leur petite-fille.

— Dis donc, Emma, demanda sa grand-mère. Tu n'es pas encore couchée ? Tu n'es pas fatiguée, mon cœur ?

— Non, Mamou, je veux danser !

— Tu veux bien que je te serve de cavalier ? demanda Stéphanie.

— Oui ! s'écria Emma en lui sautant au cou.

— Moi, je vous laisse, déclara Charles, fourbu par une longue journée à transporter les bennes de raisin.

Il s'avança près de sa femme et de sa petite-fille et ajouta :

— Bisou, mes beautés, je crois que je n'aurai pas besoin de me faire bercer ce soir…

Sur la terrasse de Fontenay, Charles rejoignit Gabrielle, qui prenait le frais.

— Toi aussi, tu renonces à la soirée ?

— Oui, je n'en peux plus, reconnut-elle. Et Tristan dormait debout ; je viens de le mettre au lit, il est tombé comme une pierre.

Gabrielle observa son beau-frère. Tous deux avaient leur tee-shirt et leur jean maculés de taches de raisin.

— Tu prends un café avec moi ? proposa-t-elle. Avec tout le vin que j'ai bu aujourd'hui, je me sens complètement grisée. Un café m'empêchera d'avoir la gueule de bois au réveil !

— Tu as raison, je vais t'accompagner.

— Alors, lança Charles quand ils furent installés devant deux tasses de café, tu es toujours décidée à quitter Fontenay ?

Gabrielle parut ennuyée par cette question.

— Tu sais bien que oui, voilà près de deux ans que j'en parle…

— Tu es chez toi, ici !

— Je le sais.

— Mais tu as envie de regagner tes Alpilles…

— Oui, murmura-t-elle, l'œil brillant.

— Je vois. Remarque, je te comprends. À ta place, je crois que je ferais pareil. Mais sache que tu vas nous manquer.

— Fontvieille n'est qu'à trois heures de route ! J'espère bien que vous viendrez nous rendre visite de temps en temps. Je souhaite poser mes valises à mi-chemin entre Fontenay et la villa de Cap Amiral.

— As-tu déjà trouvé quelque chose ?

Gabrielle lui répondit que non. Après plusieurs visites sur place, des heures passées à éplucher les annonces, rien ne lui plaisait vraiment. Sur les conseils de Maude, elle comptait utiliser Internet pour affiner ses recherches. Son amie lui avait donné une liste d'adresses intéressantes et lui avait parlé d'un site spécialisé dans les ventes aux enchères.

— Rien ne te fera changer d'avis, n'est-ce pas ?

— Non, Charles, je ne crois pas. Tu sais, je vais avoir quarante ans cette année et, quand je fais le point, je m'aperçois que j'ai toujours vécu protégée, avec mon père, puis Antoine et enfin Laurent. Aujourd'hui, je veux prendre mon existence en main, j'ai besoin de me prouver que je suis capable de construire quelque chose toute seule. Et ma Provence me manque. De plus, le terroir des Alpilles est idéal pour la méthode de vinification que je veux mettre au point.

— Je suis fier de toi, lui souffla Charles avant de monter se coucher.

Gabrielle resta encore quelques minutes sur la terrasse, à contempler la myriade d'étoiles qui décoraient le sommet des monts d'Or. Là-bas, vers le sud, la Saône courait rejoindre le Rhône. Ensemble, ils descendaient tranquillement jusqu'en Camargue, tout près du royaume d'Arles, à un jet de pierre des petites collines parfumées de thym et de lavande qui embaumaient toujours sa mémoire.

Elle gravit le grand escalier de Fontenay, poussa la porte de la chambre de Tristan afin de s'assurer qu'il dormait bien, l'embrassa puis le borda à nouveau avant de regagner sa chambre.

Là, elle se mit au lit mais, malgré la fatigue de cette journée, ne parvint pas à trouver le sommeil. Un peu de lecture lui changerait sans doute les idées. Sur une étagère de la bibliothèque, son doigt courut le long des livres. Il s'arrêta sur un titre : *La Camarguaise*. Elle s'en saisit, immédiatement conquise par la couverture. Dès les premières pages, elle partagea les émotions de Jordane, l'héroïne de Françoise Bourdin.

Vers trois heures du matin, Gabrielle éteignit enfin. Les yeux grands ouverts dans la pièce plongée dans l'obscurité, son esprit cheminait déjà vers Lou Triadou, le mas de son enfance.

Remerciements

L'Invitée de Fontenay est un roman très particulier pour moi, car c'est avec cette histoire que j'ai commencé à écrire des sagas familiales. Bien sûr, il a été profondément remanié pour devenir ce qu'il est aujourd'hui, mais l'essentiel est resté intact, fidèle à l'original.

Je tiens à remercier certaines personnes souvent moins visibles que l'auteur, mais sans lesquelles cette belle aventure n'existerait pas. Merci à vous, Christine, Delphine, Josiane et Marie-Sophie, chez Belfond. Merci pour votre confiance, votre professionnalisme et, parfois aussi, votre indulgence.

D'autres belles rencontres furent pour moi riches en enseignements. Je pense à Alain-Gilles Minella, Anne-Marie Langlois, Annie Degroote, Dominique Marny, sans oublier, bien sûr, Françoise Bourdin, des auteurs de talent dont les conseils me sont précieux.

Enfin, je tiens à saluer la ville de Rillieux-la-Pape pour la richesse de ses archives et son enthousiasme littéraire.

Composé par Nord Compo
à Villeneuve-d'Ascq (Nord)

Imprimé en Espagne par
Litografia Rosés
à Gava
en mars 2010

POCKET – 12, avenue d'Italie – 75627 Paris cedex 13

N° d'impression : 00000
Dépôt légal : avril 2010
S18930/01